KB107926

태극기가 바람에 펄럭입니다

1

태극기가 바람에 펄럭입니다 1

초판 1쇄 인쇄 2014년 07월 18일
초판 1쇄 발행 2014년 07월 25일

지은이 송 용 만
펴낸이 손 형 국
펴낸곳 (주)북랩
편집인 선일영 편집 이소현, 이윤채, 김아름
디자인 이현수, 신혜림, 김루리 제작 박기성, 황동현, 구성우
마케팅 김회란, 이희정
출판등록 2004. 12. 1(제2012-000051호)
주소 서울시 금천구 가산디지털 1로 168, 우림라이온스밸리 B동 B113, 114호
홈페이지 www.book.co.kr
전화번호 (02)2026-5777 팩스 (02)2026-5747

ISBN 979-11-5585-279-8 04810(종이책) 979-11-5585-280-4 05810(전자책)
979-11-5585-283-5 04810(SET)

이 도서의 국립중앙도서관 출판예정도서목록(CIP)은 서지정보유통지원시스템 홈페이지(http://seoji.nl.go.kr)와
국가자료공동목록시스템(http://www.nl.go.kr/kolisnet)에서 이용하실 수 있습니다.
(CIP제어번호 : 2014021187)

태극기가 바람에 펄럭입니다 ❶

송용만 지음

북랩book Lab

작가의 말

나는 세월호 유가족이다.

나는 이 책을 정확히 4월 15일에 탈고했다. 나의 첫 번째 졸작 '무지개 프로젝트'를 출간한지 꼭 1년만이다. 나는 이 책을 탈고하고 친구에게 연락했다. 축하를 받고 싶어서. 내 축하파티를 위해 음식점에 모인 친구들은 분에 넘치는 파티를 해줬다. 나는 기쁜 마음으로 축하파티를 끝내고 내일을 기대하며 잠을 청했다. 그러나 기대했던 내일은 오지 않고 전 국민을 충격과 분노에 빠트린 세월호 침몰사고가 나를 기다리고 있었다. 나는 뉴스를 통해 세월호 침몰사고를 접했고, 그 즉시 모든 일을 제쳐두고 단원고로 향했다. 세월호 안에는 내가 자식처럼 대했던 조카, 단원고 2학년 5반 조성원이 탑승해 있었기 때문이었다. 눈앞이 노래지며 어떻게 단원고까지 갔는지 기억에 없다. 그때 한 친구로부터 전원 구조됐다는 연락을 받았다. 그 기쁜 소식에 눈시울이 불거지며 안도의 눈물이 흘렀다. 하지만 그 안도의 눈물은 몇 시간이 지나지 않아 불안의 눈물로 바뀌고 이내 하늘이 무너지는 통한의 눈물로 이어졌다. 팽목항에서 9일 동안 내가 보고 들은 건, 지금도 잘 기억나지 않는다. 하지만 확실히 기억나는 건, 실종자 가족들의 끊임없이 들려오는 울음소리와 제발 내 자식과

가족을 찾아달라는 절규만이 뚜렷이 기억난다. 그 속에는 우리 가족의 눈물과 절규가 포함돼 있었기 때문이었다. 피를 말리는 시간이 흐르고 26일 새벽 2시에 DNA결과 성원이를 확인했다는 연락을 받은 우리 가족은 목포한국병원으로 향했다. 가슴이 심하게 뛰며 다리가 후들거렸다.

그렇게 성원이는 팽목항에서 9일 만에 싸늘한 시신으로 우리 가족 앞에 나타났다. 안치실의 성원이는 초롱초롱했던 두 눈을 꼭 감고 있었고, 파리한 입술은 뭔가 못다 한 말이라도 있는지 살짝 벌어져 있었다. 나는 미치도록 외치고 또 외쳤다. "성원아! 삼촌이야. 눈 좀 떠봐. 무슨 말이라도 해봐. 장난하지 말고 어서 일어나 임마!" 그러나 이 말은 마치 실어증에라도 걸린 사람처럼 입 밖으로 나오지 않았다. 단지 나오는 건 주체할 수 없는 눈물과 오열뿐이었다. 그렇게 내 조카 성원이와 그의 친구들은 차가운 바다 속에서 꿈을 펼쳐보지도 못한 채 열여덟의 짧은 생을 마감했다. 성원이는 친구처럼, 때로는 자식처럼 든든한 버팀목으로 나를 항상 응원해주는 존재였다. 그리고 이 책의 줄거리를 보며 "삼촌 나는 이다음에 어른이 되면 역사학자나 정치인이 돼서 잘못된 우리 역사를 바로잡을 거야." 아직도 해맑은 웃음과 변성기를 지난 듬직한 목소리가 귓전을 떠나지 않고 있다. 금방이라도 전화를 걸어와 "삼촌 용돈 좀 줘."라고 말할 것만 같다. 가슴이 미어지며 눈물이 앞을 가린다. 지금도 나는 가끔 숨이 막히는 고통을 겪고 있다.

나는 정부에 묻고 싶다. 과연 세월호사고의 진상규명과 책임자 처벌을 할 의지가 있는 것인지. 정부가 진정 우리 국민을 생각한다면 한 점 의혹도 없는 철저한 진상규명은 물론 책임자 처벌이 동시에 이루어져야한다.

나는 성원이를 생각하며 이 책을 끝내지 않을 수 없었다. 성원이가 이 책을 보고 싶어 했기 때문이다.

이 책은 역사왜곡의 내용이지만 공교롭게도 세월호의 침몰과 어떤 연관성을 가지고 있다. 무능한 정부와 대책 없는 정치인, 그리고 자신의 명예와 이권을 위해 민족정신을 깔아뭉개는 지식인. 이 모든 것들이 세월호사고와 아주 유사하다. 나는 이 책에서 세월호 침몰에 이어 태극기의 침몰을 말하고 있다. 나는 국민의 한 사람으로서 현 정부와 교육계에 강력하게 요청한다. 자라나는 우리 아이들에게 거짓의 역사가 아닌 진실의 역사를 가르치고, 더 이상 무능함의 극치를 보여주지 않기를 요청한다.

억울하게 가족을 잃은 세월호 유가족들이 어서 빨리 크나큰 아픔을 딛고 일어서기를 바란다.

그리고 성원이를 잃고 크나큰 실의에 빠져있는 여동생 송은진과 매제 조영현의 얼굴이 조금이라도 편안해지길 바란다.

끝으로 하늘에 있는 성원이에게 꼭 할 말이 있다.

성원아, 바로 눈앞에서 배가 가라앉는 것을 보고도 그저 이름만 부를 뿐, 아무 것도 할 수 없었던 엄마, 아빠, 삼촌을 용서해 주겠니. 정말 미안하구나. 하늘에서 친구들과 행복하게 지내고, 다음 생에서 꼭 다시 만나자. 사랑한다.

이 책을 하늘에 있는 성원이에게 바친다.

송 용 만

차 례

태극기가
바람에
펄럭입니다

태극기의 기원

기원전 3528년 중국 천수시.

한 사내의 옷차림은 매우 남루해 보였다. 오랜 시간 명상을 한 까닭일까. 사내의 눈은 아주 깊은 눈을 하고 있었고, 하늘을 바라보는 그의 얼굴은 세상을 달관한 듯 초연한 얼굴이었다. 불어오는 바람이 남루한 도포자락을 펄럭이며 지나갔다.

'아… 오늘도 허사인가.'

사내는 걸터앉은 바위에서 사뿐히 뛰어내렸다.

붉은 꽃가루를 흩뿌려 놓은 듯한 서녘 하늘은 시간이 지날수록 다른 옷으로 갈아입는 듯 보였고, 길게 드러누운 산봉우리는 하늘이 정해준 옷 색깔로 자신의 몸을 내맡기고 있는 것 같았다.

'내 마음속에 아직도 비우지 못한 것이 있단 말인가.'

사내는 하늘의 이치에 따라 자신의 몸을 내맡긴 산봉우리를 바라보며 허탈한 웃음을 지었다.

'나는 누구이고 천지天地는 무엇인가.'

그때 하늘 저편에서 아름다운 소리가 들려왔다. 처음 들어보는 해괴한 소리에 사내는 고개를 들었다. 일찍이 한 번도 본적 없는 아름답고 거대한 새가 그의 머리 위에서 맴돌고 있었다. 새의 아름다운 형상에 취한 사내는 한참이나 눈을 돌리지 못했다. 처음 보는 새의 모습은 황금빛의 무수한 깃털이 땅에 닿을 듯 길게 늘어뜨려져 있었으며 머리에 왕관모양의 붉은 벼슬을 가진 새였다. 부드럽게 움직이는 날갯짓에서 위용과 아름다움이 느껴졌다. 사내의 머리위에서 한참 맴돌던 거대한 새는 한 순간에 몸을 솟구쳐 하늘높이 날아올랐다. 사내는 그제서야 거대한 새가 봉황鳳凰인 것을 깨달았다. 사내는 하늘에서 일어난 일을 믿을 수 없는 듯 자신의 눈을 의심하며 눈을 크게 떴다. 봉황이 사라진 하늘을 한참을 바라본 사내가 또 다시 들려오는 해괴한 소리에 발밑으로 뻗어 있는 깊은 물, 천하天河를 바라보았다. 소리의 근원지는 깊은 물속인 것 같았다. 일순간 잠잠했던 천하의 물이 요동을 치며 거대한 소용돌이를 만들었다. 그 순간 우렁찬 울부짖음과 함께 눈처럼 하얀 백마가 소용돌이를 뚫고 붉게 물든 하늘로 치솟아 올랐다. 말馬중에 으뜸인 용마龍馬였다. 용마를 바라보는 사내의 눈이 크게 벌어지며 한 곳으로 쏠렸다. 용마의 등에 그려진 무늬가 사내의 뇌리를 강타하고 지나갔다. 그 순간 머릿속이 쿵! 하고 울리며 이마가 환해졌다. 대오각성大悟覺醒의 큰 깨달음이 찾아왔고 세상만물의 이치가 한 눈에 들어왔다. 사내는 급히 나뭇가지를 주워 바닥에다 무엇인가를 그렸다. 그것은 용마의 등에 새겨진 무늬였다. 총 쉰다섯 점으로 그려진 그림이었다. 우주변화 원리와 세상만물의 이치가 이 그림 속에 다 들어 있었다. 사내가 그린 그림은 태극太極과 음양陰陽, 팔괘八卦의 이치를 나타낸 하도河圖였다.

이 사내는 중국 한漢족이 문명의 시조始祖로 떠받들고 있는 인류문명의 위대한 성인 태호 복희씨였다. 복희씨가 그린 하도는 훗날 사서삼경의 으뜸인 주역周易의 근간이 되었고 대한민국의 태극기도 하도에서 유래했다.

1984년 내몽고 자치구 홍산.

내몽고 자치구 적봉시에는 붉은 기운이 감도는 홍산이 있다.

아침 햇살을 받은 붉은 산, 홍산은 사람들의 시선을 끌기에 충분했다. 떠오르는 아침노을이 홍산의 붉은 모습을 더욱 화려하게 장식하고 있는 듯 보였다. 시끌벅적한 소리가 긴 침묵을 지키고 있던 홍산을 흔들어 깨웠다.

"교수님, 여기를 보세요!"

대학생으로 보이는 남자가 소리쳤다.

흙속에서 발굴된 유물을 바라보는 교수의 입이 크게 벌어졌다.

"이건, 황하문명의 유물이 아니야."

교수의 손이 부들부들 떨렸다.

'홍산은 이미 세상의 주목을 끌고 있다. 숨길 수도 없다.'

끙, 하는 신음이 교수의 입에서 흘러나왔다.

최근 5년간 발굴된 유적은 신전과, 제단, 그리고 빗살무늬토기와 옥장식귀걸이 등이었다. 이곳 홍산에서 발굴된 유물은 동이족, 한반도 문화유형과 가까운 모양이었다. 만리장성 이북지역에서 발견된 새로운 문명은, 중국 고고학계를 충격에 빠뜨리기에 충분했다. 동이족이 사용한 대표적 묘제가 대규모로 확인된 사실이 중국을 당황하게 만들었고, 이는 곧 중국의 세계최초의 문명으로 등재된 황하문명이 위협에 처했다는 증거이기도 했다. 지금까지 발견된 유물은 중화권에서는 전혀 출토되지 않았던 것이어서 새로운 역사쓰기가 불가피한 상황이었다. 이에 문화적 위기를 느낀 중국은 새로운 문명의 도래에 그들만의 방법을 찾기로 결심했다.

그리고 현재.

중국 고고학계 사무실은 이십여 평이 조금 넘는 것처럼 보였다.

회의를 소집한 상임이사장 시린후이는 삼십여 분 넘게 눈을 감고 있었다. 가끔 그의 감은 눈이 움찔거리는 것으로 보아 무언가 깊은 생각에 빠져 있는 것 같았다. 이윽고 감은 눈이 떠지며 창가를 바라보았다. 시커먼 어둠이 세상을 먹어 치운 듯 거리는 고요하기만 했다.

시간이 지남에 따라 학계회원들이 모습을 드러냈다. 회원으로는 여러 대학의 교수들이 주류를 이루었고, 몇몇 정치국 위원들의 모습도 눈에 띄었다.

'역사는 밤에 이루어진다고 했던가. 우리는 오늘밤, 아주 중대한 결정을 내릴 것이다.'

시린후이의 넓은 이마가 꿈틀하며 움직였다.

"요하문명만으로는 부족합니다."

언제 들어왔는지 베이징대학 주임교수가 의자에 앉으며 말했다.

요하문명은 중화인민공화국이 2002년부터 2005년까지 통일적 다민족 국가론에 입각해 역사공정 연구의 일환으로, 황하문명黃河文明보다 빠른 요하문명遼河文明을 중화문명의 뿌리로 규정하고 있는 정치프로젝트였다. 한국의 동북공정은 중국이 조작하고 있는 요하문명이 뿌리라고 말할 수 있다. 물론 여기에는 한국 사학계의 정설로 굳어진 반도사관이 있었기 때문에 가능한 것이라고 할 수 있겠다. 중국은 이제까지 야만인인 동이족의 땅으로 보던 요하문명을 중국문명의 시발점으로 보기 시작했으며, 이를 중국사에 편입시키고 있었다. 동북공정은 그 이유인 것이다. 중국의 기원연대를 조작하는 요하문명은, 동이족의 문명인 홍산문명의 또 다른 이름이었다.

"요하문명은 자칫하면 우리 중국을 세계의 웃음거리로 만들 수도 있습니다."

뚱뚱한 체구의 사내가 주임교수의 말을 받았다.

시종일관 입을 다물고 있던 상임이사장 시린후이는 깊게 숨을 쉬고 입을 열었다.

"요하문명은 동양의 문화적 종주국인 우리 중국의 위기로 작용할 수도 있소."

좌중에 긴 침묵이 흘렀다.

시린후이가 다시 말했다.

"홍산지역에서 발굴된 유적은 동이족의 문명에 아주 가깝소. 이 문명은 우리 중국의 자부심인 황하문명보다 2000년이나 앞선 문명으로 확인됐다는 걸 여러분은 잘 알고 있을 것이오."

다수의 회원들이 긍정의 고개를 끄덕였다.

"하지만 한국의 여러 학자들은 홍산문명을, 한반도문명과 우리 중국의 문명을 구별 짓기보다는 동시에 영향을 받은 문명이었다고 분석하는 학자도 있습니다."

베이징대학 주임교수가 말했다.

"그건, 중요하지 않소."

낮고 울림 있는 목소리가 좌중을 사로잡았다. 그는 인민해방군사령관 출신 장저우였다. 상장으로 군을 예편한 그는 현재 중국우익을 통솔하는 지도자로 활동하고 있었다.

장저우의 울림 있는 목소리가 시선을 묶었다.

"홍산문명이 한국의 독자적인 문명이든, 아니면 우리 중국의 문명이든 사실 여부는 중요하지 않다는 말이오. 어차피 역사는 승자의 기록이고, 힘의 논리에 의해 기록되는 것이오. 한국은 영원히 우리의 문화적 아류 국가로 남아 있어야 하오."

장저우는 잠시 눈을 감고 생각에 잠겼다. 무엇을 결심했는지 그의 감은 눈이 파르르 떨리며 떠졌다. 동시에 두 눈이 치켜 올라갔다. 장저우가 비장한 목소리로 말했다.

"국제사회에 한국을 우리 중국의 영원한 아류 국가로 심어줄 수 있는 최상의 방법이 있소."

여기저기서 웅성거리는 소리가 들렸다.

장저우가 결정짓듯 말했다.

"한국에서 태극기를 빼앗아야겠소."

놀란 회원들의 얼굴이 서로의 얼굴을 쳐다보기에 바빴다.

"자, 이제 투표에 부치겠소. 오늘밤, 결정된 사안은 주석님께 보고될 것이오."

장저우의 발언은 국가주석이 이 모든 사안에 깊이 개입돼 있다는 걸 뜻하는 발언이었다. 이 엄청난 사안에 반대를 표명하는 일은 곧, 학문적 자살이었고 정치적 자살이었다.

"그렇게 되면 소수민족들이 어떤 움직임을 보일지, 예측하기 어렵습니다."

듣고 있던 사내의 얼굴은 걱정하는 기색이 역력해 보였다.

"소수민족은 나에게 맡겨 주시오. 그리고 지금 결정된 사안은 여기 계신 분들 외에 그 누구에게도 발설해서는 안 됩니다. 그가 설령 정치국위원이라해도 예외일 수 없습니다. 철저한 비밀 속에서 진행시켜야 합니다."

표정을 풀지 않은 장저우가 말했다.

상임이사장 시린후이의 묵묵한 모습으로 보아 장저우와 이미 사전 협의가 있었음을 짐작할 수 있었다.

그때 뒤에서 묵묵히 듣고만 있던 베이징대학 동양학 교수 쉬안핑이 자리에서 튕기듯 일어섰다. 그는 중국 학계에서도 양심사학자로 정평이 나 있는 학자였다.

"당신들은 모두 미쳤소. 이대로 가다간 우리 중국은 세계의 비난거리로 남을 것이오."

쉬안핑은 뒤도 안 돌아보고 고고학계를 나갔다.

장저우가 쉬안핑의 뒷모습을 사납게 쳐다보았다.

USB에는 무엇이 들어있는가

중국 베이징.

베이징대학 동양학 교수 쉬안핑이 골목길로 들어선 시간은 밤 10시를 조금 넘긴 시간이었다. 겨울밤의 한적한 거리는 인적이 드물었고 하늘에서 하나, 둘 흩날리는 하얀 눈발이 가로등 불빛을 받아 옅은 황금빛으로 물들었다. 하얀 눈발은 이내 본연의 모습으로 돌아가 시커먼 아스팔트에 떨어지며 짧은 삶을 마감하는 듯 보였다.

어느새 쉬안핑은 약속장소에 거의 도달했지만 한국의 K대학 사학과 교수 이병호의 모습은 보이지 않았다. 아마도 예보를 빗나간 폭설에 늦어지고 있는 모양이었다.

"고고학계는 미쳤어. 어떻게 아무런 양심도 없이 한국에서 태극기를 빼앗을 생각을 하고 있단 말인가. 학자로서 도저히 인정할 수 없고 받아들일 수 없는 일이야. 훗날 우리 후손들이 비양심적인 선조들을 얼마나 부끄러워 할 것인가."

혼잣말을 흘리며 걷는 그는 고고학계의 결정에 심한 분노와 자국의 앞날을 몹시 걱정하고 있는 것 같았다.

어느새 눈발은 함박눈으로 변해 앞을 분간하기가 어려울 정도로

쌓여갔다. 그때 뒤에서 다가온 기다란 그림자가 쉬안핑의 작은 그림자를 완전히 덮고 지나갔다. 가로등 불빛을 받은 그림자의 크기는 마치 거인의 그림자와도 같았다. 거대한 그림자의 주인은 쉬안핑을 지나쳐 골목을 빠져 나갔다. 그가 골목 귀퉁이를 돌아가자, 이내 그림자와 함께 완전히 모습을 감추었다. 쉬안핑은 팔을 길게 뻗어 옷소매를 비집고 나온 손목시계를 들여다보았다. 잠시 기다리던 그는 왔던 길로 잰걸음을 놀렸다. 그때 전방에서 온몸을 함박눈으로 뒤집어 쓴 사내가 쉬안핑을 향해 다가왔다. 방금 지나쳐 갔던 그림자였다. 그의 커다란 그림자가 더욱 크게 보였다. 사나운 눈길이 날아왔다. 불길했다. 그림자가 천천히 다가왔다. 뽀드득 소리가 소름끼쳤다. 쉬안핑이 뒤를 돌아봤다. 인적 없는 거리를 함박눈이 메워주고 있었다. 불길함을 감지한 그는 다리에 힘을 모아 냅다 뛰었다. 우당탕! 골목길에 쌓여있는 술 박스가 와르르 무너졌고 뽀드득 소리는 점점 가까워졌다. 쉬안핑은 넘어진 상태로 그림자를 주시했다. 그림자가 품속에 손을 집어넣었다. 섬뜩한 칼날을 손에 쥔 그림자의 얼굴은 분명 어디선가 보았던 것 같았다.

"USB는 어디에 있소?"

살벌함이 감도는 목소리였다.

'이자가 USB의 존재를 어떻게 알고 있단 말인가.'

"당신은 조국과 인민을 배신했소."

"아니, 당신은…!"

그제서야 쉬안핑은 그림자를 알아보았다. 연이어 인민해방군사령관 장저우가 눈앞으로 지나갔다.

"이제야 날 기억 하시오?"

"언젠가는 역사의 실체가 밝혀질 것이오. 그 혼란을 어떻게 감당할 생각이오."

"그게 우리가 존재하는 이유입니다."

쉬안핑은 체념한 눈길로 고개를 떨어뜨렸다.

"USB는 여깃소."

쉬안핑이 주머니에 손을 넣었다. 그림자의 두 눈이 강한 빛을 뿜었다. 쉬안핑은 천천히 주머니에서 손을 빼냈다. 무언가 짧은 빛이 그림자를 스치고 지나갔다. 일순간 그림자가 눈을 움켜쥐고 고통의 신음을 내뱉었다. 쉬안핑의 차키에 붉은 점이 찍히고 쓰러지는 그림자의 칼날은 허공을 갈랐다.

쉬안핑은 심한 추위와 통증에 금방이라도 쓰러 질 것 같았다. 그림자에게서 어떻게 도망쳐 왔는지 기억이 가물가물했다. 뜨뜻한 붉은 액체가 손가락 사이로 스며 나오고 있었다. 그가 어떻게 알았을까. 쉬안핑은 주머니를 만지작거렸다. 딱딱한 작은 물체의 느낌이 손을 타고 전해져 왔다. 금빛 줄에 걸려있는 16GB의 작은 USB는 크기와는 달리 무언가 엄청난 내용을 담고 있는 것 같았다. USB를 바라보는 쉬안핑의 눈빛이 강렬하게 타오르더니 이내 힘을 잃고 허물어져 내렸다.

"아! 불쌍한 대한민국."

신음과도 같은 작은 소리가 흘러나오며 붉은 액체가 상의를 축축하게 만들었다.

쉬안핑은 다시 한 번 주머니에 손을 넣어 USB를 힘껏 움켜쥐었다. 의식이 점점 사라지면서 몽롱한 기분이 찾아왔다. 이윽고 힘을 잃은 그의 두 다리가 꺾이며 아스팔트에 얼굴을 박았다.

바로 그 시각, 이병호가 탄 택시는 눈길에 가다 서다를 반복하며 간신히 약속장소에 도착했다. 사방을 두리번거렸지만 쉬안핑의 모습은 보이지 않았다.

이병호는 약속장소를 벗어나 구불구불 뻗어있는 길로 눈길을 돌렸다. 그의 눈에 무엇인가가 들어왔다. 이병호는 천천히 발걸음을 옮겼다. 순간 그의 눈이 크게 벌어졌다. 골목 안쪽에 사람이 쓰러져 있었다. 불길한 느낌이 전신을 타고 지나갔다. 이병호는 빠르게 달려가 쓰러진 사람의 얼굴을 살폈다. 불길함이 현실로 다가왔다.

"쉬안핑 교수, 정신 차리시오!"

이병호는 쉬안핑의 목에 손가락을 대 보았다. 맥박이 미세하게 뛰고 있었다.

쉬안핑을 들쳐 업은 그는 황급히 골목을 빠져 나갔다.

대한민국 서울 K대학

이병호는 학생들을 바라보았다. 그의 뇌리에는 한국의 우매한 역사교육의 실태가 떠오르고 교육계의 학문적 파시즘이 그의 가슴을 먹먹하게 만들었다.

세계문화유산에 백제의 삼천궁녀낙화암을 등재되게 만들 순 없었다. 말도 안 되는 식민사학의 극치였다. 한민족의 역사인식을 눈멀게 만드는 기득권층의 정치와 문화가 어우러진 대국민 사기였다. 무슨 수를 써서라도 역사적인 사기극을 막아야만 한다. 이대로 가다간 우리 한국은 식민사학의 늪에서 영원히 헤어나지 못한다. 이병호는 생각에서 쉽게 빠져나오지 못하고 있었다. 그의 눈앞으로 유명을 달리한 강단 있던 양심사학자 쉬안핑이 스치고 지나갔다. 딱딱한 응어리가 목구멍에 맺혔다.

'그때 내가 조금만 빨리 도착했더라면.'

쉬안핑은 중국 내 대표적인 양심사학자였다. 이병호와 쉬안핑은 러시아 고대사 세미나에 같이 참석했었고 인류 고대사를 바라보는 역사 인식이 같았기에 친구처럼 지냈던 막역한 사이였다.

러시아 역사학자 'U.M푸틴'의 연설은 지금 생각해도 한국의 사학 교수로서 너무 부끄러워 얼굴을 들 수조차 없는 연설이었다.

U.M푸틴은 세미나에서 특유의 근엄한 목소리로 말했다.

'동북아 고대사에서 단군조선을 제외하면 아시아 역사는 이해할 수가 없다. 그만큼 단군조선은 아시아 고대사에 중요한 위치를 차지한다. 그런데 한국은 어째서 그처럼 중요한 고대사를 부인하는지 이해할 수가 없다. 일본이나 중국은 없는 역사도 만들어 내는데, 당신들 한국인은 어째서 있는 역사도 없다고 그러는가. 도대체 알 수 없는 나라이다.'

U.M푸틴의 연설이 귓가를 맴돌다 사라졌다.

이 모든 것은 식민사학의 결과물이다. 하루속히 식민사학을 근절

시켜야 한다. 이병호는 생각에서 빠져나와 감정을 추스르고 천천히 입을 열었다.

"석가, 공자, 예수, 소크라테스는 여러분도 알고 있듯이 세계 4대 성인이지."

학생들이 고개를 끄덕였다.

"그럼, '복희씨'에 대해서 알고 있는 학생은 손을 들어보게."

절반가량의 학생이 손을 들고 나머지 학생들은 처음 들어보는 이름이라는 듯, 모르는 표정을 짓고 있었다.

이병호는 한 학생을 가리켜 복희씨를 물었다.

"복희씨가 누구지?"

"중국사람 아닙니까? 그리고 주역을 창시하신 분으로 알고 있습니다."

"누구, 더 알고 있는 학생 있나?"

웅성대는 소리만 들릴 뿐, 더 이상 알고 있는 학생이 없었다.

"복희씨는 지금으로부터 5500년 전 사람으로 우주의 변화원리와 세상만물의 이치를 깨달은 위대한 성인이네."

"제가 알기로 복희씨는 신화적인 인물로 알고 있습니다."

이병호의 설명에 반론이라도 하듯 한 여학생이 또랑또랑하게 말했다.

"그럼, 또 하나 질문하지. 우리나라의 태극기는 어디서부터 유래했을까?"

"태극기는 박영효가 고종황제의 명을 받들어 만든 것으로 알고 있습니다."

여학생의 답변에 이병호는 잠시 침묵했다.

"…대부분의 사람들이 그렇게 알고 있지. 하지만 태극문양은 우리 한민족이 예로부터 신성시하고 경외해온 사실이 여러 고분에도 잘 나타나 있네. 고구려, 백제, 신라 유적지의 태극문양이 그 증거이기도 하고."

이병호는 국민의 정체성 형성에 아주 중요한 한민족문화가 교육현장에서 외면당해온 현실에 가슴이 저리는 느낌을 받았다. 심한 자괴감이 밀려들었다.

"여기서 빼놓을 수 없는 질문은 고구려, 백제, 신라가 신성시하며 받들어온 태극이 어디서부터 유래했느냐는 것이야."

"설마, 태극문양이 복희씨로부터 나왔다는 말씀을 하시는 건 아니겠죠."

"다음시간에 설명하겠네."

교수실의 시곗바늘은 정처 없이 흘러 어느새 밤 12시를 넘어서고 있었다. 학생들이 빠져 나간 텅 빈 교정을 은은한 달빛이 학생들을 대신하고 있는 듯 보였다.

의자에서 일어선 이병호는 길게 기지개를 펴고 창가를 바라보았다. 멀리 의과대학 본관이 그를 마주 바라보고 있었다. 불빛 하나 없는 본관은 음산한 기운을 머금고 있는 듯 보였다. 달빛을 받은 정원수는 부분의 존재감을 드러내고 있었고, 여름밤의 가는 바람은 그 존재감을 순간 감추었다가 제자리로 돌려놓아 주었다.

이병호가 딸깍하고 스위치를 누르자 칠흑 같은 어둠이 교수실을 순식간에 집어 삼켰다. 복도로 나온 그는 열쇠를 꺼내 교수실의 자물쇠에 넣고 돌렸다. 하지만 어둠 탓으로 구멍을 잘못 찾은 열쇠는 팅 소리를 내며 바닥으로 떨어졌다. 이병호는 몸을 숙여 열쇠가 떨어진 곳으로 시선을 돌렸다. 열쇠는 어디로 갔는지 보이지 않았고 시커먼 어둠만이 그의 시야를 가려주고 있었다. 이병호는 하는 수 없이 휴대폰을 꺼내 폴더를 열고 휴대폰 불빛에 의존해 열쇠를 찾아보았다. 그때 어디선가 부스럭거리는 소리가 들려왔다. 고개를 들어 소리가 나는 곳으로 휴대폰을 비추었다. 복도 저편은 어둠만이 깃들어 있었고 알 수 없는 무엇이 바닥에 늘어져 있었다. 이병호는 복도 저편으로 천천히 발을 옮겼다. 물체와 가까워질수록 그의 가슴은 알 수 없는 불길함으로 심하게 방망이질 쳤다. 그는 눈을 크게 뜨고 물체를 바라보았다. 그때 휴대폰의 불빛이 꺼지면서 칠흑 같은 어둠이 다시 찾아왔다. 이병호는 급히 휴대폰의 버튼을 눌러 불을 밝혔다. 하지만 휴대폰은 어떤 반응도 보이지 않았다. 아마도 배터리가 다된 모양이었다. 그때였다. 납작하게 바닥에 웅크리고 있던 물체가 부스럭 거리며 움직이고 있었다. 그의 가슴이 심하게 요동쳤다. 물체가 서서히 일어나고 있었다. 이병호의 눈이 공포로 물들었다. 그는 급히 고개를 돌려 정문을 바라보았다. 투명유리를 통해 들어오는 음산한 달빛은 공포를 더욱 크게 만들어 주고 있었다. 마침내 완전히 일어선 물체가 발을 움직였다.

"누구세요."

목소리가 심하게 떨려 나왔다.

물체가 움직일 때마다 벽에 드리운 그림자는 더욱 커지며 지켜보는 이병호의 가슴을 두방망이질 하게 만들었다. 순간 그림자가 이병호를 완전히 감싸 안았다. 엄청난 힘이었다. 숨이 막혀왔다.

"USB는 어디에 있나?"

우려 했던 일이 현실로 다가왔다.

이자는 나의 어디까지 알고 있단 말인가. 무슨 일이 있어도 USB가 이자의 손에 들어가게 해서는 안 된다. 순간 그의 눈앞으로 약혼녀 한미정의 수수한 얼굴과 단아한 모습이 스쳐지나갔다.

컥! 이병호가 그림자의 품에서 미끄러져 내리며 외마디 비명을 질렀다. 임무를 달성한 그림자가 유유히 학교를 빠져 나갔다.

세찬 빗줄기는 마치 화풀이라도 하려는 듯 보였다. 빗줄기는 아파트 거실의 대형 유리창을 심하게 때리고 있었다. 폭우성의 빗줄기는 사나운 기세로 자신의 몸을 부딪쳐 침입자를 저지하려는 듯 멈추지 않고 퍼부었다.

이병호의 아파트를 침입한 그림자는 거실을 지나쳐 서재로 향했다. 책상은 크고 육중했으며 매우 기품 있게 보였다. 삼단 서랍장이 책상 밑에서 웅크리고 있었다. 그림자가 작은 손전등을 밝히고 서랍장을 앞으로 잡아당기자, 벽으로 작은 금고의 다이얼이 불빛에 반짝거렸다. 다이얼을 잡고 좌우로 움직이며 비밀번호를 맞추었다. 금고에서 찰칵하고 기분 좋은 소리가 흘러나왔다. 그림자는 손을 안으로 집어넣어 내용물을 끄집어냈다. 금고에는 몇 권의 얇은 서류봉투와 아직 출간하지 않은 인쇄 책자가 있었고, 찾고 있던 USB는 보이지 않았다. 그림자는 내용물을 바닥에 모두 쏟았다. 한참을 뒤적이던 그림자의 얼굴이 분노로 일그러졌다. 이병호를 쉽게 믿은 게 잘못이었다. 또 한 번의 시험이 다가왔다. 그림자는 서둘러 이병호의 집을 빠져 나갔다.

한미정이 침대시트로 허물어지듯 몸을 눕혔다. 그녀의 눈에서 눈물이 쉼 없이 흘러내리고 있었고 울음소리는 점점 격해졌다. 이병호의 다정다감한 웃는 얼굴이 그녀의 가슴에 파고들며 오열을 토하게 만들었다. 믿을 수 없었다. 나에게 어떻게 이런 일이 있을 수 있는가.

책상위에서 환하게 웃고 있는 사진속의 이병호는 아무 근심 없는 평범한 사람에 불과했다. 병호 씨가 정말로 살해됐는가. 거실로 향하는 그녀의 걸음이 잠시 휘청거렸다. 커튼을 걷은 그녀는 베란다 너머를 바라보았다. 사람들이 바쁘게 오가고 있었고 깔깔 거리며 웃는 어린아이들의 웃음소리가 들려왔다.

언제나 변함없는 모습, 변함없는 사람들, 변함없는 풍경, 그런데 왜 나한테만 변화를 요구 하는가. 이병호가 세상을 떠난 지 한 달이 지나있었지만 그녀는 슬픔의 심연 속에서 쉽게 헤어 나오지 못하고 있었다.

'아, 병호 씨.'

한미정은 자신의 아파트를 나와 평소 이병호와 자주 들렀던 재래시장으로 힘없는 걸음을 옮겼다.

이병호는 유난히도 사람들로 북적거리는 재래시장을 좋아했다. 그녀가 혼자 재래시장을 찾은 이유는 이병호와 함께했던 시간을 다시 맛보고 싶은 게 이유인 것 같았다.

그녀의 얼굴은 근 한 달을 제대로 먹지 못한 탓에 몹시 푸석해 보였고 발걸음은 마치 중병에 걸려있는 병자처럼 흐느적거렸다.

진한 감정을 맛보았던 이병호의 얼굴과 목소리는 시간이 지남에 따라 흐릿한 여운으로 퇴색돼가고 있는 것 같았다.

시간이 과거를 망각시키는 것일까? 아니면 힘든 자기 자신이 시간에 의지해 망각을 바라고 있는 것일까? 모든 것은 시간의 구속에서 자유로울 수 없는 게 분명한 것 같았다.

숱한 사람들이 고개를 숙인 그녀를 스쳐지나갔다.

시 외곽에 자리 잡고 있는 재래시장에 들어서자 음식냄새와 생선비린내, 상인들의 호객행위는 살아있는 싱싱한 삶의 생동감을 주고 있었다. 하지만 그녀는 그 어디에서도 삶의 의미를 발견할 순 없었다.

한미정은 시장 구석에 자리 잡고 있는 국수집에 들어가 자리를 잡았다. 이병호와 자주 찾았던 국수집이었다. 가슴이 아려오며 눈물이 핑 돌았다.

그때, 눈이 부리부리한 사내가 그녀를 따라 들어와 맞은편 자리에 앉아 국수를 주문했다. 한미정은 맞은편 사내를 어디선가 보았다는 느낌이 들었다. 기억해 내려고 애쓰면서 사내를 쳐다보았다. 그녀는 사내와 눈이 마주치자 황급히 시선을 떨어뜨리고 날라져온 국수를 먹기 시작했다. 맛을 느낄 겨를도 없이 목구멍으로 넘겼다. 짧게 식사를 끝낸 그녀는 계산대로 다가가 핸드백을 열었다. 그녀의 눈이 핸드백에서 잠시 주춤했다. 눈이 부리부리한 사내가 옆으로 다가와 계산을 하는 척 하며 그녀를 주시했다. 그녀는 작은 손가락을 움직여 USB를 꺼내들었다. 사내의 눈이 예리한 빛을 뿜었다. 섬뜩한 기운을 느낀 그녀는 사내를 바라보았다. 얼른 시선을 돌린 사내가 태연한 척 계산을 치르고 국수집을 나갔다.

USB는 이병호가 살해되기 전, 아주 중요한 물건이니 은행 대여금고에 보관하라는 것을 사건이 터지는 바람에 깜빡 잊고 있었던 것이었다.

한미정은 불안한 마음에 황급히 계산을 하고 국수집을 나섰다. 발걸음을 옮기는 그녀는 불현듯 사내의 모습이 떠올랐다. 사내는 분명 이병호의 장례식장에서 얼핏 보았던 사람이었다. 장례식장에서 혼자 앉아 있던 그는 어딘지 모르게 다른 문상객과는 차이를 보였다. 그녀의 직감이 불길함을 감지했다. 가슴이 심하게 요동치고 있었다. 금방이라도 사내가 뛰쳐나와 자신을 어떻게 할 것만 같았다. 다리에서 힘이 빠져 나가며 쓰러질 것만 같았다.

그렇게 몇 걸음을 옮기던 중이었다. 사라진 줄 알았던 사내가 그녀를 향해 천천히 다가왔다. 그녀의 가슴이 또 한 번 심하게 쿵쿵거리며 요동쳤다. 고개를 돌려 상인들을 바라보았다. 사내가 아주 가깝게 접근해왔다. 한미정은 핸드백을 강하게 움켜잡았다. 입술이 심한 경련을 일으키며 덜덜 떨렸다. 사내가 지나쳐 갔다. 그녀의 입에서 안도의 깊은 숨이 흘렀다. 그때였다. 순간 핸드백이 강한 힘에 의해 그녀의 몸에서 떨어지고 있었다. 그녀는 필사적인 힘으로 핸드백을 움켜잡았지만 엄청난 덩치의 사내를 당할 수는 없었다.

핸드백을 빼앗은 덩치가 쏜살같이 시장을 빠져나갔다.

사람들의 시선이 일제히 그녀를 향했다. 여기저기서 웅성거리는 소리가 들렸고, 전화를 거는 사람들이 보였다.

주머니 속에 손을 집어넣은 그녀는 USB를 움켜쥐었다.

차량의 경적소리가 신호를 무시하고 횡단보도를 건너는 그녀를 스치고 지나갔다.

대리운전기사 강인후

급하게 도로를 건너는 강인후의 손에는 스마트폰이 들려 있었고, 어깨에는 작은 가방이 걸려 있었다. 그의 큰 키 때문인지 어깨를 가로지른 작은 가방은 마치 주머니처럼 작게 보였다. 그는 연신 스마트폰을 보며 빠른 발걸음을 옮겼다. 이윽고 비상등이 깜박이는 차량으로 다가간 그는 고개를 숙여 인사했다.

"대리기사 부르신 분 맞습니까?"

강해 보이는 외모에 허스키한 목소리가 잘 어울렸다.

"네, 인천으로 갑시다."

처음 운전하는 외제 고급승용차는 운전하기가 몹시 부담스러웠다. 운전이 능숙한 그였지만 신경이 많이 가는 탓인지 운전이 자연스럽지 못했다.

"아저씨, 운전을 그렇게 하시면 어떻게 합니까?"

"죄송합니다. 제가 얼마 안 돼서요."

강인후가 둘러댔다.

"저기 사거리 지나서 우회전 해 주세요."

조수석에서 몸을 깊게 묻은 사내는 못마땅한 얼굴이었다.

"알겠습니다."

강인후는 이마에 흘러내린 땀방울을 닦으며 차를 주차시키고 차 키를 사내에게 건넸다.

"얼마 드리면 되죠?"

"2만원입니다."

"그래도 수고 많았으니 이건 택시비라도 하시오."

사내는 3만원을 건넸다.

"이러지 않으셔도 되는데… 감사합니다."

돈을 받아든 그는 사내에게 정중하게 인사하고 시내로 발을 돌렸다. 가끔 주어지는 팁은 결코 무시 못 할 액수였다. 심지어 어떤 날은 대리운전 수입과 별도로 주어지는 팁이 거의 비슷한 날도 있을 정도였다.

그는 스마트폰을 꺼내 GPS시스템을 실행했다. 손가락을 움직여 프로그램 하단에 표기된 완료처리 항목을 터치했다. 그가 터치 한 것은 대리운전기사들이 오더를 받고 배차완료를 대리운전사무실에 전송시켜주는 프로그램이었다.

'여기는 어디지? 시내까지는 얼마나 걸어가야 한단 말인가.'

강인후는 셔틀버스 안내 어플리케이션을 실행시켜 보았다.

"제기랄."

화면상단에 '근처에 노선이 없습니다.'라는 작은 문구가 떠 있었다. 화면을 넓히자, 붉은 점선으로 표시된 셔틀버스의 노선이 움직이고 있었다. 한참을 걸어 나가야 할 것 같았다. 그래도 대리운전기사들을 위해 존재하는 셔틀버스 안내 어플리케이션이 없었다면, 아마도 그는 하루 만에 포기했을 것이다.

새벽 2시가 넘었다. 가로등 하나 없는 외떨어진 비포장도로는 적막함만이 감돌고 있었고, 멀리 보이는 시내의 불빛이 흐릿하게 보였다. 대리운전을 시작한지 이제 일주일. 적응하기가 힘들었다. 그러나 한편으로 직장이 없는 그에게는 부정할 수 없는 유일한 생계수단이었다. 이십여 분을 걸어 나가자, 스마트폰에서 딩동 소리가 들려왔다. 오더가 들어온 것이다. 사방 1km로 설정한 GPS시스템이 신호를 보내 온 것이었다.

다른 사람이 채 가기 전에 먼저 채야 한다. 오더를 놓치면 이곳에서 언제까지 있을지 생각만 해도 암담했다. 그는 재빨리 손가락을 움직여 오더를 터치하고 화면 하단을 살폈다. 고객과의 거리 750미터.

"이 정도면 괜찮은 거야."

신발 끈을 단단히 조인 그는, 고객이 기다리고 있는 방향으로 뛰었다.

창문사이로 햇빛과 함께 자동차들의 소음이 함께 들어오고 있었다. 어둠에 몸을 감추고 있던 수많은 먼지들이 엷게 떠진 눈 사이로 희뿌옇게 보였다. 햇빛과 더불어 녹슨 방범창을 넘어 들어오는 까치의 지저귐은 새벽까지 일하고 들어온 사내를 알지 못하는 듯, 곤히 자고 있던 그를 깨우고 있는 것 같았다.

오늘도 변함없이 의미를 찾아볼 수 없는 하루가 시작되고 있었다.

침대에서 몇 번 뒤척이던 강인후는 심하게 인상을 쓰며 마지못해 일어났다.

오늘은 드디어 3일간의 예비군 훈련이 모두 끝나는 날이다. 아마도 그는 예비군 훈련이 없었다면 오후가 넘어서야 일어났을 것이다. 낮과 밤이 바뀐 대리운전의 생활은 그의 육체와 정신을 몹시 피로하게 만들기에 충분했다. 대리운전을 마치고 새벽에 들어온 그는 몹시 일어나기 싫었지만 예비군훈련을 빠질 수는 없는 일이었다. 그는 몹시 힘겹게 몸을 일으켰다.

'대리기사 강인후, 대리인생 강인후.'

눈이 떠짐과 동시에 떠오르는 생각은 욕설을 내뱉게 만들었다.

"에이 시발."

그는 여느 때와 다름없이 이불 속에서 나와 냉장고로 다가가 문을 열었다. 중고로 구입한 오래된 냉장고는 군데군데 칠이 벗겨져 녹이 잔뜩 슬어있었다. 물통을 들어 올리던 그의 입에서 또 한 번의 욕설이 튀어나왔다. 물통은 비어 있었고 주전자에도 남아있는 물은 없었다. 신경질적으로 주전자를 내려놓은 그는 할 수 없이 싱크대로 다가가 수도꼭지에 입을 대고 수돗물을 벌컥벌컥 들이켰다. 미처 삼키지 못한 물이 입가로 흘러내려 옷을 적시고 있었지만, 그는 아랑 곳없이 수돗물만 들이켰다. 맑은 물이 체내를 적셔 들어가자, 멍해 있던 정신이 조금은 맑아지는 것 같았다.

"야, 강인후. 너 언제까지 이렇게 살 거냐?"

그는 자문을 하며 거울을 쳐다보았다. 침대에서 일어날 때 마다

되묻는 자문에 그는 거울 속에 비친 부스스한 자기 자신에게 중지를 길게 뻗었다.

"빽큐."

아침을 거르고 예비군훈련을 받을 순 없는 노릇이었다. 주위를 둘러본 그는 작은 주전자를 찾아 가스레인지에 올리고 불을 당겼다. 어느새 작은 주전자는 허공에다 뜨거운 입김을 토해냈다. 그는 컵라면에 물을 붓고 잠시 주방을 둘러보았다. 바퀴벌레 한 마리가 작은 상 밑으로 숨어들고 있었다. 그는 잽싸게 파리채를 들고 바퀴벌레를 향해 파리채를 내리쳤다. 으깨진 바퀴벌레를 화장지로 덮어놓은 그는 소리 나게 컵라면을 먹기 시작했다. 비어있는 속을 뜨거운 국물이 내려가면서 찌르르 하게 만들었다.

내 나이는 벌써 서른셋이다. 그렇지만 혼자 살고 있다. 언제까지 혼자 살지는 모른다. 생각해 보지 않았다. 아니 정확히 말하면 누구를 부양할 능력이 없다. 더 정확히 말하면 나 자신도 건사 할 능력이 없다.

"야. 강인후, 너 언제까지 이렇게 살 거냐?"

다시 자문해 본 그는 길게 내뱉었다.

"좆~까."

그는 서둘러 대충 씻고 옷을 갈아입었다.

밖으로 나오니 예비군복을 차려입은 사람들이 삼삼오오 짝을 지어 털레털레 걸어가고 있었다. 그는 모자를 쓸까 하다가, 그대로 구겨서 뒷주머니에 찔러 넣었다. 누구 아는 사람이 없는지 주위를 둘러보았다. 하긴 이사 온 지 얼마 안 되는 동네에서 아는 사람을 만나기란 없을 것 같았다. 아마도 그는 아는 사람을 만났으면 잽싸게 모자를 눌러썼을 것이다.

그는 도로가에 세워놓은 자신의 애마에 몸을 실었다. 비록 십년이 넘은 차였지만 그에게는 재산목록 1호라고 해도 과언이 아니다. 그는 창문을 내리고 예비군 교육장을 향해 차를 몰았다. 오디오에서 들려오는 감미로운 음악소리는 그의 마음을 차분히 가라앉혀 주려는 듯 애를 쓰고 있었고, 가로수의 녹음은 시원한 아늑함을 가져다주고 있었다. 하지만 삶의 목적을 찾지 못한 그는 그 어떤 것에서도 편안함을 느낄 수 없었다.

아침부터 무더위는 기승을 부리고 있었다. 그는 군복의 단추를 모두 풀고 신경질적으로 담배를 빼 물었다. 몇 모금을 빤 그는 손가락을 튕겨 담배꽁초를 차도에 버렸다. 도로를 몇 번 구른 담배꽁초가 달리는 차에 짓밟히는 모습이 보였다. 그는 짓밟히는 담배꽁초가 목적 없고 의미 없는 자신의 인생을 닮은 것 같아 씁쓸한 기분이 들었다.

이십여 분을 달려 군부대에 도착하니 예비군 교육장은 마치 패잔병들의 집합소 같았다. 이곳에 모여 있는 사람들도 한때는 군기가 바짝 든 군인이었던 시절이 있었는지 의심이 갈 정도로 오합지졸이었다.

"선배님, 줄과 열을 맞춰 주시고 복장을 단정히 해 주십시오."

예비군 조교의 현역병이 예비군들의 일사 분란함에 쉬지 않고 입을 놀려댔다.

"허, 좆 까고 있네."

강인후는 혼잣말을 흘렸다.

그는 마지못해 뒷주머니에서 모자를 꺼내 꾹 눌러썼다.

사격훈련이 연병장에 집합해 있는 예비군들을 기다리고 있었다.

"선배님, 담배 좀 꺼주세요."

조교의 외침에 강인후는 군홧발로 담배를 사정없이 밟아 비틀었다.

사격장에 도착한 그는 조교들의 지시를 받으며 엎드려쏴 자세를 취했다. 바로 옆에서 사격자세를 취하고 있던, 삐쩍 마른 안경잡이가 무언가를 꺼내 자신의 귓구멍에 쑤셔 넣는 것이 보였다. 자세히 보니 담배꽁초로 자신의 귀를 틀어막고 있었다.

'저런 놈이 어떻게 군대를 갔다 왔을까?'

픽 하고 한심한 웃음을 흘린 그는 멀리 보이는 타켓을 향해 가늠쇠를 조준했다.

멀가중, 멀가중, 멀중가중. 그래도 현역시절 군대에서 사격을 했던 공식은 잊지 않았다.

250m, 100m, 200m의 사격공식에 준하는 타켓이 멀리 보였다.

"준비된 사수로부터 탄약 일발 장전!"

확성기를 손에 든 예비군 동 대장이 힘 있게 외쳤다.

"250 사로봣! 사격!"

타타타타탕!

예비군들의 총 소리가 지축을 울렸다.

짧은 시간 사격 훈련을 마친 예비군들이 사로를 빠져나와 연병장에 집합했다. 동 대장의 훈련을 마치는 훈시가 이어졌지만 누구 하나 귀담아 듣는 이는 아무도 없었다.

강인후는 털레털레한 걸음으로 자신의 차에 올라타 시동을 걸었다. 집으로 들어가기는 너무 이른 시간, 그렇다고 딱히 어디 갈 데도 없었다. 그의 차는 목적지를 알 수 없는 곳으로 천천히 도로를 질주했다.

아, 대리운전을 언제까지 해야 한다 말인가. 생각에 잠겨있던 그는 급히 발을 바꿔 브레이크를 밟았다. 횡단보도를 건너려던 사람들이 급제동 소리에 놀라 눈을 흘기며 도로를 건너갔다. 그는 무안해진 얼굴로 사람들이 건너갔음을 확인하고 천천히 차를 출발 시켰다.

바로 그때였다. 차문이 벌컥 열리며 낯선 여자가 뛰어 들어왔다. 여자의 얼굴은 무엇엔가 쫓기고 있는 듯 매우 불안해 보였고, 손은 심하게 떨리고 있었다.

"아저씨, 저 좀 살려 주세요."

"네?"

"아저씨, 빨리 차 출발 시켜요."

"아가씨, 무슨 일인데 그래요?"

"이유는 묻지 마시고, 빨리 어디로든 가 주세요. 제발요."

그때 차문이 열리며 우악스런 큰 손이 여자를 낚아챘다. 여자는 필사적으로 의자를 부둥켜 잡고 강인후에게 애원의 눈빛을 보냈다. 그 순간 사내의 입에서 비명이 터져 나오며 우악스런 손길은 그녀에게서 떨어져 나갔다. 아마도 여자가 사내의 손을 물어버린 것 같았다. 주위는 순식간에 사람들로 가득 찼고 뒤에서는 차를 출발시키라는 경적이 크게 메아리 쳤다.

"아저씨, 제발 좀 빨리 출발해 주세요."

강인후는 난감했지만, 차를 출발해 석양빛이 물드는 거리를 달려나갔다.

이윽고 백미러에 비친 사내의 모습이 점점 작아지더니 이내 완전히 사라졌다.

한참 동안 말이 없던 여자의 입에서 안도의 숨이 흘러나왔다.

"아저씨, 정말 고맙습니다. 여기서 좀 세워주세요."

"아가씨를 쫓아왔던 남자는 누굽니까? 누군지 알아야 도와드리죠."

여자의 얼굴이 심하게 일그러지며 눈물이 얼굴을 타고 흘러내렸다.

"말씀만으로도 정말 감사합니다. 은혜 잊지 않겠습니다."

망설임 없이 차에서 내린 여자가 정중하게 인사하고 인파 속으로 스며들었다. 강인후가 잠시 어이없는 눈으로 여자의 뒷모습을 쫓았다. 허탈한 웃음을 흘린 그가 차를 출발시키려고 할 때였다. 여자가 탔던 뒷자리에 무엇인가 떨어져 있는 게 룸미러 안으로 들어왔다. 작은 USB인 것 같았다. 잽싸게 몸을 돌린 그는 USB를 집어 들고 여자를 찾아보았다. 하지만 이미 그녀의 모습은 인파 속으로 스며들어 어디에도 보이지 않았다. 잠시 USB를 바라본 그는 아무렇지 않게 주머니 속으로 집어넣었다.

강인후는 이때까지만 해도 여자가 흘리고 간, 작은 USB로 인해 엄청난 사건에 휘말리게 될 줄은 꿈에도 몰랐다.

대리운전을 쉬고 싶은 강인후는 집 근처 포장마차로 들어서 소주와 우동을 주문했다. 집에 들어가 봐야 찬밥과 김치도 없는 밥을 먹고 싶은 마음은 추호도 없었다.

잠시 후, 김이 모락모락 나는 우동과 소주가 양철 테이블에 날라져 왔다. 우동은 포장마차의 펑퍼짐한 아줌마를 닮은 듯 넓게 퍼진 냉면 그릇에 가득 담겨 있었다. 강인후는 그릇을 들고 뜨거운 국물을 소리가 나도록 마시고 소주 한 잔을 가볍게 비웠다. 알싸한 느낌이 온 몸으로 퍼지며 긴장됐던 몸이 풀어지는 것 같았다. 그의 머릿속에 오늘 오후에 있었던, 이름과 나이를 알 수 없는 여자가 떠올랐다. 그 여자를 쫓아왔던 남자는 누구이고, 여자는 어떤 이유로 그 남자에게서 도망치려고 했을까. 그의 입에서 피식하고 실없는 웃음이 서렸다가 사라졌다.

알게 뭐냐. 내 앞가림도 못하는 주제에. 그의 손에는 작은 USB가 들려있었다. 잠시 USB를 바라본 그는 다시 주머니에 집어넣고 소주잔을 채워 단숨에 입 속으로 털어 넣었다.

우동 한 그릇과 소주 한 병을 가볍게 비운 그는 자신의 집으로 향했다. 집이 가까워질수록 그의 발걸음은 무거워졌다. 이제 혼자 사는 것도 지겹다. 이 무의미한 인생을 언제까지 살아 갈 수 있을까.

집에 다다른 그는 번호 키를 눌러 현관문을 열었다. 퀴퀴한 냄새가 훅 끼쳐왔다. 여자가 혼자 살면 구슬이 서 말, 남자가 혼자 살면 이가 서 말이라고 했던가. 이를 증명이라도 하듯 거실에는 주인이 없는 집에 잠시 주인 행세를 하던 바퀴벌레가 인기척에 놀라 주인자리를 내주고 신속하게 모습을 감추고 있었다.

거실에 들어서려던 그의 발걸음이 순간 멈칫했다. 현관의 불빛을 받은 커다란 그림자가 계단을 올라오고 있었다. 그림자는 2층을 지나쳐 3층으로 올라오고 있었다.

3층에는 나 혼자 살고 있다. 이 시간에 연락 없이 나를 찾아올 사람은 아무도 없다. 무언가 불길한 느낌이 스쳤다. 그는 잽싸게 집 안으로 들어가 문을 걸고 계단 쪽으로 나있는 창문에 기대 밖을 살폈다. 밖을 살피던 그의 눈이 순간 크게 벌어졌다. 험상궂은 얼굴에 엄청난 덩치의 사내가 계단에 발을 올리고 묵묵히 서 있었다. 그 모습은 흡사 사찰입구를 지키는 신장神將과도 같은 모습이었다.

불빛이 없는 방을 살피던 덩치는 그대로 한참을 서서 집을 노려보았다. 그는 무언가 결심했는지 현관문의 손잡이를 잡아 돌렸다. 강인후의 두 눈이 공포로 물들었다. 가슴이 심하게 떨려왔다. 손잡이 돌아가는 소리가 소름끼치게 들렸다. 엄청난 덩치에도 불구하고 사내의 몸놀림은 매우 민첩해보였다. 그때 사내의 눈이 아래층으로 향했다. 천장에 붙은 감지등이 차례로 켜지면서 작은 그림자가 위층으로 올라오고 있었다. 덩치가 고개를 돌리자 칼자국으로 보이는 흉터가 그의 얼굴에서 꿈틀거렸다. 그제서야 강인후는 사내를 알아보았다. 무작정 자신의 차에 올라탄 여자를 쫓던 바로 그 사내였다. 일이 묘하게 꼬이고 있는 느낌이었다. 그때 아래층에서 위로 올라오는 그림자가 가까워졌다. 아래층에서 올라온 작은 그림자는 20대 중반으로 보이는 여자였다. 강인후는 순간 자신의 눈을 의심했다. 여자가 엄청난 덩치 앞에서 바지를 내리는 것이 아닌가. 자세히 바라보니 두 눈이 풀려있는 것 같았다. 아마도 술에 취해 앞뒤 분간을 하지 못하고 있는 듯 보였다. 이윽고 마지막 남은 손바닥 크기의 팬티를 무릎 아래로 떨어뜨린 여자가 바닥에 주저앉았다. 잠시 후 배설의 쾌감으로 몸을 부르르 떨던 여자는 덩치를 올려 보았다. 덩치가 우악스런 큰 손으로 여자의 얇고 긴 목덜미를 움켜잡았다. 강인후가 훅 하고 숨을 몰아쉬었다. 저대로 가만두면 여자는 무사하지 못할 것이다. 강인후가 잽싸게 주변을 둘러보았다. 적당한 물건이 눈에 띄었다. 야구 배트를 움켜쥔 강인후가 현관문을 열려고 할 때였다. 그는 들려오는 웃음소리에 다시 창가로 다가갔다. 상황을 이해 못한 여자가 배시시 웃음을 흘리고 있었다. 어이없는 눈빛을 보낸 덩치는 손을 풀고 여자를 지나쳐 계단을 내려갔다. 안도의 숨을 내뱉은 강인후는 자신의 손에 들린 야구 배트를 내려다보았다. 또 의협심으로 포장된 객기가 발동한 것 같았다. 헛웃음이 흘렀다. 순간 그의 뇌리에 자신의 차에 올라탄 여자가 흘리고 간 USB가 떠올랐다. 이걸 찾으러 온 것일까? 덩치가 찾는 것이 이거라면 그냥 주면 될 것이다. 무슨 일인지 모르지만 말려들고 싶지 않았다. 그는 마음을 굳히고 덩치의 모습을 확인하기 위해 대로변 창문으로 급히 뛰었다. 어느새 덩치의 모습은 온데간데없었고, 자신의 집 앞에서 볼일을 마친 여자가 비틀거리며 찻길을 건너는 모습이 보였다.

강인후는 이름 모를 여자가 흘리고 간 USB를 뚫어지게 살펴보았다. 그는 곧바로 컴퓨터를 부팅시키고 USB를 컴퓨터에 꽂아 넣었다. 더블클릭하자 암호 입력창이 떴다. 그 밑으로 작성자 K대학 교수 이병호라고 쓰여 있었다.

“K대학 교수 이병호?”

잠시 바라본 그는 생각나는 대로 아무 번호나 마구 눌러보았다. 재입력 하라는 메시지만 수 십 번이 지나갔다.

“제기랄. 이게 도대체 뭐야.”

담배 연기로 가득 찬, 불 꺼진 작은 방은 마치 안개가 자욱이 서려 있는 모습이었다. 그는 몇 번 더 시도 할까 하다가, 이내 포기하고 침대에 몸을 눕혀 목적 없는 내일을 향해 눈을 감았다.

고급드레스를 입은 아리따운 여자가 그의 손을 잡고 춤을 요구해 왔다. 강인후는 함박웃음을 머금고 음악소리에 맞춰 춤을 추었다. 그는 배운 적도 없는 사교댄스로 여자를 리드하고 있었다. 행복한 춤이 계속해서 이어졌다. 그런데 이상하게도 똑같은 음악소리는 멈추었다가 다시 재현되고, 멈추었다가 또 다시 재현되고 있었다. 마침내 화가 난 그는 여자를 뿌리쳤다. 여자가 사나운 눈초리로 그를 쳐다보았다. 음악소리가 그의 귀를 파고들었다. 이제는 지겨운 음악소리를 그만 듣고 싶었다.

“그만해!”

벌떡 일어난 그의 눈에 환한 불빛이 보였다. 자신의 휴대폰에서 음악소리가 요란하게 울리고 있었다. 꿈속에서 들었던 지겨운 음악소리였다. 누군가 전화를 걸어온 모양이었다.

“여보세요.”

시계를 바라보니 새벽 3시를 조금 넘기고 있었다. 짜증이 밀려왔다.

"강인후 씨 맞습니까?"

굵직한 남자의 목소리였다.

"네. 맞는데요. 누구세요?"

"경찰입니다. 지금 어디십니까?"

강인후는 경찰이라는 말에 무작정 자신의 차에 올라탄 여자가 떠올랐다.

"집인데 무슨 일 때문에 그러시죠?"

"알겠습니다. 잠시 조사할 일이 있으니 제가 댁으로 가겠습니다."

잠은 이미 달아나 있었다. 강인후는 화장실로 들어가 샤워기에 몸을 맡겼다. 찬물이 온몸을 훑고 지나가며 현실 감각이 되살아났다.

이십여 분의 시간이 흐른 후, 문을 두드리는 소리가 들려왔다.

"강인후 씨, 좀 전에 전화했던 경찰입니다."

강인후는 창문을 통해 밖을 내다보았다. 불이 꺼진 복도는 사람의 얼굴을 확인 할 수 없었지만 몸집이 아주 커다란 사람 같았다. 사내의 움직임에 복도 천장의 감지등이 켜지며 사내의 얼굴을 확인시켜 주었다. 일순간 강인후의 두 눈이 크게 벌어졌다. 피가 거꾸로 흐르는 기분이었다. 사내는 몇 시간 전, 자신을 찾아왔던 덩치였다. 앞 단추를 풀어헤친 검은 양복 사이로 사내의 허리춤에 매달린 가죽 케이스가 눈에 들어왔다. 칼집인 것 같았다. 경찰이 허리에 칼을 차고 다닌다는 얘기는 들어 본적이 없다. 덩치의 앞선 행동으로 보아 분명코 경찰은 아닌 것 같았다. 심장이 무섭게 뛰기 시작했다. 어떻게 해야 하나. 방향을 정할 수 없었다. 이게 대체 무슨 일이란 말인가. 그때 쿵쾅거리며 현관문이 심하게 떨려왔다.

"강인후 씨, 경찰입니다!"

신고를 해야 할 것만 같았다. 강인후는 휴대폰을 들었다. 그의 눈이 낭패감으로 일그러졌다. 배터리가 다 됐는지 휴대폰은 아무 반응이 없었다. 문득 그의 뇌리에 여자가 흘리고 간 USB가 떠올랐다. 그렇다. USB만 주면 될 일이다.

"댁이 찾는 게 이거 맞죠."

강인후는 현관문의 안전 고리를 채운 채 문을 빠끔히 열고 USB를 내밀었다. 사내가 회심의 미소를 지으며 USB를 향해 손을 내밀었다. 일순간 강인후는 자신의 차에 탔던 여자의 눈물어린 얼굴이 떠올랐다. 그리고 여자의 애원하는 듯한 간절한 얼굴이 스쳐지나갔다. 정체가 의심스러운 사내에게 USB를 건네는 건 무언가 큰 실수를 하는 것만 같았다. 강인후는 잽싸게 USB를 움켜쥐고 현관문을 힘껏 잡아당겼다. 사내의 우악스런 손이 미처 닫히지 않은 현관문을 잡아 당겼다. 현관문이 앞뒤로 오가며 요란한 소리를 냈다. 요란한 움직임에 안전 고리는 벗겨져 탁탁 소리를 내고 있었다. 사내가 발을 뻗어 현관문 안으로 집어넣었다. 강인후가 발을 들어 사내의 발등을 힘껏 찍었다. 아악! 괴성을 지르며 사내의 발이 현관문을 빠져 나갔다. 간신히 현관문을 닫은 강인후가 사내가 들으라는 듯 큰 소리로 말했다.

"경찰서죠, 여기 지금 강도가 왔어요!"

"강인후! USB만 주면, 나는 돌아간다."

"빨리 좀 와주세요. 주소는…."

잠시 후, 계단을 내려가는 사내의 묵직한 발자국 소리가 들려왔다.

사내가 건물을 빠져나가는 모습이 창문을 통해 보였다. 이대로 집에 있기엔 너무 불안했다. 대충 옷을 챙겨 입은 그는 자신의 집을 빠져나와 아끼는 애마에 몸을 실었다. 한 여름의 열기가 그를 따라갔다.

문화재청장 이상문은 무슨 일을 꾸미고 있는가

충남 부여 삼천궁녀낙화암 착공식.

시원한 바람이 불어왔다. 부여 시내 외곽에 설치된 야외무대에는 수많은 인파들로 장사진을 이루고 있었다. 한바탕 소나기가 지나간 탓인지 초저녁 날씨는 한여름 무더웠던 낮 기온과 비교할 수 없을 정도로 시원했다. 이에 부응하듯 시원한 바람이 뜨거웠던 대지를 식혀주며 지나갔고, 모여 있는 수많은 인파들의 얼굴이 생동감으로 가득 찼다.

이윽고 사회자가 무대로 등장하자, 박수가 쏟아졌다.

"셋, 둘, 하나, 제로."

사회자의 구령이 끝남과 동시에 오색찬란한 폭죽이 하늘 높이 솟아오르며 어두운 밤하늘에 아름다운 색채 예술을 보여주었다.

곧이어 장엄한 음악이 흘러나오고 형형색색의 불빛이 무대를 이리저리 훑고 지나갔다. 짧은 핫팬츠 차림의 걸그룹이 무대의 조명을 받으며 등장하자, 관중석에서 열화와 같은 박수소리가 쏟아졌다. 좀 전에 사회자에게 보냈던 박수소리와는 비교가 안 될 정도였다. 짓궂은 남자들의 휘파람 소리가 여기저기서 들려왔고, 한 바탕 걸그룹의 요염한 몸짓과 귀청을 울리는 음악이 무대를 뜨겁게 달구어 놓았다. 뜨거운 무대를 장식했던 걸그룹이 사라진 무대를 근엄한 차림의 남자가 관객들의 시선을 붙잡으며 등장했다.

"이 자리를 빛내주실 이상문 문화재청장님을 모시겠습니다."

"여러분, 안녕하세요."

사회자의 소개를 받은 이상문은 관객을 향해 정중하게 허리를 굽혔다.

문화재청장 이상문은 H대학 사학과 출신으로 서울시 문화재위원을 거쳐 올해 초 문화재청의 수장으로 임명된 사람이었다. 45세의 늠름한 체구에서 권위와 위엄이 풍겼다.

"지금 우리는 찬란했던 우리 문화를 세계 속에 알리는 정점에 서 있습니다. 우리 한민족의 역사를 세계만방에 알려, 문화선진국의 날개를 펼칠 기회가 찾아왔습니다. 신라 천년고도의 위대함과 백제 삼천궁녀낙화암이 바로 그것입니다. 세계 역사를 보더라도 한 자리에서 천년의 세월을 지켜낸 국가는 일찍이 없었습니다. 이 얼마나 위대한 역사입니까."

관중석에서 박수갈채가 쏟아졌다.

"역사는 민족의 뿌리이고 민족의 자존심이자, 국민들을 하나로 결집시켜주는 원동력인 동시에 찬란한 문화 창조의 발판인 것입니다."

이상문의 근엄한 모습과 열띤 연설은 관중들의 눈과 귀를 사로잡고 있었다.

"우리는 원합니다. 우리는 지향합니다. 우리 역사가 보다 높은 곳으로 오르기를 원하고, 선조들의 찬란하고 위대했던 아름다운 역사가 세계만방에 이름을 날리기를 지향합니다."

그때 누군가 무대로 다급하게 뛰어 올라 이상문의 귀에 대고 무엇인가를 얘기했다. 비서인 듯 했다. 일순간 그의 얼굴이 크게 일그러졌다. 표정관리를 하는지, 얼굴이 매우 어색해 보였다. 이상문은 간단하게 인사말을 남기고 무대를 내려갔다.

자신의 고급 세단으로 향하는 이상문은 분노와 걱정으로 심하게 떨려왔다.

그의 세단은 시동이 걸려있었고 삼십 중반의 덩치가 탑승해 있었다.

'바보 같은 놈.'

덩치를 바라보는 이상문은 몹시 불쾌해 보였다.

"USB를 못 찾았단 말이오?"

"죄송합니다. 하지만 걱정하지 마십시오. 제 명예를 걸고 반드시 USB를 가져 오겠습니다."

이상문의 물음에 덩치는 고개를 숙였지만, 자세는 뻣뻣했다.

이상문은 주먹을 불끈 쥐었다. 그대로 덩치의 면상을 갈겨주고 싶었지만, 간신히 억눌렀다.

이제, 강인후는 신변보호 요청을 할 수도 있다. 어떻게 해야 하나. 쉽게 결정할 문제가 아니다. 어쩔 수 없다. 보고를 드리는 수밖에. 그는 생각에서 깨어나 말했다.

"이 일에서 손 떼시오. 약속된 돈은 줄 테니 당분간 서울을 떠나있으시오.”

그 순간, 이상문은 확신 할 수 있었다. 덩치의 얼굴에 나타난 분노의 치욕감을.

“제 이름은 명입니다. 저를 기억해 두시오.”

덩치는 실명인지, 가명인지 자신의 이름을 밝혔다.

‘이놈이 감히….’

세단에서 몸을 빼낸 명이 깊이 허리를 숙이고 신속하게 몸을 감췄다.

이상문은 무언가 크게 느껴지는 불길함에 심하게 고개를 흔들었다. 그럴수록 불길함은 그의 몸을 파고드는 것 같았다.

맑았던 하늘에 시커먼 먹구름이 잔뜩 끼어 있었고, 흐린 하늘은 금방이라도 비가 쏟아질 것처럼 보였다.

이병호와 마지막으로 만남이 있던 날도 이런 날이었을까? 잘 기억이 나지 않았다.

“내가 자네에게 충고 한마디 해도 되겠나?”

“아니, 충고는 받지 않겠네. 대신 실없는 소리라면 받아 주겠네.”

이병호는 이상문의 빈정거림에 일순 화가 치밀었지만 꾹 눌러 참았다.

“좋아. 그렇다면 실없는 소리 한마디 하겠네.”

이상문은 어서 해 보라는 듯 이병호를 똑바로 쳐다보았다.

“이제라도 늦지 않았으니 더 이상, 우리 국민들을 속이는 짓은 그만두게.”

"속이는 짓이라고? 속이는 게 뭔가. 그건 거짓된 말이나 행동을 진실이라고 말하는 것을 이르는 말이야. 나는 국민들을 속일 마음도 없고, 우리 국민이 믿고 있는 그대로를 말하는 것이야. 이것이 어떻게 속임이라고 말할 수 있겠나."

그의 말투는 분명 비아냥거림이었다.

"그럼, 신라 경주 천년고도를 얘기하고, 부여에 건설 중인 백제 삼천궁녀낙화암이 국민들을 속이는 짓이 아니란 말인가?"

"자네는 몰라도 한참을 모르고 있어. 그런 실없는 소리라면 더는 듣고 싶지 않네."

"삼천궁녀낙화암 건설을 꼭 추진해야 되겠나?"

"이미 세계 각국에서 투자자들이 반응을 보이고 있어. 이제 와서 철회하는 건 국가적 웃음거리만 사는 일이란 걸 모르고 하는 소린가?"

"진정으로 우리 역사와 문화를 알리는 일이 어떤 것인지 다시 한 번 생각해보게."

"나는 내 방식이 틀렸다고 생각한 적이 한 번도 없어."

이상문이 명료하게 말했다.

"이것 봐. 이상문, 자네 자식들에게 부끄럽지도 않나?"

"실없는 소리는 이쯤에서 그만두게. 듣고 있기 거북하니까."

이병호의 얼굴이 분노로 물들었다.

"자네, 후회 할 짓은 하지 말게. 손바닥으로 하늘을 가리는 어리석은 짓은 이쯤에서 그만 두게. 진실은 언젠가는 밝혀지게 돼있어."

"지금 날 협박하는 건가?"

"아니, 협박이 아니라 협력을 구하는 걸세. 내가 무엇을 준비하고 있는지 알고 있나?"

순간 이상문의 칼날 같은 눈빛이 섬뜩함을 품었다가 사라졌다.

이병호는 이상문의 얼굴에서 건널 수 없는 괴리감을 읽었다.

"이제는 두 번 다시 자네를 찾는 일은 없을 걸세."

이상문의 뇌리에서 이병호의 결의에 찬 얼굴이 사라졌다.

승용차의 덜컹거림이 그를 상념에서 깨웠다.

이병호의 USB는 반드시 찾아야한다. 그의 가슴이 걱정과 분노로 교차했다.

경부고속도로는 여름 휴가철이라 그런지 밤늦은 시간에도 불구하고 불야성을 이루고 있었다. 이상문의 세단은 막힌 고속도로를 빠져나가 국도를 타고 서울로 질주했다.

비밀조직 선명단

서울 서초경찰서 강력반 윤철훈 경위는 주변 건물에서 시선을 빠르게 움직이며 누군가를 찾고 있었다. 수많은 인파 속에서 그가 찾고 있는 한미정은 보이지 않았다. 벌써 몇 번이나 근처 건물을 샅샅이 찾아보았는지 모른다. 앞서 들렀던 그녀의 집은 텅 비어있었고, 조그만 단서도 찾을 수 없었다. 거리를 바라보는 그의 얼굴이 낭패감으로 일그러졌다.

한미정은 대체 어디로 갔단 말인가. 윤철훈은 다시 한 번 한미정과 통화를 시도해 보았다. 여전히 불통 상태였다. 그는 승용차를 운전해 한미정의 휴대폰 발신지에 다시 가 보았다. 새벽시간 이었지만, 여름밤을 즐기려는 젊은이들의 모습이 눈에 많이 띄었다. 그는 눈을 돌려 사방을 살펴보았다. 화려한 네온사인이 불야성을 이루고 있었고, 술에 취한 취객들에게 호객행위를 하는 나이어린 삐끼들의 모습이 보였다. 어디에도 그녀의 모습은 보이지 않았다. 어쩌면 그녀의 모습이 보이지 않는 건 지극히 당연한 것인지 모른다. 한미정이 전화로 신고를 해 온 지 벌써 하루를 지나 이틀이 가까워져 있었다. 신고 즉시 이곳으로 달려왔지만, 그녀의 모습은 찾을 수 없었다.

그녀는 파출소로 달려가지 않고 사람이 많이 오가는 장소에서 신고를 해 왔다. 윤철훈은 조금 전 지나쳐 왔던 파출소를 떠 올려 보았다. 시 외곽에 자리 잡고 있는 파출소까지는 거리가 있어 보였다. 누군가에게 쫓기고 있던 상황에서 파출소까지 가기란 무리가 있었으리라. 아무래도 무언가 심상치 않은 일이 벌어 진 것 같았다. 한미정이 말한 이병호 교수의 USB에는 어떤 내용이 들어있단 말인가. 이제 이병호 교수는 가고 없다. USB를 갖고 있는 한미정이 사건의 열쇠를 쥐고 있는 형국이었다. 서둘러 한미정을 찾아야 했다. 그는 휴대폰을 꺼내 들었다.

"단장님, 한미정의 행방이 묘연합니다."

윤철훈의 목소리에 휴대폰에서는 아무 말이 들려오지 않았다. 상대방이 생각에 잠겨 있는 것 같았다.

"단장님."

"듣고 있네. 내가 있는 곳으로 바로 오게."

윤철훈의 자가용이 시내를 벗어나 한적한 농로를 질주했다. 열린 창문사이로 농촌의 싱그러운 풀 냄새가 차안으로 밀려들었다. 윤철훈은 콧속으로 스며드는 풀 냄새에 긴장됐던 마음이 다소 가라앉는 것을 느낄 수 있었다. 좁은 농로를 한참을 질주해 나가자, 드넓게 펼쳐진 저수지가 차량의 전조등 불빛을 받으며 위용을 드러냈다. 그는 우측으로 핸들을 꺾어 물이 마르지 않은 질펀한 땅으로 차를 몰았다. 무수한 갈대가 바람에 휘날리며 서걱거리는 소리는 마치 잘 만

들어진 자연의 교향곡을 연주하고 있는 듯 보였다. 하지만 그의 얼굴은 자연의 교향곡에는 아무 관심도 없는 표정이었다.

차에서 내린 그는 갈대숲이 움푹 꺼진 곳으로 잰걸음을 놀렸다.

낚싯대를 드리우고 밀짚모자를 눌러쓴 사내가 인기척에 고개를 들었다. 물속에 드리워져 있던 야광찌가 위로 솟았다가 순간 몸을 감췄다. 사내는 고기를 낚을 마음이 없는지 낚싯대를 잡은 손에 힘을 주지 않았다. 손을 빠져나간 낚싯대가 첨벙 소리를 내며 깊은 물속으로 들어가고 있었다.

밀짚모자 챙 아래로 보이는 그의 얼굴은 주름이 많이 잡혀 있었고, 왜소한 체구는 나이 탓인지 구부정해 보였다.

"단장님, 저 왔습니다."

"갈대가 서걱거리는 소리를 들어보게."

밀짚모자는 사라져 가는 낚싯대를 바라보며 말했다.

"저 무수한 갈대는 누가 자기의 소리를 들어주기를 바라지 않고 바람에 맡겨 자연의 하모니를 연주하고 있다고 생각이 들지 않나? 누가 알아주길 바라고 하는 행위는, 필연적으로 행위의 보상을 기대할 수밖에 없지."

밀짚모자는 잠시 하늘을 올려다보았다. 무수한 별빛이 그를 마주 바라보았다.

"그래, 한미정의 행방이 묘연하다구?"

"네, 어디에서도 한미정의 흔적을 발견할 수 없었습니다."

"그럼, 한미정은 USB를 노리고 있는 누군가에게 쫓기고 있는 게 분명해."

"USB에는 어떤 내용이 들어있을까요?"

"이병호 교수는 강단사학계를 입버릇처럼 비판하고 있었어. 현재의 모습은 과거의 반영이고, 미래의 모습은 현재의 반영인 것이라고."

"그럼, USB에는 강단사학계를 위협할 수 있는 내용이 들어있다고 볼 수 있겠군요."

"아마도 그럴 것이야."

말을 마친 밀짚모자는 깊은 숨을 토해내고 들었던 고개를 떨어뜨렸다. 그가 깊은 생각에 잠겼음을 알 수 있었다.

그때 부스럭 거리는 소리가 들려왔다. 윤철훈은 고개를 뒤로 돌려 주위를 살폈다. 어둠에 익은 그의 눈에 거구의 사내가 보였다. 달을 가린 구름이 서서히 걷혀지며 사내의 얼굴을 비춰주었다. 어두워 있던 그의 얼굴이 화색을 띠며 금세 밝아졌다.

"내가 불렀어."

밀짚모자가 말했다.

"단장님, 저 왔습니다."

성큼 앞으로 다가온 거구의 사내가 밀짚모자에게 허리를 깊이 숙였다.

"우리가 이렇게 한 자리에 모인 게 얼마만이지 모르겠네. 윤 경위, 정말 오랜만이군."

거구의 사내가 윤철훈에게 손을 내밀었다.

"백 경위는 그 전보다 몸이 더 좋아진 것 같군."

"그런가, 하하하."

백웅민의 입에서는 거구에 어울리는 우렁찬 웃음이 흘러나왔다.

달빛을 받은 윤철훈의 약간 각져있는 턱 선이 선명하게 보였다.

윤철훈과 백웅민은 모두 경찰대학 출신들이었고, 밀짚모자 권충대가 조직한 비밀 사조직의 선명단원이었다. 선명단은 일제강점기 당시 조선의 명령에 목숨을 바쳐 일제에 대항한다는 뜻이 담겨 있는 비밀 단체였지만, 이들은 개칭하지 않은 이름을 그대로 사용하고 있었다. 그것은 아직도 대한민국이 일제강점기의 암울한 사관을 지속시키고 있다는 걸 뜻하기도 했다. 선명단은 각 사정기관에 몸을 담고 있으면서 비선秘線을 이용해 서로의 연락을 주고받고 있었던 것이다.

밀짚모자를 벗은 선명단 단장, 권충대의 머리는 어느새 하얀 눈이 자욱이 내린 모습이었다. 달빛을 받은 흰 머리의 음영은 보는 이들로 하여금 신비감을 발해 주었다.

갈대숲에서 이름 모를 들짐승의 울음소리가 들려왔다. 들짐승들의 울음소리는 그날과 별 차이가 없어 보였다.

권충대의 눈앞에 사십여 년이 훨씬 지난 그때의 일이 바로 어제처럼 보였다.

앞을 분간하기 힘든 어둠속에서 들짐승들의 울음소리가 들려왔다. 그 소리는 불빛 하나 보이지 않는 산속에서 이리저리 헤매는 권충대를 공포에 빠트리기에 충분했다. 칠흑 같은 어둠에 싸인 산속을 걷는 그는 공포에 찬 눈빛이었지만, 어린소년의 눈빛치곤 어딘지 다르게 보였다. 아이답지 않은 깊은 눈이 그것을 말해주고 있었다.

산속에 홀로 떨어진 그의 얼굴은 눈물과 콧물로 지저분하게 덧칠돼 몹시 지저분해 보였다. 손발은 흘러내린 피가 굳어 검게 변해있었고, 찢어진 바지사이로 금방이라도 무릎이 빠져나올 것만 같았다. 이틀을 굶었고 산을 얼마나 헤맸는지 모른다. 이틀을 소리쳤던 목소리는 심하게 쉬어 숨을 쉴 때마다 그렁그렁거리는 소리가 들려왔다. 같이 도토리를 줍던 친구들의 모습은 어디에도 없었다. 그렇게 권충대는 길 잃은 산속에서 인가를 찾아 발길을 내달리고 있었다.

사람의 흔적이 없이 홀로 어둠을 더듬고 있는 소년에게 자연은 결코 그의 편이 돼주지 않았다. 무심한 자연은 그의 바람과는 달리 문명의 이기를 보여주지 않고 있었다. 집 천장에 대롱대롱 걸려있는 삼십 촉 백열등이 그렇게 그리울 수 없었다. 권충대는 집으로 돌아가면 희미한 백열등을 껴안고 목 놓아 울고 싶었다. 그렇게 몇 발자국을 걷고 있을 때였다. 그는 들려오는 소리에 귀를 집중했다. 소리는 점점 가까워졌고 알 수 없는 공포가 밀려들었다. 그는 바닥에 엎드려 자신을 향해 서서히 다가오는 물체에 눈을 크게 떴다. 희미하게 보였던 푸른 불빛 두 개가 어느새 구슬만한 크기로 변해 그의 주위를 맴돌았다. 엄청나게 큰 들개였다. 다리가 후들거리고 이빨은 딱딱거리며 부딪혔다. 순간 푸른 불빛이 허공에 빛을 뿌리며 뛰어올랐다. 크고 하얀 이빨이 권충대의 다리를 물었다. 살점이 떨어져 나가며 엄청난 통증이 밀려왔다. 그의 입에서 비명이 터져 나왔다. 바지가 축축했다. 오줌을 지린 것 같았다. 권충대의 살점을 순식간에 먹어치운 들개가 다시 몸을 날렸다. 권충대가 몸을 굴려 공격을 피했다. 공격에 실패한 들개가 몸을 뒤로 돌려 그를 향해 으르렁거리며 달려들었다. 권충대는 정신을 차리고 손가락을 뻗어 달려드는 들개의 눈을 힘껏 찔렀다.

캐갱! 들개는 고통스러운 비명을 지르며 뒤로 물러났다. 권충대는 날카로운 나뭇가지를 들고 고통에 몸부림치고 있는 들개의 배를 사정없이 연거푸 찔렀다. 들개의 피가 사방으로 튀며 권충대의 온몸을 붉게 물들여 놓았다. 들개는 이미 숨이 끊어져 있었지만 권충대가 휘두르는 나뭇가지는 멈추지 않았다. 그렇게 한참을 찌르던 권충대는 동작을 멈추고 너덜너덜해진 들개를 바라보았다. 이윽고 긴장이 풀린 다리가 그를 주저앉혔다. 이내 의식이 희미해지면서 그는 깊은 산속에서 마침내 정신을 잃었다.

얼마나 오랜 시간이 지나갔는지 모른다.

권충대는 자신을 감싸주는 포근하고 아늑한 자리가 이세상이 아닌 것처럼 느껴졌다.

"그놈, 참 기특하네."

들려오는 소리는 분명 사람의 목소리였다. 권충대는 반가움에 급히 몸을 일으켰다. 순간 그의 입에서 비명이 터졌다. 권충대는 다시 자리에 누워 목소리의 주인공을 바라보았다. 목소리의 얼굴은 주름이 많이 잡혀 있었고 몸에는 검은 두루마기를 두르고 있었다. 그 모습은 마치 시간을 거슬러 올라간 것 같았다.

"여기는 어떻게 올라왔느냐?"

"길을 잃었습니다."

권충대는 힘겹게 말하고 집안을 살폈다. 천장에는 서까래가 그대로 드러나 있었고 벽에는 이름을 알 수 없는 약초가 주렁주렁 걸려 있었다. 열린 문사이로 싸리나무로 얼기설기 엮은 마당이 눈에 들어왔다.

"이놈아, 목숨을 살려줬으면 고맙다는 인사 정도는 해야 되지 않겠냐?"

"정말 감사합니다. 어르신."

"허허, 엎드려 절 받기군. 그래 나이는 몇 살인고?"

"열 셋입니다."

"몸이 나으면 산 밑까지 바래다주마. 그건 그렇고, 그 큰 들개를 네가 잡은 거 맞느냐?"

노인은 믿을 수 없는 눈길로 물었다.

"네."

"허허, 그 놈 참 대견하네."

노인은 일제강점기 당시 선명단을 이끌었던 임광모의 제자였다. 해방이 되었지만 이념과 사상으로 갈라진 조국의 현실이 서글펐고 미군정이 내세운 이승만과 친일파들이 다스리는 조국에 더할 나위 없는 염증을 느껴 이곳 산속으로 들어와 자연을 벗 삼으며 살아가고 있는 사람이었다.

노인과 권충대의 만남은 그렇게 시작됐다. 노인과 권충대와의 인연은 권충대가 경찰대학 상무관 무도교관으로 임명된 이듬해까지 지속되다가 노인의 사망으로 인연은 끝나있었다. 하지만 권충대는 노인에 의해 선명단의 이념을 전수 받았으며 비밀리에 우수한 두뇌들을 선발해 선명단을 이어온 것이었다. 그것은 권충대가 경찰대학 상무관 무도교관으로서의 영향이 컸다고 말할 수 있다. 그는 선명단을 극소수 정예요원으로 구성했고, 앞으로도 그것을 신앙처럼 고수할 생각이었다. 구성원이 많을수록 잡음도 늘어날 수 있다는 일제강점기를 거친 노인의 충고이기도 했다. 또한 권충대는 3년 전, 총경으로 승진했고 서초경찰서 서장으로 재직하고 있었다.

윤철훈이 전방에서 들려오는 소리에 고개를 들었다. 그의 큰 키가 더욱 크게 보였다. 푸른 눈의 야생 고양이가 들쥐를 쫓고 있는 것 같았다.

잔잔한 바람은 멎어 있었고 서걱거리는 소리는 들려오지 않았다.

"언젠가 경찰대 특강에서 이병호 교수님이 이런 말씀을 했습니다."

잠시 말을 멈춘 윤철훈이 권충대와 백웅민을 바라보았다.

"민족정신의 초석이 되는 역사, 민족의 튼튼한 결집력이 되는 역사, 빼앗긴 역사의식의 독립이 시급하다고 했습니다."

"우리 선명단이 존재하는 이유이기도 하지."

권충대는 깊은 숨을 쉬고 갈대밭으로 시선을 돌리며 말을 받았다.

이병호는 '한민족의 실체' 란 주제로 수년에 걸쳐 경찰대학에 특강을 했었고 민족의식이 강한 선명단과는 자연스레 가깝게 지냈다. 역사인식에 해박한 이병호의 죽음은 선명단에게도 큰 충격이었다.

"이 교수는 우리 한국의 역사교육현장이 일제강점기시대에 편승한 어용학자들의 이념에 의해서 좌우되고 있다고 말했어. 이번 사건은 그와 무관하지 않을 것이야."

권충대는 이병호가 말했던 한국 역사교육의 암울한 실태를 되 집으며 말했다.

마침내 들쥐를 문 고양이가 선명단을 지나쳐 갈대밭으로 모습을 감추었다. 잔잔한 바람이 잠든 듯 보이는 무수한 갈대를 깨우며 지나갔다.

중국이 동북공정을 철회하다

대형 유리창 너머로 한강이 내려다 보였다. 한강을 가로지른 철길이 차량의 전조등 불빛을 받아 검푸른 빛을 띠고 있었다. 곧게 뻗은 튼튼한 철길은 곧은 의지를 보여주며 제 역할을 충실히 수행하고 있는 것처럼 보였다.

베란다에서 한강을 바라보던 권충대가 대형 유리창을 지나 거실로 들어섰다.

"인간의 의지도 저 철길처럼 변함없이 확고하게 자리를 지킬 수 있을까."

그는 혼잣말을 하며 소파에 몸을 앉혔다.

몇 분의 시간이 흐른 후 초인종이 울렸다.

"열려있네."

권충대는 기다렸다는 듯이 일어서서 들어오는 두 사람을 바라보았다.

"대체, 중국의 속셈을 모르겠습니다."

윤철훈이 자리에 앉으며 말했다.

"인터넷에 떠돌고 있는 내용이 사실일까요?"

백웅민이 물었다.

"과연 중국이…. 헛소문이 아닐까?"

권충대는 말을 마치고 시계를 바라보았다. 시침이 저녁 8시를 가리키고 있었다. 윤철훈이 리모컨을 들고 TV를 켰다.

요 며칠 인터넷을 뜨겁게 달구던 대사건이 있었다. 그것은 중국이 근 20여 년을 주장해 오던 동북공정을 철회한다는 내용이었다. 한국의 네티즌은 소문의 진위여부를 확인하기 위해 중국의 네티즌과 대화를 시도했지만, 어떠한 사실도 확인할 수 없었다. 한국정부와 역사학계도 소문의 진상을 파악하려고 여러 채널을 통해 중국과 대화를 시도했지만, 그때마다 돌아오는 대답은 저우밍다오 국가주석이 곧 입장을 표명할 것이라는 답변뿐이었다. 묵묵부답으로 일관하며 한국을 애태우던 중국정부는 동북공정에 대한 성명을 발표하기로 했고 그 날이 바로 오늘이었다. 이는 곧 여러 외교채널의 시선을 한 곳으로 쏠리게 만들었고 세계적인 이슈가 되고 있었다.

TV모니터에 양복을 잘 차려입고 안경을 착용한 저우밍다오 국가주석이 단상에 모습을 드러냈다. 사방에서 카메라 셔터 소리가 요란하게 들렸다.

좌중을 한 번 바라본 저우밍다오 주석이 카메라를 응시하고 천천히 입을 열었다.

TV를 바라보는 권충대가 침을 삼켰다.

"저는 중국을 대신해서, 그동안 우리 중국이 주장해온 동북공정이 역사적인 기록과 많은 차이가 있다는 사실을 시인합니다."

권충대가 경악하고 윤철훈이 들고 있던 찻잔을 소리 나게 내려놓았다.

"사실이었어."

크게 놀란 백웅민이 벌어진 입을 다물지 못했다.

세 사람은 저우밍다오 주석의 연설에 숨 쉬는 것도 잊은 것 같았다.

"국제사회에서 엇갈리는 주장은 설득력을 얻을 수 없고, 한쪽의 학설만이 옳다고 주장함은 세계의 웃음거리로 남는 우를 범할 수 있습니다. 이는 곧 자국의 문화발전에도 중대한 해를 끼칠 우려가 있으므로 우리는 양쪽에서 이견을 내세울 수 없는 역사적 실증이 나올 때까지 동북공정을 철회합니다."

저우밍다오 주석의 발언은 동북공정이 어디까지나 현재진행형임을 내세우는 발언이었다. 한발 물러서서 새로운 각도로, 중국식 역사공정을 시작하겠다는 이면을 가지고 있는 듯한 발언이었다.

"저들이 동북공정의 새로운 학설을 만들기 전에 우리도 철저히 대비해야 할 텐데…."

권충대가 혼잣말을 흘렸다.

"지금 중국은 만들지 못하는 게 없습니다. 거의 모든 상품은 chaina 일색이고, 문화도 예외일 수 없습니다."

백웅민이 권충대의 말을 받았다.

잠시 말을 멈춘 저우밍다오 주석이 카메라를 똑바로 응시했다. 그의 양미간이 꿈틀거렸고, 그의 눈동자는 무언가를 결심한 듯 결의에 차 빛나고 있었다.

눈을 떼지 않고 그를 바라보는 권충대는 무언가 불길한 예감에 몸이 움츠러드는 기분이었다. 자신도 모르게 양미간에 힘이 들어갔다.

"이제는 힘의 논리를 벗어나 찬란한 문화가 세계인들의 존중을 받는 시대로 접어들었습니다. 힘의 논리를 앞세워 주장한 개념은 진정한 존중을 동반하지 않습니다. 우리 중국은 유네스코에 수많은 건축물과 축제가 세계문화유산으로 등재돼있고, 또 다른 문화를 유네스코에 등재할 계획을 갖고 있습니다. 국제적인 진정한 존중을 받기위한 단초가 문화유산에 의해 좌우될 수 있다는 것을 우리는 잘 알고 있습니다."

'대체 무슨 말을 하려고 저렇게 서두를 잡는 걸까.'

불길한 마음을 숨길 수 없는 권충대는 TV에서 눈을 떼지 못하고 있었다.

"우리가 우리 문화를 알리는데, 타국의 눈치를 보고 간섭을 받을 순 없는 일입니다. 이는 곧 우리 중국의 문화발전에도 강력한 장애요인으로 작용하고 있다고 판단한 바, 우리는 한국에 강력히 요청합니다. 우리 중국의 위대한 문화유산인 태극, 팔괘를 돌려주시기 바랍니다."

저우밍다오 주석의 충격적인 발언에 권충대의 얼굴은 얼음처럼 차갑게 굳어 미동도 하지 않았다. 불길함은 여지없이 날카로운 화살촉이 되어 폐부를 찔러왔다.

"아, 이거였어."

윤철훈이 신음처럼 내 뱉었다.

태극, 팔괘는 복희씨가 직접 그린 우주창조의 비밀을 담은 하도河圖에 나타나 있었고 복희씨는 중국민족이 문명의 시조로 떠받들고 있는 성인이었다. 저우밍다오 주석의 발언은 대한민국의 상징인, 태극기의 사용을 더 이상 묵인하지 않겠다는 내용이었다.

"우리 중국의 허락 없이 복희씨의 태극, 팔괘의 위대한 문화유산을 무단 차용한 한국은 더 이상 태극기의 사용을 금해주시기 바랍니다."

"어떻게 저럴 수가."

자리를 박차고 일어선 윤철훈의 눈에서 불꽃이 일었다.

동북공정 철회는 일종의 위장 전술이었다. 세계의 이목을 집중시켜 의도한 바를 국제사회에 알리는 고도의 정치전술이었고, 한국은 중국의 영원한 문화적 아류국가임을 만방에 알리는 정치적 술수였다. 그것은 총성 없는 역사전쟁을 바탕에 둔 막강한 문화적 무기였다.

베란다로 다가간 권충대가 담배를 빼 물었다. 어둠에 몸을 감추고 있던 철길이 불빛에 몸을 드러내며 곧게 뻗어있었다. 담배연기가 바람결에 실려 하늘하늘 올라가면서 이병호의 얼굴을 그렸다.

"우리 대한민국의 고대역사는 총체적으로 잘못 돼 있소. 그것을 바로잡지 않으면 중국과 일본이 터무니없는 주장을 내세운다고 해도 그것을 반박할 수 없습니다."

하늘을 바라보는 이병호의 얼굴이 슬퍼보였다.

"남의 역사를 가로채 자기 나라의 역사로 탈바꿈 시킨 중국의 파렴치함보다 역사를 빼앗기고도 찾을 생각을 아니하고 역사서의 목소리에 귀를 닫아두는 우리 한민족이 더 비난받아 마땅하오."

분노어린 이병호의 목소리는 권충대의 머릿속을 맴돌다 연기와 함께 허공으로 사라졌다.

뜨거운 열기를 머금은 검은 아스팔트는 꿈틀대는 여름 아지랑이를 한껏 피워 올리고 있었다. 시위대를 막기라도 하려는 듯 무수한 아지랑이는 제자리를 지키며 성난 시위대를 바라보았다.

잠시 후, 성난 시위대의 발길에 밟힌 아지랑이가 자리를 피해 멀리 달아나 있었지만 꿈틀거리는 기세는 꺾일 줄 몰랐다.

중국대사관 앞에는 진압장비를 손에든 중대병력 규모의 의경과 전경들이 성난 시위대를 향해 방어태세를 취했다.

중국의 망언을 규탄하는 수많은 피켓이 시위대의 머리 위에서 출렁거렸다.

"중국은 태극기 반환 주장을 즉시 철회하라!"

확성기를 손에 든 사람의 외침에 시위대가 일제히 따라했다.

"중국의 주장은 명백한 국권침탈 행위다!"

노도와 같은 함성이 대사관을 집어 삼킬 듯 크게 메아리쳤다.

시위대의 열기와 무더운 여름날의 열기가 어우러진 중국대사관 앞에는 전국에서 올라온 사람들로 인산인해를 이루고 있었다. 머리에 붉은 띠를 두른 사람들과 삭발을 감행한 사람이 있었고, 옷차림으로 보아 종교계에 몸담고 있는 사람들도 보였다. 중국대사관 앞은 그야말로 각양각색의 사람들로 가득 찼고, 모두가 중국의 망언에 분노한 모습이었다. 지휘를 맡은 사람의 구령에 맞춰 시위를 벌이는 사람들의 표정은 금방이라도 폭발할 것 같은 기세였다.

시위대 틈에서 조금 떨어진 오십 중반의 한 남자는 어딘가 다르게 보였다. 남자의 해괴한 옷차림은 사람들의 시선을 끌기에 충분했고, 계절을 무시한 두꺼운 점퍼차림에 지퍼를 끝까지 올린 모습은 마치 나병환자가 몸을 가리고 있는 모습과도 같았다.

그때였다. 갑자기 앞으로 나선 오십 중반의 남자가 대사관을 향해 쏜살같이 뛰었다. 순간 두꺼운 점퍼가 벗겨지면서 수많은 화염병이 모습을 드러냈다. 이를 쳐다본 사람들이 경악했다. 의경과 전경들이 일제히 남자를 향해 뛰었다. 남자가 달려드는 의경을 피해 굳게 닫힌 대사관으로 돌진했다. 그의 손에서 무엇인가 번쩍했다. 번쩍하는 불빛이 남자를 휘감았다. 시위를 벌이는 사람들이 눈앞에서 벌어진 끔찍한 현실에 두 눈을 감았다.

"태극기 반환 주장은 한민족문화말살정책이다!"

절규에 가까운 비명이 흘러나오며 꿈틀대는 불덩어리는 하늘을 우러러 보았다. 그리고 조용히 쓰러졌다. 순식간에 일어난 일이었다.

사태를 알아차린 기자들이 일제히 중국대사관 앞으로 뛰었다. 어깨에 걸린 카메라가 몹시 흔들렸고, 뛰는 발소리가 매우 무겁게 들렸다.

이날 이후, 중국은 대사관 안에 태극기를 게양했다. 그것은 태극기가 땅으로 서서히 내려오게 만들어진 특수제작된 것이었고, 마침내 태극기가 땅으로 떨어짐과 동시에 한국에서 태극기를 빼앗아간다는 비상식적인 발상이었다. 한국이 서서히 내려오는 태극기를 바라보며 태극기와 이별할 시간을 준다는 이유로 깃봉은 아주 높게 제작돼 있었다.

중국대사관의 태극기가 서서히 내려오기 시작했다.

북한 중국의 의도에 작전국 요원을 급파하다

북한 평양.

명실상부 북한의 최고 권력자 김정은. 그는 무엇을 생각하고 있는지 굳은 얼굴이 가끔 실룩거렸다.

중국의 태극기 반환 사건은 북한에게도 엄청난 충격이었다. 그것은 민족의 앞길에 커다란 걸림돌로 작용할 것이라는 데는 의심할 여지가 없었다.

김정은이 깍지 낀 손에 힘을 주었다.

'우리 삼천만 조선인민공화국의 염원인 무력적화통일의 종착지는 민족의 새로운 혁명기지 건설의 탈바꿈이다. 외세에 의한 민족간섭은 새로운 혁명기지 건설에 힘을 불어넣을 수 없다. 프롤레타리아와 부르주아는 국가 내에서만 존재하는 계급이 아니다. 나라의 상징을 빼앗긴 민족이 과연 새로운 사상을 받아들일 수 있겠는가. 어림도 없는 일이다. 민족통일을 기반으로 한, 민족발전에도 그것은 강력한 장애요인이다. 이대로 가다간 우리 북남은 영원히 중국에 종속된 계급투쟁의 희생물로 전락할 수 있다. 의식적 계급은 곧, 현실적 계급

을 동반할 것이다. 과거 역사가 그것을 증명하고 있지 않은가.'

김정은이 전화기를 들고 누군가를 불렀다.

잠시 후, 마른체형에 매서운 눈매를 가진 사내가 들어왔다.

인민무력부장 상장 정형묵. 부동자세를 취한 그는 힘찬 거수경례를 올렸다.

정형묵은 중장에서 상장으로 진급하며 올해 초 오십 생일을 한 달 앞두고 인민무력부장으로 임명된 사람이었다. 파격적인 인사였고 세대교체의 선봉으로 등장한 인물이었다.

"앉으시오."

정형묵은 언제나 이 젊은 사내의 카리스마에 압도되는 기분이 들었다. 한 나라의 지도자다운 풍모가 사내의 온몸에서 발산됐다.

"중국의 의도가 무엇인지 파악됐습니까?"

"정확한 의도가 무엇인지 모르겠지만, 홍산문명과 관련된 것으로 파악하고 있습니다."

"홍산문명이라…."

김정은은 혼잣말을 흘렸다.

"부장 동지, 작전국 요원을 적극 검토해 주시오."

"알겠습니다."

인민무력부 총참모부 정찰국 제1국 작전국은 과거 조선노동당 작전부의 임무를 수행하던 조직이다. 대남 및 해외공작기관으로 공작원의 교육훈련과 침투공작원을 안내, 복귀시키는 것이 주 임무지만, 테러, 요인암살, 폭파 등의 임무도 수행한다.

작전국 요원 훈련장.

함성과 기합소리는 마치 악에 바친 절규에 가까웠다.

웃통을 벗어던진 수십 명의 사내들은 손놀림과 발길질이 눈으로 따라가기 힘들 정도였다. 이윽고 두 줄로 갈라진 대열은 우렁찬 함성을 질러가며 앞으로 뛰었다. 그들은 모두 맨발이었고, 바닥에는 수많은 유리 파편이 깔려있었다. 햇빛을 머금은 송곳처럼 뾰족한 유리 파편이 사내들을 사납게 쳐다보았다. 일말의 주저함도 없이 유리 파편 위로 뛰어오른 사내들은 질풍처럼 내달렸다. 고통을 참고 있는 듯 사내들의 얼굴은 몹시 일그러져 있었다. 중간쯤에 이르자, 전방에서 느닷없이 자가용이 사내들을 향해 질풍처럼 달려왔다. 일순간 사내들의 몸이 달리는 탄력을 받아 공중으로 솟구쳐 올랐다. 자가용은 사내들을 지나쳐 숲속으로 사라졌다. 그때였다. 쉭쉭거리며 바람을 가르는 소리와 함께 무엇인가 날아들었다. 사내들의 몸이 마치 신들린 듯 움직였다. 순간 날아드는 단검을 맞은 사내가 비명을 지르며 쓰러졌다. 동정을 느낄 겨를도 없이 사내들은 동물적 감각으로 날아드는 단검을 피하기에 바빴다.

작전국 요원들의 목숨을 건 실제 훈련이었다.

2층 상황실에서 모든 훈련 상황을 지켜보는 인민무력부장 정형묵의 입술은 굳게 다물어져 있었고, 눈빛은 비장하게 빛을 뿜었다.

훈련장 한복판에 자리 잡은 커다란 돌기둥에 새겨진 '일당백'의 문구는 핏빛처럼 붉게 보였다.

검은색의 고급 승용차가 평양의 거리를 천천히 달렸다. 승용차 뒷좌석에는 인민군복을 잘 차려입은 건장한 사내가 타고 있었다.

잠시 후, 목적지에 도착한 승용차의 부드러운 엔진소리가 멈췄다.

군복의 사내가 도착한 곳은 인민무력부장 정형묵의 사택이었다.

사택으로 들어선 사내가 부동자세를 취하고 힘찬 거수경례를 올렸다.

작전국 대좌 김철호. 그는 김정일 군사대학을 우수한 성적으로 졸업했고, 현재 작전국의 해외침투조 훈련교관이었다.

"어서 앉게."

남조선에서 유행하는 향긋한 커피향이 거실을 가득 채웠다.

"커피향이 어떤가?"

정형묵이 커피를 한 모금 마시고 물었다.

김철호는 어떤 대답을 해야 할지 몰라 잠시 어색한 침묵을 지켰다.

"안심하게. 이곳은 어떤 장비로도 도청을 할 수 없는 곳이야. 하하하."

정형묵의 호탕한 웃음소리에서 패기와 자신감이 묻어났다.

"국장 동지께 말씀 들었습니다."

김철호가 말을 돌렸다.

순간 정형묵의 짙은 눈썹이 치켜 올라갔다.

"바로 본론으로 들어가자는 건가?

이내 표정을 바꾼 정형묵이 재차 크게 웃었다.

"최 국장 동무가 자네를 추천한 이유를 알겠구먼."

정형묵이 푹신한 소파에 몸을 깊게 묻으며 담배를 빼 물었다. 연기를 길게 내뱉은 그는 담뱃갑을 김철호에게 내밀었다.

"피우게."

"아닙니다."

정형묵은 굳센 의지가 엿보이는 사내가 맘에 들었다.

"우리 북남의 분단현실은 어떤 식으로든 종지부를 찍을 때가 됐어. 우리는 그에 따른 만반의 준비를 해야 할 기로에 서있지. 그런데 중국의 느닷없는 태극기 반환 주장은 우리 민족 전체를 흔들기에 충분해. 중국의 오만방자한 목적을 알아내야 할 것이야."

김철호가 꼿꼿한 자세를 취했다.

"중국의 태극기 반환 주장에 대해 생각해 보았나?"

"인간에 의해 만들어진 개념은 인간의 의식을 지배해 왔습니다. 지금 남조선의 국민들이 반중을 외치며 떠들고 있지만, 그것은 시간의 지배를 받을 뿐입니다."

김철호가 차분하게 말했다.

"무슨 얘긴가?"

"중국의 태극기 반환 주장은 반중감정을 고조시키고 있지만, 시간이 지남에 따라 문화의식적 사대주의 개념으로 확고해질 수 있습니다. 확고해진 개념은 남조선 인민들의 의식세계에 막대한 영향력을 행사할 것입니다. 이는 곧 미래의 북남 합작의 혁명기지 건설에도 심각한 차질을 가져올 수 있다고 생각합니다."

김철호는 평소의 생각을 한달음에 쏟아놓았다.

정형묵이 천천히 고개를 끄덕였다. 잠시 말을 멈춘 김철호가 다시 말했다.

"태극기 반환 주장은 미래에 조국 통일된 우리민족의 주체사상을 확립시키는데 막대한 장애물로 작용할 것입니다."

"정확하군, 김정은 국방위원장께서도 그 점을 우려하시고 있네."

정형묵은 일어서 육중해 보이는 서랍을 열었다. 그리고 묵직해 보이는 수첩을 테이블에 내려놓았다.

"상황에 맞게 신분을 바꾸도록 하게."

수첩을 받아든 김철호가 일어서 부동자세를 취했다. 그리고 힘찬 거수경례를 올렸다.

정형묵이 다가가 악수를 청했다.

청와대.

국무회의실로 향하는 대한민국 첫 여성대통령 박미혜는 깊은 시름에 잠겨 있었다.

동북공정이 한국의 역사침탈이라면 태극기 반환 주장은 국권침탈 행위라 해도 부족한 표현이었다. 현 정부가 맞닥뜨린 최고의 위기요, 난국이었다.

"이 난국을 어떻게 헤쳐 나가야 한단 말인가."

대통령의 입에서 탄식에 가까운 소리가 흘러나왔다.

곧이어 대통령이 회의실로 들어서자, 모두 기립했다.

"앉으세요."

대통령의 목소리는 침울함에 가까운 목소리였다.

회의실의 각 부처의 수장들이 의자에 무겁게 몸을 앉혔다.

"중국의 목적이 무엇이라고 생각하세요?"

대통령이 좌중을 향해 물었다.

"세계 속에서 한국을 웃음거리로 만들고, 한국의 국민적 의식은 모화사대주의사상을 근본에 두고 있다는 것을 국제사회에 재인식시키는데 그 목적이 있을 것으로 생각하고 있습니다."

외교안보수석 이진찬이 숨도 안 쉬고 단숨에 말했다.

그의 몸집은 몹시 비대했지만, 목소리는 아주 작은 목소리였다.

"과연 그것이 전부일까요?"

대답 없는 회의실은 무거운 침묵만 지속되고 있었다.

중국의 태극기 반환 사건은 연일 중국 상품 불매운동을 낳게 만들었고, 반중 시위는 날이 갈수록 극렬한 시위로 퍼져 나가고 있었다. 이는 곧 한국의 경제발전에도 심각한 적신호가 켜졌음을 증명하는 것이기도 했다.

"어떤 대책이라도 강구하고 있나요?"

별다른 대책이 없다는 걸 알고 있었지만, 답답함을 조금이라도 덜기위한 질문인 것 같았다. 불편한 침묵이 계속되면서 회의실의 공기는 숨이 막힐 듯 무거웠다.

그때 노크 소리가 내각회의실의 불편한 침묵을 깨웠다.

"대통령님, 저우밍다오 주석이 핫라인을 요청했습니다."

시국에 따라 핫라인이 국무회의실까지 설치된 모양이었다.

"연결하세요."

핫라인 전화를 손에 쥔 박미혜 대통령의 손끝이 미세하게 떨렸다. 양국 정상의 불편한 심기가 핫라인을 통해 전해졌다.

대통령은 수화기만 잡고 있을 뿐, 꾹 다문 입술은 떨어질 줄 몰랐다. 무언가 대응의 물꼬를 찾고 있는 듯, 가끔 꾹 다문 입술이 움찔거렸다. 시간이 지날수록 전화기를 손에든 대통령의 손가락은 심하게 떨렸다. 마치 천근 무게를 쥐고 있는 듯 얼굴에 경련이 이는 듯 보였다. 콧등에는 땀방울이 송골송골 맺혀 있었고, 숨소리가 거칠어졌다. 한참을 듣고만 있던 대통령의 입에서 탄식 섞인 목소리가 흘러나왔다.

"매우 유감입니다."

긴 통화시간 동안 대통령이 한 말은 고작 이 한마디였다. 이윽고 대통령이 천근 무게와도 같은 수화기에서 손을 뗐다. 힘없는 손을 빠져나간 수화기가 천둥치는 소리를 내며 떨어졌다. 국무회의실의 시선은 냉랭한 기류를 타고 얼어붙은 듯 움직임이 없었다.

대통령의 시선이 냉랭한 시선으로 좌중을 둘러보더니 이내 고개를 떨어뜨렸다. 그리고 말없이 회의실을 빠져나갔다.

내각을 믿지 못하는 대통령

몇 시간 후, 국정원.

국정원장 민수호는 자신의 집무실에서 한참을 서성거리고 있었다. 그때 귀를 자극하는 인터폰이 울렸다. 그는 급하게 인터폰의 수신 버튼을 눌렀다.

"대통령께서 도착했습니다."

정확한 발음은 빈틈이 느껴지지 않았다.

민수호는 급히 양복을 걸치고 빠른 걸음으로 회의실로 향했다.

현정국 경찰청장이 대통령과 함께 국정원 회의실로 들어섰다.

"어떤 정보를 말하는 건가요?"

대통령이 자리에 앉음과 동시에 물었다.

"장저우의 움직임이 우리 정보원들에 의해 포착됐습니다."

"장저우라면 중국우익을 통솔하고 있는 사람을 말하는 겁니까?"

"그렇습니다. 태극기 반환 주장이 있은 직후 장저우는 여러 차례 저우밍다오 주석과 면담을 가졌고, 중국공산당은 장저우가 획책하고 있는 사업을 암암리에 지원하고 있는 것으로 밝혀졌습니다."

"장저우가 획책하고 있는 사업이요?"

"어떤 사업인지 모르겠지만, 그는 지금 중국의 대표적 양심사학자 쉬안핑의 역사연구 자료가 들어있는 USB를 찾고 있습니다. 아마도 그가 추진하는 사업과 밀접한 관계가 있는 거 같습니다."

대통령의 양미간이 심하게 치켜 올라갔다.

"여러 가지 정황상 태극기 반환 주장과 무관하지 않겠다는 게 지금까지의 파악입니다."

"그러면 쉬안핑의 USB는 지금 어디에 있는 겁니까?"

"매우 공교롭게도 USB가 얼마 전, 살해된 이병호 교수에게 들어가 있었고, 그의 손을 벗어난 USB는 한동안 행방이 묘연했습니다."

묵묵히 듣고 있던 현정국 경찰청장이 말했다.

"그래서 USB를 찾았다는 말인가요?"

대통령의 다급한 물음에 현정국 청장이 난색을 표했다.

"안타깝게도 USB는 이병호 교수의 약혼녀 한미정이 가지고 있었고, 한미정은 USB를 빼앗으려고 하는 자에게서 도망쳐 경찰에 신고해 왔습니다. 신고 직후 한미정은 행방불명 상태였는데, 어제 아침 주택가 골목에서 시신으로 발견됐습니다. 하지만 안타깝게도 한미정의 소지품에선 USB가 발견되지 않았습니다. 그런데 한미정을 쫓았던 자와, 한미정을 태우고 간 자가 CCTV에 포착됐습니다."

"한미정을 태우고 간 자의 신원은 파악됐나요?"

대통령이 다급하게 물었다.

"네, 대리운전기사 강인후로 밝혀졌습니다. 아마도 그 자가 USB를 갖고 있을 것으로 추정하고 있습니다."

"그럼, 대리운전기사 강인후가 한미정을 살해했을 거라는 말입니까?"

"아직은 모릅니다. 강인후 역시 행방이 묘연한 상태입니다. 그래서 우리는 한미정과 강인후의 관계를 파악하고 있는 중입니다."

"그럼, 강인후가 갖고 있을 것으로 보이는 USB가 이번 사건과 어떤 연관을 가지고 있다는 말이군요."

"국정원에서는 그렇게 파악하고 있습니다."

잠시 침묵한 대통령이 물었다.

"이병호 교수 살해사건 담당 경찰서가 어딘가요?"

"서초경찰서입니다."

"서초서라면 권충대 서장이 맞나요?

"네, 맞습니다. 경찰 내에서도 성품이 강직하기로 유명한 사람으로, 모든 경찰들의 표상이 되고 있는 인물입니다."

"그럼, 혹시 권충대 서장이 USB의 내용을 알고 있는 건 아닙니까?"

"USB에 어떤 내용이 들어있는지 모르겠지만, 권 서장이 USB의 내용을 알고 있었다면 분명 어떤 반응을 보였을 겁니다."

"그렇군요."

대통령이 깍지 낀 손에 힘을 주었다.

그럼 어쩔 수 없다. 성품이 강직하기로 유명한 사람이라면 이번 사건과 어울리지 않을 것이다. 국정원장 민수호가 왜 현정국 청장을 불렀는지 이해할 수 있었다.

한참의 침묵이 흐른 후 대통령은 결의에 찬 목소리로 말했다.

"현 청장님, 지금 즉시 권충대 서장을 만나세요."

"네…?"

"지금부터 이병호 교수 사건은 본청으로 이첩됩니다. 현 청장님 직속으로 처리하세요. 그리고 수단 방법을 가리지 말고 강인후를 찾는데 총력을 기울이세요."

그 순간 현정국 청장은 충격을 받았다. 대통령의 지시가 민주주의 삼권분립의 원칙을 침해한 것처럼 들렸기 때문이었다. 하지만 시급한 시국에 강단 있는 결정이라고 판단했다.

"알겠습니다."

현정국 청장이 힘 있게 대답했다.

"그리고 내일 아침까지 권충대 서장의 모든 신상자료를 빠짐없이 가져오세요. 그리고 이번 사건은 철저히 비밀을 지켜야합니다."

대통령이 엄하게 지시했다.

"아저씨, 자리 좀 옮겨 주세요."

강인후는 들려오는 소리에 부스스 눈을 떴다.

그의 눈앞에 마포걸레를 든 중년여자의 모습이 보였다. 잠에서 덜 깬 그는 졸린 눈을 비비며 다시 바라보았다.

"아저씨, 청소해야 하니까 자리 좀 옮겨 달라구요."

재차 들려오는 소리는 심한 짜증이 묻어있었다.

강인후는 천천히 일어나 자리를 옮겨 평상에 걸터앉았다. 주위를 돌아보니 시끌벅적 요란하게 떠들던 사람들은 아무도 보이지 않았다. 찜질방에 남아있는 사람은 자기 혼자뿐인 것 같았다. 그는 벌써 며칠을 찜질방에서 숙식을 해결하고 있었다. 불안한 시간 속에서 그가 선택할 수 있는 건, 고작 자신의 몸을 감추는 게 전부였다.

그는 며칠 전, 일어났던 일을 곰곰이 되짚어 보았다. 무작정 차에 올라탄 여자가 흘리고 간 USB로 인해 큰 봉변을 당할 뻔 했다. 아니 그것은 자신이 자초했다는 생각이 들었다. 왜 그랬을까. 거기서 USB만 넘겼으면 아무 일도 일어나지 않았을 텐데. 그는 자신의 행동을 이해할 수 없었다. 경찰에 신고해야 한단 말인가. 하지만 경찰에 신고해 USB를 넘긴다 해도 낯선 사내의 행동으로 보아 그냥 넘어갈 것 같진 않았다. 암울한 현실에 급기야 그의 입에서 욕설이 튀어나왔다.

"에이, 좆같이 걸렸네."

순간 날카로운 여자의 목소리가 들렸다.

"지금, 뭐라고 했어요?"

고개를 들어 바라보니 마포걸레를 든 여자가 금방이라도 후려칠 것처럼 자신을 노려보고 있었다.

"아닙니다. 아주머니한테 한 얘기가 아니에요."

무안한 얼굴로 급히 일어선 그는 옷을 챙겨 찜질방을 나섰다.

'대체 USB에는 어떤 내용이 들어있을까.'

찜질방에서 나온 그는 앞일을 생각하며 거리를 거닐었다. 여전히 목적지를 알 수 없는 발걸음이었다. 그는 짙은 선팅이 돼 있는 술집 유리창에 자신의 얼굴을 비추어 보았다. 머리는 새집을 짓고 있었고 붉게 충혈된 두 눈은 움푹 들어가 있었다. 그러고 보니 세수를 하지 못하고 나왔다는 걸 알았다. 그는 마치 노숙자와도 같은 모습에 자신도 모르게 유리창에 퉤하고 침을 뱉었다.

"빌어먹을."

고개를 돌려 휴대폰 매장을 바라보니 시간은 오후 2시를 넘기고 있었다. 심한 공복감에 속 쓰림 현상이 찾아왔다. 강인후는 주머니를 뒤져 천 원짜리 지폐 한 장을 꺼내들고 근처 편의점으로 들어갔다. 컵라면에 뜨거운 물을 부은 그는 잠시 기다리며 TV를 시청했다. 때마침 뉴스가 방영되고 있었다. 일순간 그의 눈이 크게 벌어졌다. 한 남자의 얼굴이 TV 모니터를 가득 채우고 있었다. 너무 놀란 그는 두 눈을 끔뻑거리며 다시 쳐다보았다. 의심할 여지없는 자신의 사진이었다. 어떻게 이런 일이…. 도무지 어떻게 된 일인지 알 수 없었고, 믿을 수 없었다. 그는 빠르게 편의점 손님들을 바라보았다. 교복을 입은 여학생이 교통카드를 충전하고 있었고, 지금 막 들어온 중년의 남자가 담배를 사는 모습이 보였다. 다행히 TV에 눈길을 주고 있는 사람은 아무도 없었다.

TV에서 여자 아나운서의 감정이 절제된 음성이 흘러나왔다.

'살인 용의자를 수배합니다. 이름 강인후. 나이 33세. 경찰에 따르면 용의자 강인후는 피해자인 한미정 씨를 자신의 승용차에 태우고 간 사실이 여러 목격자의 진술로 확인됐다고 합니다. 그리고 한미정 씨의 몸에서도 용의자의 지문이 수십 개나 찍혀있는 것을 경찰은 확인하고 전국에 지명수배를 내렸습니다. 경찰은 한미정 씨와 한 달 전, 살해된 이병호 교수는 약혼한 사실이 있었음을 추가로 확보했음을 발표했습니다. 이에 경찰은 한미정 씨를 은연중에 사랑한 용의자가 격분해 이병호 교수와 한미정 씨를 살해한 것으로 보고 전국에 수사망을 확대….'

강인후는 자신의 차에 올라탄 여자의 이름이 한미정인 것을 지금 알았다. 그리고 그녀가 살해 됐다는 사실도. 가슴이 쿵쿵거리며 무섭게 요동쳤다. 손도 안댄 컵라면을 쓰레기통에 버린 그는 허겁지겁 편의점을 나섰다.

어떻게 이런 일이 벌어질 수 있는가. 내가 살인 용의자라니. 정말 더럽게 꼬여가고 있었다. 강인후는 이 모든 일에서 빠져 나오고 싶었다. 일단 경찰에 자수해 사건의 전말을 밝혀 자신의 무죄를 증명해야만 했다. 알지도 못하는 여자와, 내용도 모르는 USB로 인해 자신의 인생을 망칠 순 없었다. 그는 빠른 걸음으로 경찰서로 향했다.

경찰서 정문을 통과해 들어온 강인후는 두 눈을 부지런히 움직였다. 경찰서에 처음 들어 와본 그는 어디로 가야할지 몰라 잠시 망설였다. 그때 푸른색 바탕에 흰 글씨로 쓰여진 강력반의 문패가 보였다.

문 앞에서 심호흡을 한 차례 한 그는 문을 열고 들어갔다. 사복을 입은 짧은 머리의 사람들이 바쁜 듯 서성거리며 들어오는 강인후를 주시했다. 덩치와 인상이 조폭과 구분이 안가는 모습이었다.

강인후를 본 형사들의 두 눈이 휘둥그레졌다. 형사들이 일제히 의자에서 일어나 그를 에워쌌다.

"자수하러 왔습니다."

덩치가 우람한 형사가 다가가 강인후의 손목에 수갑을 채우며 말했다.

"당신은 변호사를 선임할 권리가 있고 묵비권을 행사할…."

"야. 됐어. 그만해."

왜소해 보이는 사내가 그의 말을 자르며 다가갔다.

"취조실로 끌고 가."

강인후는 영화 속에서나 보았던 음침한 취조실의 분위기에 사방을 두리번거렸다. 한참이 지났지만 취조실에 형사는 들어오지 않았고 비디오카메라만 자신을 주시하고 있었다. 시간이 지날수록 알 수 없는 불안감만 커지고 있었고, 어서 빨리 누명을 벗고 싶은 마음뿐이었다. 그때 문이 열리며 왜소한 형사가 들어왔다.

"내가 당신보다 나이가 한참 많으니 이제부터 말 깐다."

조폭과 구분이 안가는 말투였다.

"우리가 지금까지 조사한 자료다. 읽어보고 지장을 찍도록."

조사 자료는 A4용지로 다섯 장 정도였다. 강인후는 수갑을 찬 손으로 천천히 한 장 한 장 넘기며 읽어 내려갔다. 자료를 쥔 손이 부들부들 떨리고 눈은 심한 절망감으로 가득 찼다.

나는 한미정이 누군지도 모른다. 무작정 내 차에 올라탄 그녀를 태워준 사실밖에 없다. 모든 내용은 TV에서 봤던 그대로였다. 어떻게 해야 결백을 증명할 수 있단 말인가. 정말 미치고 환장할 노릇이었다.

한참을 생각한 강인후는 천천히 입을 열어 한미정을 만난 시점부터 그녀가 흘리고 간 USB를 말했고 마지막으로 허리에 칼을 찬 낯선 사내의 가택침입 시도를 얘기했다. 그 순간 강인후는 분명 보았다. 왜소한 형사의 안도하는 눈길과 회심의 미소를. USB를 낯선 덩치에게 넘겨주려고 할 때 보았던 바로 그 표정이었다.

"강인후, USB는 어디에 있나?"

왜소한 형사가 매서운 얼굴로 말했다.

우려했던 질문에 머릿속이 쿵하고 울렸다. 상식적으로 생각해도 살해 동기를 먼저 물었어야 했다. 강인후는 여기서 빠져 나오기 힘들 거라는 생각이 들었다. 자수는 실수였다. 누군가에 의해 이미 만들어진 각본이었다. 의심의 여지가 없었다.

강인후는 생각을 정리하고 아랫배에 힘을 주었다. 그의 뇌리는 경찰서에서 탈출해야 된다는 일념으로 가득 찼다.

"제 차에 있습니다."

강인후가 가까스로 말했다.

"하하. 이봐, 강인후, 경찰을 뭐로 보는가. 경찰에 자수하러 오는 사람이 중요한 증거품을 차에 두고 왔다구?"

왜소한 형사는 강인후를 끌고 취조실을 나갔다.

"모든 소지품을 꺼내서 책상위에 올려놔."

이유는 알 수 없지만 꼼짝없이 살인범으로 몰릴 형국이었다. 앞이 암담해 졌다. 급기야 참을 수 없는 분노가 치밀었다.

"수갑을 찬 채로 말입니까?"

"오 형사, 수갑을 풀어줘."

강인후는 수갑을 벗으며 순간적으로 사방을 둘러보았다. 피의자로 보이는 사람들이 고개를 숙인 채 진술을 하고 있었고, 자신의 수갑을 풀어준 형사가 창가로 다가가 담배를 빼 물고 있었다. 다른 공공기관과는 달리 경찰서는 금연의 바람이 통하지 않는 것 같았다.

그는 주머니를 뒤져 소지품을 하나씩 꺼내 책상 위에 올려놓았다. 다시 한 번 주위를 둘러보았다. 피의자로 보이는 사내들이 뚱뚱한 형사를 따라 열린 철창문으로 들어서고 있었다. 철창문이 닫히면 탈출은 불가능하다. 그는 빠르게 머리를 회전시켰다.

강인후의 두리번거리는 모습을 쳐다본 형사가 천천히 다가왔다. 그의 손에는 커피와 담배가 들려있었다. 왜소한 형사가 의자에서 몸을 일으켰다. 기회는 지금이었다. 순간 강인후가 일어서려는 왜소한 형사를 머리로 힘껏 들이받았다. 커피를 든 형사가 잠시 주춤했다. 강인후의 발이 커피를 올려 찼다. 뜨거운 커피를 뒤집어 쓴 형사가 비명을 질렀다. 형사들이 일제히 일어섰다. 강인후가 미쳐 닫히지 않은 철창문을 향해 질풍처럼 내달렸다. 복도로 나오자, 어리벙벙한 수많은 시선이 그에게 쏠렸다. 뒤이어 무수한 발자국 소리가 좁은 복도를 휘감았다.

"잡아!"

누구의 소린지 알 수 없었다.

강인후는 복도를 빠져나와 정문으로 무섭게 내달렸다. 바로 뒤에서 형사들이 고함을 지르며 뒤쫓았다. 정문을 지키고 있던 의경이 휘둥그런 눈으로 기묘한 현상을 바라보았다.

"야, 잡아!

고함소리에 의경이 정신을 차리고 앞을 가로막았다. 강인후의 튼튼한 어깨가 의경을 들이받았다. 그리고 넘어진 의경을 뛰어 넘어 무작정 4차선 도로로 뛰어 들었다. 이판사판이었다.

끽~! 자동차들의 경음기 소리와 급제동의 소음이 거리를 발칵 뒤집었다. 강인후는 쉬지 않고 달렸다. 숨넘어가는 소리가 그의 입에서 쉬지 않고 흘렀다. 그때 뒤에서 찢어지는 듯한 여자의 날카로운 비명이 들려왔다. 차도를 돌아본 그는 망연자실함에 그 자리에 순간 멈췄다. 차에 받힌 형사가 피를 흘리며 나무토막처럼 도로를 구르고 있었고, 분노에 찬 형사들이 자신을 향해 달려왔다. 여기서 잡히면 끝장이다. 강인후는 이를 악물고 밤의 어둠을 뚫고 뛰고 또 뛰었다.

테이블을 사이에 둔 윤철훈과 백웅민이 권충대를 마주보고 있었다.

탈주한 강인후의 행방은 며칠이 지나있었지만, 여전히 오리무중이었고, 도주로가 예측되지 않았다. 그렇게 강인후는 경찰을 비웃기라도 하듯 유유히 감시망을 피해 다니고 있었다.

권충대가 테이블에 턱을 괴고 생각을 정리했다.

본청에서 내려온 바로는 강인후는 이병호와 한미정의 살해 용의자다. 한미정은 전화신고에서 아주 중요한 USB를 자신이 가지고 있고, USB를 노리는 누군가에게 쫓기고 있다고 했다. 하지만 괴한에게 살해된 그녀의 소지품에서는 USB가 발견되지 않았다. 그렇다면 강인후가 USB를 가지고 있다고 생각해 볼 수 있다. 그런데 이상한 건, 사건담당 김 경감은 왜 우리에게도 USB의 존재를 부인하고 있는 건가? 도무지 이해할 수 없다. 수사 지휘자는 본청 김 경감이다. 중요한 단서라면 우리에게도 말했어야했다. 여기에는 필시 무언가 있다.

어떤 이유인지 강인후 사건은 관할 경찰서인 서초서에서 치안총감 현정국 경찰청장의 명에 의해 본청 형사과로 이첩됐다. 이례적인 일이었다.

"자네들, 이 교수가 살해되기 전에 우리 앞에서 심각한 고민에 빠져 있던 날을 기억하나?"

"분명히 기억합니다. 그날 이 교수님은 식민사관에 골수 깊이 빠져있는 국민들에게 어떻게 우리 역사의 실체를 알기 쉽게 공개해야 되는지 몰라 몹시 고민하고 있었습니다."

백웅민은 그날을 또렷이 기억하고 있는 것 같았다.

"그럼, 혹시 사라진 USB에 역사의 실체가 담겨 있는 건 아닐까?"

"그럴 가능성이 아주 큽니다. 이병호 교수가 살해된 날, 누군가 그의 집을 뒤진 흔적을 발견했습니다. 정황상 집을 뒤진 자가 이병호 교수의 살해 용의자일 겁니다. 어쩌면 이 교수님은 자신의 죽음을 예견했었는지도 모릅니다. 그래서 USB를 약혼녀인 한미정에게 주었고 그로 인해 한미정은 쫓기고 있었다고 봐야 합니다. 사체로 발견된 한미정 역시 그 자의 소행일 겁니다."

"그렇다고 봐야지."

권충대의 표정이 무거워졌다.

그런데 왜 본청에선 강인후를 이 교수와 한미정의 살해 용의자로 보고 있는 것인가. 그렇다면 강인후의 정체는 과연 무엇이란 말인가.

본청 김 경감은 한미정을 사랑한 강인후가 격분해 두 사람을 살해했다고 수사의 초점을 맞추고 있다. 그러나 사건의 흐름으로 보았을 때, 강인후가 과연 한미정을 사랑했었나를 의심하게 만들었다. 사라진 USB가 그 이유였다. 여기서 또 의심이 가는 부분은, 중요한 USB를 탈취할 목적으로 두 사람을 살해한 강인후의 행동이 너무나 어설프다는 것이었다.

"우리가 먼저 강인후를 찾는다."

의자에서 일어선 권충대가 두 사람을 내려다보았다.

"빠른 시간 안에 강인후의 신상명세를 모두 파악하고 예측 동선을 추적해봐. 그리고 이병호 교수의 주변인물도 빠짐없이 체크해보고."

"알겠습니다."

최근 본청에서 마주친 김 경감은 이례적인 행동을 보였다. 평소의 모습과는 무엇인가 많이 달라보였다. 그것은 분명 이병호 사건이 본청으로 이첩된 직후였다. 권충대의 관록이 묻어있는 예리한 직감은 김 경감의 달라진 행동에서 뭔가 있음을 알아챘다.

이병호와 한미정 사건 초기에 있었던 경찰청장 현정국과의 면담이 있던 날이었다.

고급 일식집에 자리 잡은 경찰청장 현정국과 권충대의 사이에 매우 불편한 시간이 계속되고 있었다. 두 사람의 어색한 침묵을 깨려는 듯, 모양을 한껏 갖춘 회 접시에서 자신의 몸뚱이와 분리된 커다란 생선이 연신 입을 놀려댔다.

"권 서장, 우리가 이렇게 단둘이 자리한 게 얼마만이지?"

현정국 청장이 권충대의 잔에 술을 따르며 말했다.

"아마, 십년은 족히 넘었을 거 같습니다."

"세월이 벌써 그렇게 됐나…. 자네가 알다시피 그때만 하더라도 나는 누구에게도 지기 싫어하는 승부욕과 열정이 있었어. 그런데 말이야. 나이가 먹어가면서 그때의 열정은 신중으로 바뀌고, 승부욕은 배려심이라는 얼굴로 다가오더라구."

현정국은 생선회 하나를 집어 권충대의 접시에 내려놓으며 말을 이었다.

"그렇게 삶의 철학을 바꾸고 나니, 무거웠던 짐을 내려놓은 기분이야."

권충대는 현정국의 의도가 무엇인지 짐작할 수 있었다. 역시 이 자리는 자신이 올 자리가 아니었다.

"권 서장, 아니 충대야, 이번 사건에서 빠지게. 자네도 이젠, 모든 일을 관망의 지혜로 바라볼 나이가 됐잖아. 이번 사건은 시간이 지난 후에 모두 말해 주겠네."

"형님, 무슨 일인지 속 시원히…."

"자, 술이나 마시게."

현정국이 술잔을 들어 권충대의 입을 막았다.

권충대의 얼굴이 일그러졌다. 그는 잔에 담긴 술을 단숨에 들이켰다.

"권 서장, 지금부터 이번 사건을 내 직권으로 이첩하겠네."

명령이나 다름없었다.

"청장님, 그 이유가…."

"묻지 말게. 분명히 말할 수 있는 건, 이 나라를 사랑하는 마음은 예나 지금이나 변함이 없다고 말하고 싶네."

권충대는 강인후 사건 연결고리의 끝은 경찰청장이 아니라는 생각이 들었다. 그는 경찰 인생을 걸고 최대 모험을 감행하기로 결심했다. 아니 그것은 모험이라기보단 자신이 조직한 선명단의 책무라고 봐야 했다.

이병호 사건에 개입된 의도를 반드시 찾아낼 것이다. 사건의 핵심은 USB에 있다. 강인후는 대체 어디로 숨었단 말인가.

현정국 청장의 발언은 권충대의 의지를 더욱 굳건하게 받치는 결과를 가져다준 셈이었다.

권충대가 두 주먹을 움켜쥐었다.

민족반역자 그들은 누구인가

인천국제공항에서 이륙한 ○○항공 비행기가 중국 상하이에 도착한 시간은 오후 3시를 조금 넘기고 있었다. 비행기에서 내린 문화재청장 이상문은 공항 주변을 둘러보았다. 공항 주변은 비행기에서 내린 사람들과 마중 나온 사람들로 매우 복잡했다. 주변을 둘러본 그는 택시 앞 유리창에 공차라는 표지판을 보고 손을 들었다. 이상문이 능숙한 중국어로 목적지를 말하자, 택시가 서양식 건물이 즐비한 상하이 시내를 벗어나 한적한 교외에 도착했다.

이상문이 내린 곳은 중국인민해방군 전前사령관 장저우의 집이었다. 바다가 내려다보이는 산자락에 자리 잡은 장저우의 집은 처음 방문한 이상문이 감탄하기에 충분했다. 마치 고대의 견고한 성을 연상시키는 육중한 건물에 압도되는 기분이 들었다.

경호원으로 보이는 건장한 사내들이 이상문을 알아보고, 대문을 열어 주었다. 그들의 행동으로 보아 미리 약속이 돼 있는 것 같았다.

이상문이 대문을 지나쳐 정원으로 들어서자, 장저우는 하던 일을 멈추고 고개를 돌렸다.

"안녕하십니까?"

이상문이 정중하게 고개를 숙였다.

"먼 길 오시느라 고생 많았소."

장저우가 막 손질하던 정원수를 돌아 나오며 말했다.

에메랄드빛 바다에서 불어오는 바람이 두 사람이 앉아있는 벤치를 돌아 나갔다.

"이 청장, 우리 중국의 주장을 어떻게 생각하시오?"

장저우의 물음은 태극기 반환 주장의 물음인 것 같았다.

이상문은 한국의 입장을 피력할 수도 없고, 그렇다고 중국의 주장을 적극 지지할 수도 없는 어려운 질문에 난감한 얼굴이 되었다. 한마디로 상대를 우롱하는 괴팍한 질문이었다.

장저우가 껄껄 웃었다.

"이 청장, 삶은 선택의 연속이오. 시대 논리와 시대 상황을 잘 파악하는 사람이 헤게모니를 쥐게 되지. 과거 콘스탄티누스 로마황제가 그랬고, 일제강점기 때 친일파들이 그랬던 것처럼. 안 그렇소, 이 청장?"

장저우는 이상문의 답변에는 관심이 없는 듯 계속 말했다.

"인류의 역사는 과거부터 지금까지 힘의 논리로 움직였다고 보아야 하오. 우리 중국은 힘의 논리에 부합하는 정치적 영향력을 가지고 있소. 이 청장, 한국의 역사 찾기는 자칫 아시아 세력을 분열의 늪에 빠트릴 수도 있는 중대한 사안이오."

새 한 마리가 정원수로 날아와 지저귀다 날아갔다.

"이 청장, 학급에도 학생들을 통솔할 수 있는 반장이 필요하듯, 국제사회에서도 각 나라를 통솔할 수 있는 맹주국이 필요한 것이오. 한국이 아시아의 진정한 맹주국이 되면, 그때 태극기를 찾아 가시오. 아직은 아니오."

이상문이 동의하는 듯 고개를 끄덕였다.

이상문은 〈동양의 고대역사는 중국 중심의 세계질서였다.〉라는 논문으로 박사학위를 취득했고, 실증주의 사관에 입각한 그의 논문은 학계에 엄청난 교육적 패러다임으로 다가왔던 것이다. 하지만 이상문 자신도 알고 있었다. 이 모든 학문은 중국우익세력의 작품이었고, 일본이 조선사편수회를 통해서 만들어 놓은 한민족문화말살정책을 더욱 공고히 한다는 사실을. 한국의 강단사학계는 자신들의 이권과 기득권이 위협받는 상황을 원천봉쇄하기 위해 한국의 고대역사를 부인하고, 중국이 주장하는 반도사관을 지지하는 작태를 보여주고 있었던 것이다. 이상문의 논문도 한민족의 고대역사를 강단사학계가 주장하는 반도사관에 맞춤으로써 박사학위를 받을 수 있었고, 문화재청장자리도 그와 무관하지 않았다.

중국의 우익세력은 이상문의 연구를 처음부터 끝까지 지원해 줌으로써 그에게 개인적 부와 명예를 안겨주고, 세계로 뻗어가는 중화사상을 창조하려는 시도였다. 그 우익세력의 중심에 인민해방군사령관 장저우가 있었다.

"그리고 이 청장, 나는 강인후란 놈에게 감사라도 하고 싶은 생각이오."

"네…? 무슨 말씀이신지."

"생각해보시오. 만약 USB가 지금 강인후에게 있지 않고 다른 사람의 손에라도 있었으면 어떻게 될 뻔했소."

이상문은 생각만 해도 아찔했다.

"무슨 대책이라도 강구하고 계시는 겁니까?"

"우리 중국에도 USB는 없어서는 안 될 물건이오. 한국으로 돌아가서 내가 보내는 사람들에게 적극 협조해주시오. USB는 반드시 우리 손으로 찾아야 합니다."

"그들이 누굽니까?"

"타의 추종을 불허하는 인민해방군 최고의 전사들이오."

이상문은 그제서야 숨통이 터지는 기분이었다.

"이 청장, 권력의 단맛을 본 사람은 매력적인 그것을 잊지 못하는 법이오. 내말이 무슨 말인지 알거라 믿소."

시선을 돌려 말하는 장저우의 두 눈 속에는 드넓은 바다가 펼쳐져 있었다.

'권력은 세상에서 가장 매력적인 것이다. 중국을 등에 업건, 일본을 등에 업건, 그건 방법의 차이일 뿐, 본질은 변하지 않는다. 나의 매력은 계속되어야 한다.'

이상문은 다짐하고 또 다짐했다.

살인청부업자 명의 은신처.

열 평 정도의 방에는 창문이 보이지 않았다. 기합 소리는 거기에서 흘러나오고 있는 것 같았다. 알몸의 사내가 팔을 앞으로 쭉 뻗었다.

핫! 배에서 시작된 기합이 목구멍을 거쳐 밀실에 울려 퍼졌다. 동시에 오른발이 바닥에서 떨어지며 허공을 갈랐다. '획' 하고 바람을 가르는 소리가 살벌하게 들렸다. 사내는 그대로 바닥에 주저앉아 가쁜 숨을 몰아쉬고 조용히 눈을 감았다.

"강인후 이놈."

명은 밀려오는 치욕감에 몸을 부르르 떨렸다.

"강인후, 이 치욕은 반드시 갚아주마."

명의 얼굴이 분노로 물들자, 칼자국으로 보이는 흉터가 더욱 사납게 꿈틀거렸다.

명에게 있어서 강인후는 더 이상 이상문과 거래의 목적이 아니었다. 철저한 자기 자신과의 시험이고, 치욕감을 씻기 위한 피할 수 없는 자기 자신과의 숙명적 거래였다.

'나는 나 자신과 거래를 해야 한다.'

명은 결심한 듯 자신의 긴 머리를 움켜잡았다. 싹둑거리는 가위질 소리가 밀실에 울려 퍼졌다. 머리를 만져 본 그는 면도날을 머리에 갖다 댔다. 면도날이 쓱쓱 거리며 지나갈 때마다 피가 배어 나왔다. 몇 분의 시간이 흐른 후 번들거리는 머리 중간에 커다란 붉은 점이 나타났다. 붉은 점은 명의 험악한 얼굴을 더욱 기괴하게 받쳐주었다. 명은 자신의 붉은 점이 정말 싫었다. 그래서 항상 머리를 기르고 다녔고, 그것을 감추기에 신경을 곤두세웠던 일이 한두 번이 아니었다. 하지만 이제는 그것을 드러내 보일 시점이었다. 이제껏 감추었던 열등감을 드러내 자신의 존재감을 심어줄 때라고 생각했다.

부모가 누군지도 모르던 명은 어릴 때 고아원에 맡겨졌다. 가톨릭 재단에서 운영하는 고아원은 비슷한 또래 아이들이 이십여 명이 넘게 보호를 받고 있었다. 그곳에서 잊을 수 없는 경험은 지금까지도 짜릿한 흥분이었고, 뜨거운 전율이었다.

무더위가 기승을 부리던 뜨거운 여름날이었다. 더위를 참을 수 없었던 아이들은 신부의 눈을 피해 삼삼오오 짝을 지어 근처 계곡으로 향했다. 더운 몸을 물에 담그고 있던 명은 또래 아이의 웃음소리에 정신이 번쩍 들었다. 젖은 머리카락 사이로 지금까지 감추고 있었던 붉은 점이 드러나 있었던 것이다. 웃는 아이를 한참 쳐다본 명은 아이를 조용히 불렀다.

"너한테만 보여 줄게 있는데 잠깐 따라와."

명이 아이를 이끈 곳은 미끌미끌한 이끼가 잔뜩 끼어있는 절벽이었다. 뒤를 돌아본 명은 주저 없이 아이를 절벽 밑으로 밀었다. 짜릿한 쾌감을 맛본 명은 아무 일 없었다는 듯 아이들이 놀고 있는 계곡으로 내려갔다.

명의 나이 열 살이었고 첫 번째 살인이었다.

잠시 숨을 고른 명은 두 번째 경험을 떠올렸다.

고아원 아이들의 얼굴은 사나흘을 굶은 것처럼 모두 누렇게 떠 있었고, 얼굴은 푸석해 보였다. 사제복을 말쑥하게 차려입은 중년의 신부가 종을 울렸다. 식사시간을 알리는 종이었다. 명은 식사시간이 가장 싫었다. 식사시간마다 되풀이돼서 나오는 한 사발의 누르스름한 묽은 죽은 배고픈 아이들의 끼니로는 많이 부족했다.

"자, 모두 눈을 감고 기도하자."

신부가 눈을 감자, 아이들은 누구의 죽이 가장 많은지 확인해 보려는 듯 이리저리 고개를 돌렸다.

"아버지 하나님, 오늘도 우리에게 따뜻한 양식을 제공해 주셔서 감사합니다. 하나님의 크신 사랑이 우리가 모인 이 식탁에도 깃들어 있다는 걸 우리는 믿습니다. 언제나 차별 없이 변함없는 사랑을 주시는 하나님의 은총에 깊은 감사를 드립니다."

신부의 기도는 언제나 이런 식이었다. 대체 무엇에 감사하고 하나님의 크신 사랑이 무엇인지, 아이들은 도무지 이해할 수 없었다.

기도를 마친 신부는 늘 하던 대로 아이들만 남기고 서둘러 식당을 나섰다. 신부를 바라보는 아이들은 금세 어두운 표정이 되었다. 식사를 같이 한 적이 언제였는지 기억이 없었다. 명은 사발을 들어 단숨에 죽을 삼키고, 발소리를 죽여 가며 신부의 방으로 향했다. 소문의 진상을 확인해 보고 싶었다.

"지선이가 가끔 밤늦은 시간에 신부의 방에서 나온데."

친구 종수의 말이었다.

지선은 자신을 친오빠처럼 따르고 있는 여자 아이였다.

"오빠, 나는 빨리 어른이 되고 싶어."

지선이 힘없는 목소리로 말했다.

"어른이 되면 뭐 할 건데?"

"어른이 되면 맛있는 음식을 맘껏 먹을 수 있고…."

지선의 뒷말을 짐작 할 수 있었다.

야윈 얼굴에 순수한 모습을 가진 지선의 얼굴이 스쳐 지나갔다.

명은 고아원에 들어온 이후 처음으로 진정한 기도를 드렸다. 소문이 사실이 아니기를 바라면서.

긴 복도를 지나 오른쪽에 신부가 기거하는 방이 보였다. 빠끔히 열린 방문 사이로 말소리가 흘러나왔다. 몸을 낮춰 방을 바라보니 성경책을 사이에 둔 신부와 지선의 모습이 보였다. 아마도 성경의 한 구절을 읽어주고 있는 것 같았다.

'하나님이 내 기도를 들어주신 것일까?'

명은 발을 돌려 자신의 방으로 돌아와 자는 척을 하며 새벽을 기다렸다. 멀리서 부엉이 우는 소리가 들렸고, 하늘에 박힌 무수한 별들이 고아원을 내려다보고 있었다.

아이들이 깊이 잠든 것을 확인한 명은 소리 없이 이불속에서 빠져나와 복도로 나왔다. 불빛 하나 없는 복도는 음산한 느낌마저 들었다. 신부의 방에 다다른 명은 문 손잡이를 천천히 돌려보았다. 잠겨있지 않은 문이 소리 없이 스르르 열렸다.

창가 쪽으로 신부가 잠들어 있는 침대가 보였고, 먹다 남긴 고기가 책상 위에 흩어져 있었다. 신부의 코고는 소리가 방안을 몰래 살피는 자신을 질책하는 것 같았다. 순간 어둠에 눈이 익은 명은 자신의 눈을 의심했다. 그리고 확신할 수 있었다. 이불을 비집고 나온 손은 분명 지선의 손이었다. 눈이 뒤집혔다. 명은 심호흡을 깊게 뱉은 후 품속에 감추어 놓은 칫솔을 꺼냈다. 며칠을 갈아 놓은 칫솔 끝은 마치 송곳과도 같이 뾰족했다. 신부의 출렁거리는 남산만한 배가 푸석한 아이들의 얼굴과 겹쳐졌다. 한달음에 방안으로 뛰어든 명은 사정없이 신부의 배에 칫솔을 박아 넣었다. 미친 듯이 칫솔을 휘두르던 명은 비명소리에 정신이 번쩍 들었다. 지선이 공포에 물든 눈으로 이불 속에서 온몸이 피로 범벅된 자신을 내다보고 있었다.

"우리 다시는 만나지 말자."

명은 말을 마치고 쏜살같이 복도를 벗어나 시커먼 어둠 속으로 내달렸다.

"오빠!"

자신을 부르는 지선의 목소리가 뒤를 따랐다.

명의 나이 열셋이었고 두 번째 살인이었다.

생각에서 깨어난 명은 알몸인 채로 밀실 문을 열어 젖혔다. 아무도 없는 산속의 밤이 벌거벗은 명의 모습을 더욱 기괴하게 만들었다.

인민해방군 장교 위무광과 리홍빈, 장저우의 명을 받다

유리창이 보이지 않는 밀실에서 흰옷 차림의 여러 사람들이 바쁘게 움직이고 있었다. 천장에는 수술실에서나 볼 수 있는 의료장비들이 매달려 있었고, 수술대가 불빛이 깜빡이는 최첨단 X레이 밑에서 곧게 자리 잡고 있었다. 그런데 이상한 건 수술대에 환자는 보이지 않았다. 환자가 수술실로 들어올 것 같지도 않았다. 육중한 자물쇠가 어느 누구도 수술실의 입실을 허락하지 않겠다는 듯 굳게 잠겨 있었다. 곧이어 한 남자가 상자에서 고급스럽게 보이는 도자기를 꺼냈다. 그는 손에 든 고급스러운 도자기를 수술대에 올려놓고 컴퓨터 마우스를 조작했다. 마우스의 움직임에 따라 천장에 설치된 X레이가 위치를 바꿔가며 도자기에 빛을 쏘았다. 일순간 도자기의 표면이 푸른빛을 띠었다가 사라졌다.

흰옷차림의 사람들은 도자기에 X레이를 투사시켜 탄소연대를 조작하고 있었던 것이다.

상하이 인민해방군사령관 장저우의 저택.

3층으로 지어진 호화 주택에 딸린 넓은 정원에는 희귀한 수목이 즐비하게 심어져 있었고 주택 입구와 통하는 길은 잘 다듬어진 자연석이 웅장하게 깔려 있었다. 웅장한 돌길을 따라가다 우측으로 작은 연못이 보였고 연못 중간에는 잎이 큰 연잎 사이로 연꽃이 피어올라 있었다. 연못의 가장자리를 형형색색의 꽃들이 자리를 차지한 채 저마다의 자태를 뽐내고 있는 듯 보였다.

장저우의 손에는 정원용 가위가 들려있었다. 그의 이마에선 땀방울이 송골송골 맺혀 흘러내렸다. 집 안으로 향하는 것으로 보아 이제 막 정원 손질이 끝난 것 같았다.

거실 유리창을 통해 장저우를 바라보는 건장한 청년과 젊은 여자는 칠순을 바라보는 나이에도 불구하고 작은 체구로, 대 저택을 언제나 손수 관리하는 모습에 존경과 감탄을 표하고 있었다.

"많이 기다리게 해서 미안하네."

연로한 모습과는 달리 장저우의 목소리는 힘이 느껴지는 목소리였다.

"아닙니다. 그간 안녕하셨습니까."

두 사람은 장저우가 들어서자 깊이 고개를 숙였다.

"사령관님, 이제는 건강도 살피셔야죠."

위무광의 어투에는 장저우를 걱정하는 마음이 듬뿍 담겨 있었다.

"사람들 하곤, 내가 군을 떠난 지가 언젠데 아직도 사령관인가. 허허."

"저희한테 사령관은 언제나 사령관님 한 분 뿐입니다."

이목구비가 뚜렷한 리홍빈이 해맑게 웃으며 말했다. 그녀의 가지런한 하얀 치아가 돋보였고, 긴 생머리가 어깨를 지나 아름답게 흔들렸다.

이들은 모두 중국인민해방군 소속의 군인이었다.

위무광과 리홍빈은 중국인민해방군 특수부대소속 장교로 두 사람 모두 소교(소령급)로 예편해 있었다. 정확히 말하면 군의 예편은 비밀작전상의 예편이었고 비밀작전의 대상은 한국이었다.

"가져온 물건은 여기 있습니다."

위무광이 큰 상자를 열자, 잘 만들어진 수십 점의 도자기가 아름다운 자태를 뽐내고 있었다. 도자기는 병원 수술실에서 마지막 단계로 X레이 투사과정을 거쳐 나온 완벽한 위조품이었다. 유리창으로 들어오는 햇빛을 받은 도자기가 영롱한 빛을 뿜어냈다.

"누가 보아도 감별하기 힘들 게 아주 잘 만들어졌어."

도자기를 들어 올린 장저우가 감탄을 흘렸다. 만면에 만족의 미소가 드리웠다.

"그리고 쉬안핑 교수의 일은 제 불찰이었습니다. 처벌은 달게 받겠습니다."

위무광이 깊이 고개를 숙였다.

"아니야, 실수는 병가지상사라고 했네. 하지만 한 번의 실수는 교훈이 될 수 있지만, 두 번의 실수는 교훈을 얻을 수 없는 실패가 되는 법이야."

장저우의 눈빛은 범접할 수 없는 위엄이 깃들어 있었다. 도자기를 내려놓은 장저우가 손을 뻗어 위무광의 얼굴을 들어 올렸다.

"눈동자가 많이 상했군."

눈동자의 상처는 고고학회 양심사학자 쉬안핑으로부터 USB를 탈취하던 과정에서 그의 차키에 의해 생긴 상처였다.

"실수의 교훈이 자네 눈동자에 있다는 걸 명심하게."

"명심하겠습니다."

위무광이 수치심에 몸을 부르르 떨었다.

"태극기 반환을 시점으로 한국의 역사인식을 영원히 반도사관에 묶어 두고, 한국 사람들이 홍산문명을 입에 올리지 못하게 만들어야 해. 이 도자기는 그 일을 충분히 해줄 것이야."

장저우가 껄껄거리고 웃었다.

훌륭한 마호가니 책상 너머로 자못 커다란 어항이 보였다. 어항 속에서 수초와 산소방울 사이로 작은 물고기가 헤엄쳐 다니고 있었다. 물고기의 움직임은 부드러운 융단이 움직이듯 아름다웠고 물살을 헤치는 꼬리지느러미에서 역동적인 힘이 느껴졌다. 어항 속의 물고기로 남기에는 어딘가 어울리지 않는 움직임이었다.

"자네들, 이 물고기가 어떤 물고기인지 아는가?"

장저우는 물고기가 움직이는 방향으로 눈동자를 움직이며 물었다.

"네. 상어로 알고 있습니다."

위무광이 어항을 주시하고 대답했다.

"그렇지, 상어야."

장저우는 담배연기를 길게 뿜었다.

“참 재미있는 사실은, 상어라는 놈은 자신이 처해있는 상황에 맞추어서 몸의 크기를 키운다는 사실이야. 재미있지 않나. 저 놈은 아마도 바다에 있었으면 엄청난 모습을 하고 있었을 것이야.”

“그렇겠죠. 드넓은 바다에 어울리는 모습으로 거침없이 바다를 누볐을 겁니다.”

위무광의 목소리는 건장한 체구만큼이나 묵직함이 배어 있었다.

“나는 저 놈을 보고 있으면 한국이 생각나.”

장저우가 손가락으로 어항을 튕겼다. 소리에 놀란 상어가 지느러미를 좌우로 흔들어 수초 속으로 몸을 감추었다.

“손가락에 놀란 상어라…. 하하하.”

장저우의 웃음소리는 비웃음에 가까운 소리로 들렸다.

“한국의 역사인식은 저 상어처럼 언제나 어항 속에 머물러 있어야 해.”

“한국의 역사적 인식은 어항 속에서 결코 벗어날 수 없습니다. 그래서 우리는 한국의 역사적 어항을 만들고 있는 거 아닙니까.”

장저우가 아주 만족한 표정을 지었다.

“역사적 어항이라. 그것 참 마음에 드는 표현이군. 하하.”

장저우는 의자에서 일어나 어항으로 손을 집어넣어 상어를 잡아 올렸다. 상어는 장저우의 손바닥에서 팔딱팔딱 뛰며 아가미를 쉼 없이 움직였다. 상어를 바라보고 있는 장저우가 시선을 돌려 젊은이들을 바라보고 입을 열었다.

"이제부터 우리의 사업을 어항프로젝트라고 명명하게."

장저우는 상어를 다시 어항으로 돌려보냈다.

"그래, 지금 어항프로젝트 지원비용은 어떻게 돼 가고 있나?"

"네. 총 3천만 위안으로 잡혀 있습니다."

3천만 위안이면 한국 돈으로 약 500억에 달하는 큰 액수였다.

"비용은 얼마가 들어가도 좋으니 어항프로젝트에 지장이 없도록 추진하게. 그리고 무슨 일이 있어도 강인후를 잡아 쉬안핑의 USB를 찾아 가져오게."

강인후는 건물사이로 접어들었다. 양 옆으로 상가 점포에서 내 놓은 옷과 액세서리가 진열대에서 사람들의 시선을 끌고 있는 듯 보였다. 연인으로 보이는 남녀가 팔짱을 낀 채 지나가고 있었다. 그들과 눈이 마주치자, 급히 고개를 돌려 진열대를 바라보았다. 강인후는 모자를 구입해 꾹 눌러썼다. 좀 전에 구입한 안경을 착용하니 전혀 다른 사람처럼 변해 있었다. 상황은 점점 더 꼬여 가고 있었다. 나에게 어떻게 이런 일이 일어난단 말인가. 도대체 왜. 그러고 보니 세상은 단 한 순간도 내 편이 돼 준 적이 없는 것 같았다.

"에이 시발."

그의 입에서 분노의 욕설이 튀어 나왔다. 이제 어디로 가야 한단 말인가. 지난 일주일을 어디를 어떻게 헤매고 다녔는지 기억이 가물가물했다. 서울역에서 노숙자로 위장해 숨어 지내며 추이를 지켜보았지만, 방향의 화살표는 마치 종착지가 없는 선명한 뫼비우스의 띠를 그리고 있는 것 같았다.

문득 그의 뇌리에 구영민이 떠올랐다. 구영민은 그의 군대 동기였다. 그렇다. 거기로 가야한다. 무언가 단서를 잡을 수도 있을 것이다.

도로로 나온 그는 택시를 잡았다. 택시로 한참을 달리니 언젠가와 본적이 있는 거리가 눈에 들어왔다. 기억 상으로 이곳이 확실 한 거 같았다. 이 상황에서 군대 동기를 찾는 게 무리가 있어 보였지만 USB의 내용을 알고 싶었다. 아니 꼭 알아야만 했다. 대체 USB에는 어떤 내용이 담겨 있단 말인가. 누명을 벗겨 줄 수 있을까. 여하튼 사건의 발단은 USB였다. 강인후는 생각을 정리하며 낯이 익은 거리를 바라보았다. 서울 시내 한복판이지만 70년대식 건물들이 좌, 우 양옆으로 죽 늘어서 있었고, 바로 한 길 차이로 초고층 빌딩과 새로 지은 건물들이 묘한 대조를 이루고 있는 거리였다. 마치 과거와 현재가 공존하고 있는 모습이었다.

구영민이 살고 있는 집은 몹시 낡은 오래된 연립주택이었고, 외부로 나 있는 계단 위에 위치해 있었다. 그의 집에 도착한 강인후는 문을 두드렸다. 한참을 기다려도 대답이 없었다. 아마도 밤낮을 거꾸로 사는 그는 깊이 잠들어 있는 것 같았다. 몇 번을 더 두드렸지만 아무 반응이 없었다. 시선을 돌려 밑을 바라보니 지나가는 사람들이 의심의 눈초리로 자신을 바라보고 있는 것 같았다. 강인후는 하는 수 없이 낡은 계단을 내려와 근처 공원으로 향해 밤을 기다리기로 했다.

공원 벤치에 앉아있는 그의 발밑으로 담배꽁초가 수북이 쌓여갔다.

벤치에서 꾸벅꾸벅 졸고 있던 그는 왁자지껄 시끄러운 소리에 눈을 비비며 천천히 일어섰다. 어느새 가로등 불이 환하게 밝혀진 밤이 찾아왔다. 공원의 역동적인 여름밤은 젊은이들로 넘쳐났고, 겨울의 밤과는 비교할 수 없는 생동감을 가지고 있었다. 하지만 그는 주변의 상황에서 그 어떤 생동감도 느낄 수 없었다. 며칠 사이에 일어났던 사건의 시간은 전부 현실감이 느껴지지 않는 시간이었다. 그의 마음은 현실을 떠난 시간을 원하고 바랬다. 존재 했지만, 존재하지 않았던 시간을 원했으며, 죽어있어서 그 누구도 기억할 수 없고, 모든 것이 지워져 버린 시간을 바라고 또 바랬다. 하지만 그것은 결코 이루어질 수 없는 바람인 것을 자신도 알고 있었다. 그의 입에서 무거운 한숨이 새 나왔다.

그는 무거운 발을 움직여 공원을 빠져나가 구영민의 집으로 향했다.

그는 서울 시내답지 않게 대장간의 모습을 간직한 상점을 지나쳐 낡은 다세대주택으로 들어섰다. 오른쪽 2층으로 올라가는 계단이 조금 전, 들렀던 구영민의 집이었다. 그는 뒤를 한 번 돌아본 후 초인종을 눌렀다. 창문으로 밖을 내다본 구영민이 급히 문을 열었다.

역시 짐작대로 그는 일어나 있었고, 낮과 밤이 바뀐 그의 얼굴은 부스스해 보였다.

"야. 강인후, 너 화면발 좋던데. 하하."

구영민은 호리호리한 체격에 심한 곱슬머리였다.

집안으로 급히 강인후를 끌어당긴 그는 문을 걸어 잠갔다.

원룸의 좁은 방안에는 양옆이 시커먼 형광등이 간신히 불을 밝히고 있었고, 희미한 형광등은 금방이라도 꺼질 듯 위태롭게 보였다. 어두운 방안을 컴퓨터 모니터가 형광등의 역할을 대신하고 있는 듯 보였다.

"이게 얼마만이냐."

구영민과 강인후는 힘찬 악수를 했다.

"설마 뉴스에 보도된 데로 니가 한 일은 아니겠지?"

그의 말투로 보아 강인후를 범인으로 생각하고 있지 않는 것 같았다.

"아. 좆 됐다. 담배 하나 주라."

강인후의 입에서 담배 연기가 길게 나오며 방안을 이리저리 돌아 다니고 있었다.

"그러니까 네 말대로라면 이병호 교수와 한미정을 죽인 그 누군가가 경찰에 연결돼 있고 너를 누명 씌웠다는 얘기냐?"

강인후의 얘기를 전부 들은 구영민이 물었다.

"그래. 그나저나 경찰이 알게 되면 너도 곤란할 텐데 괜찮겠냐?"

"거, 무슨 섭섭한 소리를 하고 그래. 군대 동기 좋다는 게 뭐냐."

강인후는 구영민의 마음 씀에 가슴이 뭉클했다.

"USB의 내용이 궁금하다 이거지. 걱정마라. 오늘 중으로 내용을 알게 될 테니까."

USB는 여느 제품과 별 차이가 보이지 않았다. 컴퓨터 본체에 USB를 연결시키자 암호 입력창이 떴다. 키보드를 두드리는 구영민의 손가락은 신명나게 움직였다. 뛰어난 해커실력을 보유하고 있는 그는 마치 물 만난 고기처럼 키보드를 종횡무진 누비고 다녔다. 이십여 분의 시간이 흐른 후, 힘 있게 키보드를 두드리는 소리가 경쾌하게 들렸다. 엔터키를 친 모양이었다. 모니터에 알 수 없는 숫자와 영문이 빠르게 위로 올라가고 있는 모습이 보였다.

"이제, 기다리기만 하면 돼."

구영민이 책상위에서 담배를 찾아 입에 물었다.

"이럴 때 피는 담배 맛은 그 어떤 맛과도 비교 할 수 없단 말이야. 하하."

담배를 빼 무는 구영민의 팔에 깊은 흉터자국이 보였다. 흉터를 바라보는 강인후는 애틋한 얼굴이 되었다.

"너, 그때 생각나지?"

구영민이 팔의 상처를 만지작거리며 말하고 웃었다. 웃는 모습이 천진하게 보였다.

무더운 여름날이었다. 백골부대 수색대 동기였던 두 사람은 그 날도 수색임무를 받고 비무장지대로 들어섰다. 소대 단위로 작전에 임한 병사들은 완전군장에 실탄을 장전하고 통문을 통과해 수색임무를 수행 중에 있었다. 파견 나온 땅굴탐지부대 병사들이 뒤를 따랐다. 수색대 병사들이 소총을 천천히 좌우로 움직이며 앞을 주시하고 목적지로 군홧발을 놀렸다. 길을 따라 양옆으로 무릎 높이의 낮은 철책이 구불구불 펼쳐져 있었고, 중간중간에는 거꾸로 매달린 붉은색의 삼각 표지판에 큰 글씨체로 '지뢰'라고 쓰여 있었다. '길이 아니면 다니지 말자.'라는 팻말도 보였다.

땅굴탐지부대 병사들은 처음 들어오는 비무장지대의 모습에 몹시 긴장한 얼굴을 하고 있었다. 맑았던 하늘에 시커먼 구름이 해를 가리며 금세 어두워졌다. 음산한 느낌이 비무장지대에 짙게 드리웠다. 최전방 GP에 도달한 소대원들은 또 하나의 철책인 북방한계선의 최종 철책인 추진 철책을 끼고 앞으로 향했다. 북한의 남방한계선과는 고작 500m도 안되게 보였다. 그렇게 길을 가고 있을 때였다.

그때였다. 수풀 속에서 무언가 움직이고 있었다. 앞서있던 수색대 선임하사가 손을 들어 정지 신호를 보냈다. 소리는 점점 가까워졌다. 모두의 얼굴에서 긴장감이 흘렀다. 여기저기서 찰칵 하는 소리가 들렸다. 소총의 안전장치를 푸는 소리였다. 산새 소리가 멎었다. 숲을 누비는 소리가 아주 가깝게 들렸다. 강인후는 방아쇠에 손가락을 걸었다. 푸드덕 새가 날아올랐다. 수색대 병사들과 땅굴탐지부대 병사들이 일제히 바닥에 몸을 엎드렸다. 순간 엄청난 크기의 시커먼 물체가 질풍처럼 달려왔다.

타타타타탕! 소총의 총구에서 수십 발의 총탄이 난사됐다. 물체가 쓰러지는 모습이 보였다. 소대원들은 일제히 현장으로 내 달렸다. 현장에는 거대한 멧돼지가 혀를 내민 채 뻗어 있었다. 오인 사격이었다. 낭패감이 소대원들의 얼굴에 짙게 드리웠다. 그때 북한 초소에서 수십 발의 총탄이 난사됐다. 난사된 총탄에 수목이 꺾이며 소대원들의 몸을 덮쳤다. 총탄은 멈추지 않고 빗발치듯 날아왔다. 대응사격을 할 순 없었다. 최악의 상황이 연출될 수 있기 때문이었다. 순간 강인후는 자신의 눈을 의심했다. 구영민의 벌어진 입에서는 침이 흘러 내렸고 얼이 빠진 얼굴로 헤벌레 웃으며 일어서고 있었다.

쇼크를 받은 모양이었다. 총탄은 사정없이 날아들었고 소대원들은 엎드린 채 구영민을 바라만 보고 있었다.

"구영민, 엎드려 이 새끼야!"

선임하사가 소리쳤다.

구영민은 침을 흘리며 멍한 눈으로 전방을 바라보았다.

그때 강인후가 튕기듯 몸을 일으켜 구영민을 끌어안고 수풀 속으로 굴렀다. 일순간 구영민의 입에서 비명이 터져 나왔다. 총알이 팔을 스치고 지나갔던 것이다. 팔의 상처는 그때 생긴 상처였다.

"인후야, 그때 네가 아니었으면 이렇게 재미있는 일을 할 수 있었겠니?"

"그 얘기를 왜 하고 그래."

강인후의 얼굴에 또 한 번 애틋함이 묻어났다.

"이러고 있을게 아니라 우리 소주 한 잔 하면서 지켜보자."

구영민이 말을 마치고 밖으로 나갔다.

십여 분의 시간이 흐른 후 구영민은 검은 비닐봉투를 흔들며 방안으로 들어섰다. 대충 자리를 치운 자리에 아주 작은 밥상이 두 사람 사이에 놓여졌다. 종이컵에 소주를 따른 구영민은 건배를 제의할까 하다, 상황에 맞지 않은 것 같아 혼자 한 모금을 삼켰다.

"그나저나 이제 어떻게 할 건지 생각해 봤냐?"

구영민이 마른오징어다리를 질겅질겅 씹으며 물었다.

"나도 모르겠다. 모르겠지만 나를 이렇게 만든 놈들 절대로 가만두지 않을 거야."

입을 대지 않고 단숨에 소주를 삼키는 강인후의 눈에서 불꽃이 일었다.

어느새 소주 두 병이 빈속을 드러내고 있었고 상대적으로 술이 약한 구영민의 얼굴이 붉게 물들었다. 그때 컴퓨터에서 '삐~' 하는 소리가 들려왔다. 무언가 찾은 모양이었다. 두 사람의 눈길이 동시에 모니터로 쏠렸다. 이윽고 모니터에서 프레젠테이션 형식의 특수효과가 빛을 뿌리며 지나갔다. 강인후는 들었던 소주 잔을 소리가 나게 밥상에 내려놓고 한달음에 모니터 앞으로 튕기듯 다가갔다. 문서는 한글프로그램과 파워포인트로 작성된 것 같았다. 모니터 화면이 환해지면서 사각형의 박스 아이콘이 화면 위쪽에서 천천히 내려오며 가운데에 자리를 잡았다. 곧이어 화면상단에 두 줄로 이루어진 큰 글씨가 두 사람의 눈을 사로잡았다.

〈만 번을 거짓말하면 그것은 곧 진실이 된다.〉

〈진실은 언제나 아주 가까운 곳에 있다.〉

거창하기보다 해괴한 문구였다.

"이 해괴해 보이는 문구는 뭐지?"

구영민이 고개를 갸웃했다.

글씨 바로 밑에 자리 잡은 검붉은색의 사각박스가 두 사람의 시선을 붙잡았다. 사각박스는 강렬함과 함께 범상치 않은 신비스러운 색깔을 띠고 있었다. 화면은 움직임을 멈추었고 두 사람의 손길을 기다리고 있는 것 같았다.

구영민이 마우스를 붙잡고 더블클릭을 시도하려다, 강인후를 쳐다보았다.

"인후야, 네가 하는 게 맞는 거 같다."

강인후가 마우스를 움켜쥐었다. 좌측마우스를 클릭하려는 그의 손가락이 미세하게 떨리고 있었다.

"마우스를 클릭하면서 떨리는 건, 아마도 내 생전 처음일거다."

강인후는 애써 마음을 진정시키고 사각박스를 클릭했다. 어떤 반응도 일어나지 않았다. 다시 클릭해 보았다. 역시 마찬가지였다.

"어떻게 된 거지?"

구영민도 알 수 없다는 얼굴로 모니터를 주시했다.

"내가 해 볼게."

구영민이 사각박스를 클릭했다. 반응 없는 모니터는 계속 그대로였다.

두 사람은 허탈한 심정으로 서로를 바라볼 뿐 할 말을 잃고 있었다.

"아무래도 암호화 프로그램을 걸어 놓은 거 같다."

"암호화 프로그램?"

"어, 아주 중요한 문서나 파일을 누군가가 우연히 접해서 들어갈 수 있는 걸 사전에 막아 놓은 상태를 말하는 거야."

"그럼, 저걸 풀 수 있는 방법은 없을까?"

"보통 암호화 프로그램은 특수기호와 숫자를 조합하기도 하지만 생체 인식 프로그램을 사용하는 경우도 있어. 만약, 이병호 교수가 생체 인식 프로그램을 사용했으면…."

구영민은 말을 마치지 못하고 강인후를 바라보았다. 강인후가 마주 바라보자, 구영민이 난감한 기색으로 고개를 떨어뜨렸다.

"대체 무슨 내용이 있기에 이중 삼중으로 암호를 걸어 놨을까."

구영민의 입에서 '끙' 하는 신음이 터져 나왔다.

"빌어먹을."

강인후는 답답한 마음에 담배를 빼물고 모니터를 뚫어지게 주시했다. 순간 그의 눈이 한 곳에서 멈췄다.

"가만, 저 사각박스 중간에 작은 점은 뭐지?"

자세히 보니 박스 중간부분에 아주 작게 검은 점이 찍혀 있는 게 보였다. 마치 태양의 흑점과도 같은 모습이었고 무심히 지나치면 모를 정도로 아주 작은 점이었다.

강인후는 혹시나 하는 마음에 마우스를 움직여 작은 점에 갖다 대 보았다. 어두워져 있던 두 사람의 얼굴이 화색을 띠며 금세 밝아졌다. 마우스의 커서는 손가락 표시로 변해 있었다. 링크를 걸어 놓았던 것임을 알 수 있었다.

"제발 열려다오."

마우스를 잡은 강인후의 손이 다시 미세하게 떨렸다. 그는 잠시 심호흡을 하고 마우스를 클릭했다. 여전히 모니터는 묵묵부답이었다.

"제기랄."

바로 그때였다. 일순간 모니터가 밝아지면서 검 붉은색의 박스의 사면이 모두 무너졌다. 작은 창과 함께, 알 수 없는 그림이 빙글빙글 돌며 자리를 잡았다. 그림을 바라보는 두 사람의 얼굴이 서로에게 물음표를 던져주고 있었다.

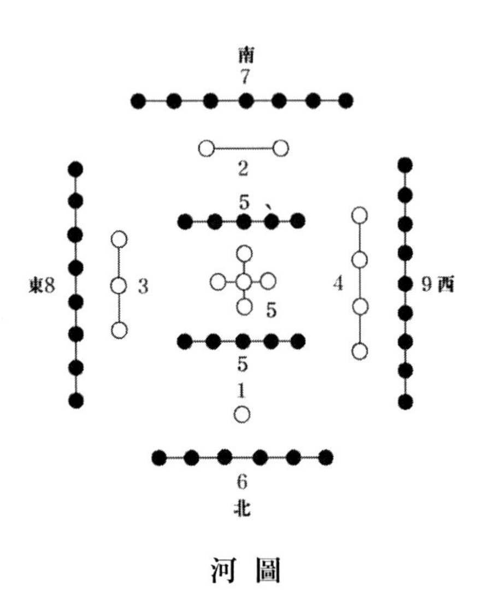

河 圖

“저게 뭐지?”

강인후의 물음에 구영민은 아무 말 없이 그림만 바라보았다.

“증말, 돌아버리겠네.”

방향을 잘못 잡은 현실의 올가미는 풀어질 기미를 보이지 않고, 점점 더 옥죄어 오는 느낌이었다. USB만 열면 사건의 모든 고리를 풀 수 있겠다는 생각은, 안개에 휩싸여 위치를 가늠할 수 없는 흐릿한 산봉우리와도 같았다. 점점 더 미궁 속으로 빠져드는 기분이었다.

“하도? 하도가 뭐지?”

두 사람은 암호 같은 그림 속에서 무엇인가를 찾아내려고 애를 쓰고 있었지만 갈수록 오리무중이었다.

야산의 그림자

충남 부여.

칠흑 같은 어둠 속에서 부지런히 움직이는 그림자들이 있었다. 그림자들의 모습은 매우 해괴한 모습이었다. 손에는 삽이 들려 있었지만, 옷차림은 매우 고급스러운 정장을 하고 있었다. 황토 흙이 검은 구두를 전혀 다른 색으로 만들어 놓았다. 그림자들은 연신 땀을 훔쳐가며 빠르게 삽을 놀려댔다. 삼십여 분의 시간이 흐른 후, 그림자들은 방금 파헤쳤던 구덩이에 무엇인가를 묻고 그 위에 급히 흙을 덮었다. 그리고 사방을 둘러보았다. 풀벌레 소리와 산짐승들의 울음소리만 들릴 뿐 사람의 모습은 전혀 보이지 않았다.

별안간 별들이 총총히 박힌 하늘에서 별들의 모습이 하나, 둘 사라지기 시작했다. 이윽고 별빛을 완전히 집어삼킨 거대한 구름에서 불빛이 번쩍했다.

두두둑, 풀잎이 고개를 꺾으며 늘어졌다. 세찬 빗줄기가 야산의 적막을 흔들고 소리치며 떨어져 내렸다.

"하늘이 우리를 도와주는군."

위무광이 쏟아지는 빗줄기를 온몸으로 받으며 말했다.

"그러지 않아도 티가 나지 않을까 걱정했었는데 잘 됐습니다."

리홍빈의 말투는 군인의 말투 그대로였다. 그녀가 고개를 들어 하늘을 올려다보았다.

"그만 내려가지."

두 사람은 산을 내려와 자신들을 기다리고 있는 승용차로 향했다.

"위 소교님, 수고 하셨습니다."

리홍빈이 말했다.

"국가를 위하는 일에 수고는 무슨…."

위무광이 빙그레 웃으며 운전석으로 미끄러져 들어갔다.

위무광의 오른쪽 손이 자동차의 와이퍼를 오토모드로 작동시켰다. 비는 점점 세차게 내리고 있었고 와이퍼는 유리창으로 쏟아지는 빗물을 빠르게 움직이며 밀어내고 있었다.

"리 소교, 세상에서 가장 맛있는 음식이 뭔지 아나?"

위무광이 빗물이 흘러내리는 유리창을 보고 물었다.

"가장 맛있는 거라…. 글쎄, 잘 모르겠습니다."

리홍빈이 알 수 없다는 투로 말했다.

"힌트를 주자면, 이 음식은 가장 맛있지만, 맛 자체로만 보면 전혀 맛이 없다는 거야."

"점점 더 어려워지는데요."

리홍빈이 매우 궁금한 눈으로 위무광을 쳐다보았다.

위무광이 입가에 살짝 미소를 띠우며 말했다.

"그건, 지금 자네가 보고 있는 물이야."

그제 서야 리홍빈이 알겠다는 듯 무릎을 쳤다.

"한국은 치수사업이 아주 잘 돼있는 나라 중에 하나야. 그리고 지금도 치수사업에 막대한 예산을 퍼붓고 있기도 하고. 그런데 이상한 게 있어. 왜 눈에 보이는 육체의 생명력에는 그렇게 막대한 예산을 퍼 부으면서도, 정신적 민족결집의 생명력이라 볼 수 있는 역사는 홀대하고 등한시 하는지. 하하하."

위무광의 웃음소리가 좁은 차 안을 가득 채웠다.

"조상들의 찬란했던 역사를 잃어버린 민족이 과연 영원할 수 있을까. 하하하"

위무광은 말을 마치고 다시 한 번 크게 소리 내어 웃었다.

위무광이 운전하는 자가용이 고급 저택에서 멈췄다. 대기하고 있던 건장한 사내들이 우산을 펼쳐들었다. 검은색의 우산들이 드높은 하늘을 가렸다. 위무광과 리홍빈은 사내들의 안내에 따라 크고 육중한 대문을 지나 저택 안으로 들어섰다. 이상문의 저택은 3층 건물이었고, 층과 층 사이에는 처음 보는 아름다운 색깔의 가공석이 층을 구분해 놓았다.

"어서 오십시오."

문화재청장 이상문은 근엄한 모습으로 악수를 청했다. 그의 어깨 너머로 원목으로 만들어진 훌륭한 책장이 보였다. 5단 책장에는 고급 양장본의 책들이 보기 좋게 진열돼 있었다.

"저의 미숙한 일처리에 대국에 누가 되지 않았는지 죄송합니다."

이상문은 십여 살이나 아래인 사람들에게 깍듯한 예를 갖추었다.

"하하, 일을 하다보면 그럴 수도 있지요."

위무광의 한국어는 매우 유창했다.

"쉬안핑 교수 같은 인물을, 유념하지 않은 우리의 탓도 있습니다."

리홍빈이 다리를 바꿔 꼬며 말했다.

"USB를 가지고 있는 강인후란 놈의 정체는 파악이 됐습니까?"

"죄송합니다. 솔직히 말씀드리면 강인후가 무엇 때문에 USB를 가지고 도주하고 있는지 파악이 안 되고 있습니다. 하지만 너무 걱정하지 않으셔도 됩니다. 그의 모든 인적사항이 곧 파악될 겁니다."

"속히 서두르셔야 합니다. 어떤 일이 있어도 USB의 내용이 세상에 알려져서는 안 됩니다. 청장님의 안위가 흔들릴 수도 있다는 걸 유념하셔야 합니다."

"잘 알고 있습니다."

이상문은 입술을 잘근 깨물었다.

말을 마친 위무광이 눈짓을 하자 리홍빈이 들고 온 작은 가방의 지퍼를 개방했다.

"물건이 묻힌 지점입니다."

이상문은 리홍빈이 전해준 지도를 살피고 주머니 속 깊숙한 곳에 찔러 넣었다.

세찬 빗줄기는 그칠 기미를 보이지 않고 있었다. 이윽고 바람을 동반한 세찬 빗줄기는 거실의 대형 유리창에 부딪히며 사나운 소리를 질러댔다.

이상문은 거실의 소파에서 TV를 시청하고 있었다.

"이제 곧 나올 때가 됐는데."

그는 혼잣말을 하며 혹시나 하는 마음에 TV채널을 돌려보았다. 그의 얼굴에 화색이 돌았다. 그가 바라고 있던 뉴스가 방영되기 시작했다.

'뉴스 속보를 알려드리겠습니다. 오늘 오후 5시경, 충남 부여 부소산성 부근의 한 야산에서 다량의 유물이 한 농부에 의해서 발견됐습니다. 발견된 유물은 수십 점의 도자기로 밝혀졌고, 지금까지 발견된 도자기와는 달리 상태가 마치 최근에 만들어진 것처럼 아주 양호한 상태로 확인됐다고 합니다. 이는 곧 학계에 비상한 관심을 끌기에 충분한 모습을 보여주고 있습니다. 발견된 유물은 학계를 거쳐 일반에게 공개될 예정입니다. 문화재청의 관계자는 지금까지 재야사학에서 주장해왔던 대륙사관이 어떻게 변할지 촉각을 곤두세우고 있다고 전해 왔습니다. 또한 대륙사관의 정설을 놓고 대립해왔던 실증주의 강단사학계와 재야사학계의 학문적 대립이 종지부를 찍을 것이라고 조심스럽게 의견을 말하기도 했습니다. 이번 유물의 발견은 한민족의 대륙사관과 반도사관 정립의 중요한 분수령이 될 것으로 양측의 사학계는 내다보고 있습니다. 이에 국민들은….'

이상문은 길게 기지개를 펴고 소파에 파묻히듯 드러누웠다.

지금의 자리가 어떻게 얻은 자리인데 조금이라도 위협을 당해서는 아니 된다. 결코 용납할 수 없다. 그는 이를 악물고 집을 나섰다.

정원을 지나 주차장에 이르자 부드러운 엔진소리가 들려왔다. 이상문은 얼굴을 찡그리며 운전기사를 바라보았다.

"이봐, 오늘 일정이 어떻게 되는지 알고 있는가?"

목소리에 짜증이 묻어났다.

그제서야 운전기사는 자신의 실수를 깨닫고 급히 RV차량으로 갈아탔다.

요즘 들어 이상문은 사소한 일에도 부쩍 짜증을 부리고 있었다. 아마도 강인후의 여파인 것 같았다.

'바보 같은 놈.'

이상문은 운전기사의 머리를 쥐어박고 싶은 충동을 간신히 참았다.

중부고속도로를 시원하게 달리던 이상문의 차는 경부고속도로로 갈아타 충남 부여로 질주해 나갔다. 한 시간여를 달리던 차는 남공주 톨게이트를 빠져나가 부여로 향했다. 백제 사비도성이었던 부여 시가지를 관통하여 국립부여박물관, 백제왕릉원(능산리 고분군), 궁남지, 낙화암을 돌아 고란사가 있는 부소산성에 이르렀다. 부소산성 외곽으로 대대적인 공사가 벌어지고 있었고 입구에는 아름드리 고사목에 붉은색의 현판이 위엄을 풍기며 걸려 있었다. '大百濟의 魂'(대백제의 혼) 역동적인 힘을 분출하는 필체였다.

문화재청은 삼천궁녀낙화암을 복원시켜 세계적인 관광명소로 삼아 한국을 세계에 알리는 역사 실증복원 대 프로젝트를 진행시키고 있었다.

"어서 오십시오."

위무광이 정중하게 말했다.

"예산 걱정은 하지 마시고 세계만방에 떨칠 수 있는 유적지를 만들기 바랍니다."

"감사합니다."

위무광의 말에 이상문이 감사를 표했다.

"실례하겠습니다."

뒤에서 들려오는 목소리였다.

이상문과 위무광이 동시에 고개를 돌렸다. 건장한 체구의 남자가 두 사람 앞으로 급히 뛰어오고 있었다.

"안녕하세요. J신문 정인국 기잡니다. 먼저 예고 없이 방문 드린 점 깊이 사과드립니다."

잘 다듬어진 머리에 검은 뿔테 안경이 지성적인 이미지를 연출하고 있었다. 머리를 매만지며 앞으로 다가선 정인국이 명함을 내밀었다.

위무광의 빠른 눈이 정인국의 온 몸을 훑어 내렸다. 왠지 기자의 모습과는 어울리지 않는 모습이었다.

"처음 들어보는 이름인데 그런 신문사도 있습니까?"

이상문이 고개를 갸웃하며 물었다.

"네. 이번에 새로 창간한 인터넷 신문입니다. 창간 기념으로 청장님을 모시고 역사복원 프로젝트에 대해 고견을 듣고자 실례를 무릅쓰고 찾아뵈었습니다."

말하는 도중에도 정인국은 계속 머리를 만지고 있었다.

이상문이 승낙의 고개를 끄덕였다. 귀족적인 풍모가 정인국을 사로잡았다.

"지금의 프로젝트는 한중 합작의 대 프로젝트라고 들었는데 한 말씀 부탁합니다."

이상문은 말하기에 앞서 옆으로 시선을 돌려 위무광을 바라보았다.

"인터뷰에 앞서, 먼저 한국의 문화유산에 지대한 관심을 갖고 투자를 아끼지 않는 중국의 위무광 씨를 소개할까 합니다."

정인국이 고개를 들어 잘생기고 건장한 사내를 바라보았다. 자세히 보니 왼쪽 눈동자가 약간 상한 듯 보였다.

이상문의 소개에 위무광이 목을 가다듬자, 정인국이 말했다.

"안녕하세요. 한국 사람도 쉽게 하지 못하는 투자를 중국분이 하신다는 사실에 감사와 함께 부끄러움을 금할 길이 없습니다."

정인국의 허스키한 목소리는 기자의 목소리로는 어딘가 어울리지 않게 들렸다.

"한국문화유산의 투자목적에 대해 말씀 부탁합니다."

정인국의 마이크가 위무광을 향했다.

위무광은 시선을 돌려 이상문을 바라보고 제자리로 돌린 후 입을 열었다.

"우리의 목적은 다른데 있는 것이 아닙니다. 역사적 어울림이 우리의 목적이라고 볼 수 있습니다. 조화와 아름다움으로 채색된 어울림은, 곧 국가 간의 보이지 않는 장벽을 넘어 세계의 어울림으로 발전할 수 있다고 생각합니다. 예로부터 우리 중국과 한국은 한 형제처럼 지내온 사이입니다. 이것은 하나의 핏줄 속에서 형제애로 다져진 아름다운 어울림이 있었기에 가능했던 것입니다. 형제애에 기반을 둔 평화의 어울림이 세계이념의 지론으로 자리 잡기 위해서는 먼저 문화적 긍지를 가질 수 있는 역사의 어울림이 선행되어야 한다고 생각하는 바입니다."

위무광은 대사를 준비한 배우처럼 매우 유창하게 말했다.

정인국은 위무광의 어투에서 중국의 오만함이 느껴져 표정관리를 해야만 했다.

"대한민국 국민의 한 사람으로서 깊은 감사를 드립니다."

정인국은 최근 세계이슈화가 돼가고 있는 동북공정 철회와 중국이 주장하는 태극기 반환 주장에 대해 직설적으로 물어보기로 했다.

"인간은 자신에게 주어진 권리 안에서 권리를 행사할 수 있습니다. 아름다운 사회적 어울림, 국가적 어울림도 자유롭게 행사할 수 있는 권리 안에서 빛을 발할 수 있는 것이라 생각합니다. 그것은 지구촌을 하나로 묶어놓았다고 해도 예외일 수 없습니다."

정인국이 침을 삼키고 말을 이었다.

"그런데 중국은 우리 한국의 상징인 태극기의 사용을 금한다고 만천하에 발표했습니다. 그것은 즉, 우리 국민들의 권리를 침해 한 것이고, 나아가서는 국가적 권리를 침해한 것입니다. 이것이 과연 형제애에 바탕을 둔 어울림이라고 생각하시는지요. 한 말씀 부탁합니다."

이상문은 위무광이 어떤 대답을 할지 궁금했다.

잠시 침묵이 흐른 후 위무광이 천천히 입을 열었다.

"우리 중국의 태극기 반환 주장은 정치적인 문제입니다. 저는 사업하는 사람이지, 정치하는 사람이 아닙니다. 그리고 저는 정치에는 아무 관심이 없습니다. 제 대답은 이것으로 대신 하겠습니다."

위무광은 교묘하게 질문을 피해갔다.

"그렇군요."

정인국은 마이크를 이상문에게 향했다. 마이크를 쥔 손이 가볍게 떨렸다.

같은 시각 500여 미터 떨어진 지점에서 검은색 승용차가 갓길에 정차해 있었다. 승용차는 짙은 선팅을 하고 있어서 내부 확인은 불가능해 보였다. 승용차 안에는 한 눈에 보기에도 범상치 않은 장비가 있었고 장비표면의 작은 눈금바늘이 좌우로 몸을 흔들고 있었다. 눈금바늘의 움직임은 멀리서 들려오는 소리에 반응하고 있는 것 같았다. 헤드폰을 끼고 있는 남자는 매우 진지한 표정이었다. 헤드폰을 타고 들려오는 소리에 귀를 집중하고 있는 모습이 흡사 먹이를 찾아 헤매는 승냥이와도 같았다.

"청장님, 한 말씀 부탁합니다."

정인국의 요구에 이상문은 말하기에 앞서 잠시 뜸을 들이고 입을 열었다.

"민족정신과 민족자존심의 원천은 역사에 있다고 해도 과언이 아닙니다. 관념의 역사는 국민적 혼란을 가져올 수 있고, 만들어진 역사는 국가적 불신감을 조장시킬 수 있는 것입니다. 이제는 '랑케'의 실증주의 사관에 입각해 역사를 해석하고, 역사를 이해해 문화적인 도구로 삼아야 합니다. 재야사학에서 주장하는 관념의 역사, 바람에 의해 만들어진 역사는 국민의 애국심을 고취시키는데 아무 소용이 없습니다."

정인국이 마이크를 고쳐 잡았다.

"인정할 건 인정하고 본받을 건 본받아야 합니다. 재야사학의 근거 없는 사관은 국수주의를 조장시킬 수 있는 함정이 있습니다. 자칫하면 국가적 망신과 조롱을 받을 수 있는 위기가 다가와 국민의 열등감만 가중 시킬 수 있는 우愚로 작용할 수 있다는 점을 말씀드리고 싶습니다. 이에 우리 문화재청은 국민의 혼란과 그릇된 역사인식을 바로잡기 위해 프로젝트를 수행하고 있는 것입니다."

정인국의 눈꼬리가 살짝 치켜 올라갔다.

이상문은 계속 말했다.

"중국의 태극기 반환 주장의 기폭제는 어디서 나왔겠습니까. 그것은 우리 재야사학의 터무니없는 역사주장에서 비롯됐다고 해도 과언이 아닙니다. 이제부터라도 올바른 역사사관을 정립시켜 국민의 결집력을 보여주어야 한다고 생각합니다."

말을 마친 이상문은 특유의 근엄한 모습으로 되돌아갔다.

정인국은 이상문의 반응을 살피기로 하고 질문의 수위를 높였다. 지금까지 이병호 교수의 주변 인물들에게 빠지지 않고 했던 질문이었다.

"최근 의문의 죽음을 당한 이병호 교수와 이 청장님은 같은 역사학자이자, 친구지간이었다고 들었습니다. 삼가 고인에 대한 애도를 표합니다."

이상문이 슬픈 표정으로 고개를 숙여 보였다.

"이 교수님의 죽음이 혹시 역사와 연관되지 않았을까요?"

일순간 이상문의 얼굴이 마치 망치로 얻어맞은 것처럼 충격을 받았다. 예리한 정인국은 그것을 놓치지 않았다.

"질문의 의도를 모르겠군요. 그 사건에 대해 저는 아무것도 아는 게 없습니다. 그저 친구로서 슬픔을 금할 길이 없습니다."

불쾌함과 함께 의문의 표정이 이상문의 얼굴에서 감돌았다.

"불쾌하셨다면 용서를 구합니다."

정인국이 급히 사과했다.

"인터뷰에 응해 주셔서 감사합니다."

정인국은 서둘러 인터뷰를 끝냈다.

이상문은 정인국의 인터뷰에 응한 뒤 위무광과 함께 삼천궁녀낙화암의 복원 현장으로 발을 돌렸다.

정인국을 기다리고 있는 승용차가 부소산성을 돌아 길가에 자리를 잡았다. 반쯤 열린 창문 사이로 머리가 단정한 정인국의 모습이 보였다. 정인국이 승용차로 급히 올라탔다. 운전대를 잡은 사내가 낙화암으로 향하는 이상문과 위무광을 바라보며 창문을 닫았다. 짙은 선팅이 승용차의 내부 확인을 허락하지 않겠다는 듯 검은 유리는 굳게 닫혔다.

"수고 많았네."

백웅민이 말했다.

정인국의 손에는 안경이 들려있었고 발밑에는 잘 손질된 가발이 떨어져 있었다. 한결같은 짧은 머리가 정인국의 얼굴을 바꾸어 놓았다. 좀 전의 모습과는 전혀 다른 모습이었다.

"윤 경위, 머리와 안경이 아주 잘 어울리던데."

백웅민이 헤드폰을 벗으며 말했다.

"앞으로 머리를 좀 길러볼까…."

윤철훈이 호탕하게 웃었다.

"중국사람이 우리나라 문화유산에 투자를 한다… 뭔가 이상하지 않나?"

백웅민이 물었다.

"그것도 그렇고, 왜 이병호 교수는 사석에서 이상문 청장을 거론한 적이 한 번도 없을까."

"이 청장이 무언가 숨기고 있는 것 같아."

권충대의 지시에 윤철훈과 백웅민은 이병호의 지인들을 거의 모두 조사했지만, 강인후의 사건과 관련된 사람은 찾기가 어려웠다. 그리고 강인후의 과거 행적에서도 이번 사건을 연결시킬만한 단서는 찾을 수 없었다. 고작 대리운전으로 하루하루를 연명하는 그가 이병호 교수와 어떤 식으로든 연결이 될 것 같지는 않았다. 하지만, 이상문 청장은 이병호 교수를 언급했을 때, 무척 당황하는 표정이었다. 무언가 의심을 사기에 충분했다.

"강인후의 행방은 어디까지 진행돼 가고 있나?"

윤철훈이 물었다.

"여러 경로를 통해서 알아보고 있어. 곧 강인후의 동선이 드러날 거야."

두 사람의 승용차가 부소산성에서 멀어졌다.

복희씨와 하도河圖

"인후야, 그만 일어나라."

구영민의 소리에 강인후의 눈이 서서히 떠졌다. 침대에서 몸을 일으키려던 강인후는 머리를 부여잡고 다시 누웠다. 아침부터 머리가 지끈거리기 시작했다. 며칠 사이에 자신에게 일어났던 사건들이 빛의 속도로 빠르게 지나갔지만, 순간순간이 선명한 사진으로 남아 머릿속을 맴돌고 있는 것 같았다.

"뭐 좀 알아낸 거라도 있냐?"

강인후는 컴퓨터 키보드를 두드리고 있는 구영민을 바라보며 물었다.

"어제도 말했지만 저 그림은 '하도'라는 건데, 하도는 중국 고대의 전설적인 인물인 태호 복희씨가 그린 그림이야."

"태호 복희씨?"

어디선가 들어본 이름이었지만 생각이 나지 않았다.

"동양철학의 핵심인 사서삼경의 주역周易을 창시하신 분이기도 하지."

"주역이라고 하면 사주나 관상을 보는 책을 말하는 거야?"

"그건, 주역의 극히 일부분에 지나지 않아. 주역은 우주창조의 비밀과 세상만물의 이치가 다 들어있는 심오한 책이야."

평소 동양철학에 관심이 많은 구영민은 알고 있는 지식을 대강 설명했다.

"복희씨는 중국민족이 문명의 시조로 받들고 있는 성인이기도 해. 일례로 지금 중국은 하남성, 회향현에 엄청난 크기의 복희상을 만들어 놓고, 중요한 국가행사로 정해서 국가주석을 비롯해 국가 위정자들이 향을 사르며 제를 올리고 있어."

"가만, 그러고 보니, 바로 얼마 전 중국이 우리나라 태극기를 문제 삼았던 그 복희씨를 말하는 건가?"

TV뉴스는 도망자 신분에 빼놓을 수 없는 필수였다. 얼핏 기억이 나는 모양이었다.

"맞아. 그 복희씨야."

"주역과 중국문명의 시조라면 언제 적 사람이라는 거야?"

"지금으로부터 약 5,500년 전 사람이지."

"갈수록 태산이군."

"하도는 태극과 음양오행, 숫자의 비밀을 담은 그림이라는 거야. 주역의 근간이기도 하고. 그리고 빅뱅 우주론의 거장 스티븐 호킹의 주장에 따르면, 양자역학이 지금까지 해놓은 것은 동양철학의 기본 개념인 태극, 음양, 팔괘를 과학적으로 증명한 것에 지나지 않는다고 말했을 정도야."

구영민은 지금까지 찾은 자료를 바라보며 말했다.

강인후는 도무지 뭐가 뭔지, 감을 잡을 수가 없어서 막막하기만 했다.

중국민족 문명의 시조 복희씨, 그리고 복희씨가 그린 '하도', 대체 이병호 교수는 무엇을 알리고 싶었던 것일까.

강인후는 갈수록 알 수 없는 미로 속으로 들어가고 있는 느낌이었다. 내가 과연 살인누명을 벗고 이 난관에서 빠져 나올 수 있을까? 지끈거리던 머리가 터질 듯이 아파왔다.

"같이 갈 데가 있으니 우선 나가자."

구영민은 강인후의 대답은 듣지도 않은 채 현관문을 열었다.

구영민이 손을 들어 지나가던 택시를 세웠다.

호화로운 네온사인이 서울의 야경을 화려하게 장식하고 있었다.

택시 앞 유리로 보이는 사람들이 바쁜 걸음을 놀려 집으로 향하는 듯 보였고, 먹이를 찾아 사방을 두리번거리던 비둘기가 행인의 발길질에 날개를 펼쳐 하늘로 날아올랐다.

그래도 저 비둘기는 발길질을 피해 자기가 가고 싶은 곳으로 갈 수 있다. 하지만 나는 어떤가. 나에게 자유가 다시 올 수 있을까?

강인후는 지금껏 자신이 누렸던 자유가 얼마나 소중하고 행복한 것인가를 새삼 깨달았다.

"지금 어디로 가는 거지?"

강인후가 비둘기에서 눈을 떼지 않은 채 물었다.

"이병호 교수의 메시지가 뭔지 알아봐야 되지 않겠니."

"그럼, 네가 말한 그 역술인한테 가고 있는 거냐?"

구영민이 고개를 끄덕였다.

"그 분이 과연 메시지의 내용을 풀 수 있을까?"

"믿어보는 수밖에."

"이병호 교수는…."

강인후가 손을 뻗어 구영민의 입을 막았다. 그리고 예리한 눈으로 택시기사를 쳐다보았다. 택시기사는 아무렇지도 않은 듯 운전에 열중해 있는 것 같았다. 사거리 신호가 적색에서 녹색으로 바뀌었다. 그때 뒤에서 차량들의 경음기 소리가 요란하게 울렸다. 택시가 덜컹거리며 앞으로 나갔다.

강인후가 고개를 들어 택시기사를 바라보았다. 한 손으로 운전하는 택시기사의 손놀림이 매우 부자연스러워 보였다.

"아저씨, 어디 불편하신 데라도 있으세요?"

강인후가 이상한 표정으로 물었다.

"아… 아닙니다."

더듬거리며 말하는 택시기사는 어디가 불편한지 흐르는 땀을 닦았다.

로터리를 지난 택시가 곧장 직진했다.

강인후의 눈길이 한 곳에서 멈췄다. 택시기사의 얼굴은 몹시 당황한 표정이었고 한 방울의 땀방울이 그의 얼굴에서 흘러내렸다.

그때였다. 천천히 달리던 택시가 갑자기 요란한 소리를 내며 중앙선을 침범했다.

"멈춰!"

강인후는 소리를 지르며 택시기사의 뒷덜미를 움켜잡았다.

구영민이 소스라치게 놀랐다. 그의 눈앞에 경찰서가 보였고 막 순찰을 나가는 듯 보이는 경찰이 난폭운전 택시를 험한 눈초리로 쳐다보고 있었다.

"사람 살려!"

택시기사가 소리치며 달리던 택시에서 뛰어 내렸다.

고함소리에 놀란 경찰이 택시를 향해 맹렬히 뛰어왔다.

강인후는 잽싸게 앞자리로 옮겨가 가속페달을 힘껏 밟았다. 타이어가 심한 연기를 내며 검은 아스팔트에 더 검은 덧칠을 하고 도로를 차고 나갔다. 역주행의 곡예가 펼쳐졌다. 마주 오는 차량들이 택시를 피하려고 인도로 돌진했고 수많은 상향의 전조등이 깜빡거리며 택시를 위협했다. 강인후는 이리저리 차량들을 피하며 간신히 중앙선을 넘어 들어갔다. 곧바로 경찰차의 요란한 사이렌이 밤을 흔들어 놓았다. 강인후는 맹렬하게 택시를 몰았다. 앞서가던 차량들이 무서운 기세로 달려드는 택시를 간신히 피했다. 도로는 점점 이리저리 얽힌 차들로 난장판이 돼가고 있었다. 마치 태풍이 할퀴고 지나간 듯 보였다. 강인후는 선택의 여지가 물 건너갔음을 깨달았다. 설령 살인혐의를 벗는다 해도 지금까지 자신 때문에 일어난 사건, 사고는 분명코 정당한 사유가 될 수는 없었다. 강인후는 이를 악물었다. 얽히고설킨 차들 뒤로 경찰차가 보였고, 택시를 놓친 경찰이 무전기를 빼드는 모습이 보였다. 모든 것이 현실 같지 않고 마치 몽환의 세계인 것처럼 느껴졌다.

그렇게 한참을 달리다 보니 도로는 2차선이었고 지나가는 차량도 드물게 보였다. 어디가 어딘지 분간이 가지 않았다.

"영민아, 괜찮냐?"

구영민의 입에서 깊은 숨이 흘러나왔다.

"나 때문에 정말 미안하다."

심신이 허약한 구영민을 끌어 들였다는 죄책감이 그의 몸을 감고 돌았다.

"미안하다는 말은 나중에 하고 우선 여기가 어딘지 알아봐야겠다."

구영민이 휴대폰의 GPS시스템을 실행시키려다 잠시 멈칫하고 말했다.

"위치가 추적되지 않을까?"

"아직은 아닐 거야."

공교롭게도 목적지는 얼마 안 돼는 지점에 있었다. 두 사람은 택시를 버리고 산길로 올랐다. 바람 한 점 불지 않는 무더운 여름밤이었다.

승용차가 요란한 소리를 내며 낡은 주택가로 들어섰다. 차가 멎음과 동시에 차문이 벌컥 열리더니 윤철훈이 날랜 표범과도 같은 동작으로 뛰어 내렸다. 뒤를 이어 백웅민이 뒤를 따랐다. 다세대주택의 층계는 두 군데로 나누어져 있었다. 건물 중앙의 계단입구는 시커먼 입을 벌리고 있었고, 오른쪽으로 나 있는 층계는 금방이라도 꺼질 것 같은 가로등에 누추한 모습을 보여주고 있었다.

윤철훈과 백웅민이 오른쪽 계단으로 급히 뛰어 올랐다.

구영민의 집 안에서 희미한 불빛이 흘러나왔다.

백웅민과 윤철훈이 권총을 빼들고 문을 주시했다.

윤철훈이 조심스럽게 문손잡이를 잡아 돌렸다. 문은 굳게 잠겨 있었다. 문에 귀를 대 보았다. 아무 소리도 들리지 않았다. 백웅민이 권총의 손잡이로 창문을 후려치자, 유리 파편이 계단 아래로 떨어졌다. 재빠른 동작으로 창문을 통해 집 안으로 들어선 백웅민은 지저분하게 깔려있는 이불을 지나쳐 컴퓨터를 살폈다.

"강인후가 여기에 왔었을까?"

말을 마친 백웅민이 밥상위에 뒹굴고 있는 두 개의 소주잔을 비닐봉투에 담았다.

윤철훈이 책상위에서 뒹굴고 있는 수많은 메모지들을 살폈다.

"강인후와 구영민이 접촉했다는 증거가 여기에 있어."

윤철훈이 가리킨 메모지에는 이병호 교수의 이름이 있었고, 알 수 없는 문구가 적혀 있었다. 두 사람이 고개를 갸웃거렸다.

"만 번을 거짓말하면 그것은 곧 진실이 된다. 진실은 언제나 아주 가까운 곳에 있다."

문구를 다 읽은 백웅민이 물었다.

"무슨 말이지?"

윤철훈이 고개를 저었다.

"문구는 모르겠지만, 구영민과 강인후는 분명 어떤 접촉이 있었을 거야.”

“그럼, 구영민이 들어올 때까지 잠복해 있어야겠군.”

백웅민이 현관으로 향하며 말했다.

그때 윤철훈의 휴대폰이 울렸다.

‘강인후가 택시를 납치해서 서울을 벗어났네. 택시가 발견된 지점은 춘천 소양호 부근으로 확인됐어.’

전화기 너머에서 권충대의 목소리가 흘러나왔다.

윤철훈은 아연실색했다.

“어서, 서두르게.”

권충대가 소리치듯 말했다.

같은 시각. 좁은 골목을 승용차의 급제동소음이 감고 돌았다.

차 문이 열림과 동시에 모자를 깊게 눌러쓴 늘씬한 미녀가 땅에 발을 디뎠다.

눈길을 돌리지 않는 것으로 보아 목적지는 분명해 보였다.

눈을 들어 오른쪽을 바라본 리홍빈이 무언가를 탐색했다. 깨진 유리창 너머로 두 명의 건장한 남자가 분주하게 움직이며 전화를 받는 모습이 보였다.

리홍빈은 시커먼 입을 벌리고 있는 중앙계단으로 몸을 숨기고 구영민의 집을 응시했다. 그때 건장한 두 사람이 급히 집을 빠져나오고 있었다. 리홍빈은 몸을 수그려 자신의 모습을 감추었다.

승용차 안에서 그 모습을 지켜보고 있는 위무광은 급히 뛰어 나오는 두 사람의 얼굴을 살폈다. 가로등 불빛이 그들의 얼굴을 확인시켜 주었다. 일순간 위무광의 얼굴이 놀람과 동시에 의문을 표했다. 두 명의 건장한 사내 중에 한 사람은 분명 어디선가 보았던 인물이었다. 그들의 행동으로 보아 사복경찰인 것 같았다. 위무광은 가로등 불빛에 드러난 사내의 얼굴을 유심히 살폈다. 기억이 나지 않았다. 그는 급히 휴대폰의 카메라 기능을 실행시켜 사내의 얼굴을 연속촬영 했다.

"저들이 급히 나오는 것을 보니 뭔가 단서를 잡은 거 같습니다."

리홍빈이 운전석의 문을 닫으며 말했다.

"놓치지 말고 따라붙어."

위무광은 승용차 안에서 생각에 잠겨 있었다. 한참을 생각했지만 기억 속의 회로는 구영민의 집에서 나온 건장한 형사를 찾아낼 수 없는 모양이었다.

"너무 바짝 쫓지 말게."

위무광이 생각에서 깨어나 말했다.

미행을 들키지 않게 운전하는 리홍빈의 운전 실력은 수준급 이었다.

위무광은 머리를 맴도는 형사의 생각을 멈추었다. 아마도 비슷한 누군가와 착각한 것으로 생각을 정리했다. 하지만 그의 직감은 무언가를 놓치고 있다는 생각으로 가득 찼다.

시간은 어느새 새벽을 지나 아침이 가까워 오고 있었다.

리홍빈이 하품을 하며 창문을 열었다. 상쾌한 바람이 차안으로 밀려들어왔다. 그녀는 피곤한 듯 팔을 번갈아 가며 기지개를 켜고 앞서가는 승용차와 거리를 유지했다. 그때 그녀의 입에서 신음과 같은 탄성이 흘러나왔다.

"어머, 너무 아름다운데요."

한 폭의 수채화 같은 호수가 그녀의 시선을 사로잡았다. 물안개가 피어오르는 모습은 마치 수많은 실구름이 그대로 호수에 내려앉은 모습이었고, 실구름을 품은 호수는 잔잔한 어머니의 가슴을 빌려 온 것 같았다. 감상에 젖은 그녀의 눈빛은 호수를 떠날 줄 모르고 있었다.

위무광은 불현 듯 불길한 느낌을 받았다. 과거 혁명정권의 정신을 물려받은 혁명전사의 모습은 리홍빈의 얼굴 그 어디에서도 찾아볼 수 없었다. 혁명의 무대만 바뀌었을 뿐, 정신은 바뀌지 말아야한다. 혁명의 영역은 가슴이 아니라 머리에 있다. 그것이 바뀌는 날은 곧 전사의 죽음이다.

"한국은 지금 원래의 진실과 만들어진 진실 사이에 놓여있어. 어항프로젝트는 만들어진 진실에 쐐기를 박는 것이고. 리 소교, 안 그런가?"

위무광의 물음에 리홍빈이 표정을 바로 했다.

그녀는 자신이 너무 감상에 빠져 있었다는 것을 자인하고 스스로를 질책했다.

한참의 침묵이 흘렀다.

"리 소교, 아름다움은 그것을 바라보고 인정해주는 사람이 있을 때, 존재를 드러내는 것이야. 우리가 추진하는 어항프로젝트는 우리 중국인민들에게 바로 그런 것이고."

"그것이 아름답다는 얘긴가요?"

"역사적 이념의 아름다움이지. 우리는 그것에 생명력을 불어넣어 한국 국민에게 아름다운 존재를 각인시키는 것이야. 안 그런가?"

그녀는 묵묵히 운전에만 열중했다.

윤철훈이 운전하는 승용차가 소양호를 벗어나 내평리 쪽으로 방향을 틀었다. 10여 분을 달리자, 나지막한 야산이 보였고 버려진 노란색의 택시는 그곳에 있었다. 정복경찰과 사복형사들이 택시 주변에서 분주하게 오가고 있었다. 현장에 도착한 두 사람이 급히 택시로 다가가 신분증을 내밀었다.

리홍빈이 운전하는 승용차가 택시를 지나쳐 천천히 달렸다.

"여기서 세우게."

위무광이 가볍게 지시했다.

이들이 차를 세운 곳은 틀어진 담벼락 밑이었다. 자신의 위치를 숨기고 적군을 관찰할 수 있는 요지였다.

위무광은 고성능 소형망원경을 꺼내 택시주변의 사람들을 관찰했다.

그때 대낮같이 환한 불빛을 밝힌 승합차가 택시 주변으로 들어섰다. 승합차의 문이 열리더니 마이크를 손에 쥔 기자가 뛰듯이 내려섰다. 방송국의 중계차인 것 같았다. 기자는 사람들을 헤치고 택시 앞으로 자리를 잡았다. 긴장된 얼굴과 입모양이 큰 사건을 중계하고 있는 것 같았다.

위무광이 망원경을 꺼내 택시 주변의 사람들을 살폈다.

"두 사람이 왜 갑자기 이곳으로 왔을까요?"

리홍빈이 물었다.

순간 위무광은 그녀의 말을 잘못 들었다고 생각하고 싶었다. 그것은 이상문의 도움으로 지금껏 파악했던 강인후와 관련된 것으로 봐야 했다. 어찌 그것을 모를 수 있단 말인가. 감상에 빠져있던 그녀는 제자리를 못 찾고 있음이 분명했다.

"리 소교, 정말 몰라서 묻는 건가?"

"아닙니다."

상황을 알아차린 그녀가 즉시 표정을 바로 했다.

다시 소형망원경으로 시선을 옮긴 위무광은 예리하게 관찰했다.

그때였다. 중계 기자를 바라보는 위무광의 얼굴이 충격을 받은 듯 순간 멍해졌다. 그는 급히 망원경을 돌려 자신이 미행했던 형사를 바라보았다. 인터뷰가 있었던 삼천궁녀낙화암과 같은 비슷한 상황이 펼쳐지니 드디어 기억이 떠올랐다. '이건 뭔가?'

위무광은 충격으로 잠시 비틀거렸다.

'이것 봐라.'

이상문 청장을 찾아왔던 기자는 기자가 아니라 경찰임을 알 수 있었다. 소형망원경속에 비친 사내의 얼굴에 가발과 안경을 씌우자, 의심의 여지가 없었다.

위무광의 눈꼬리가 치켜 올라갔다.

땀으로 흠뻑 젖은 두 사내의 머리에는 모자가 쓰여 있었다. 그들은 누구에게 쫓기고 있는 듯 매우 불안해 보였다. 어느새 날은 환하게 밝아 있었고, 떠오르는 태양빛은 몹시 따갑게 느껴졌다.

"이제, 얼마 안 남았어."

구영민이 고개를 숙인 채 말했다.

그들이 찾는 집은 시내를 벗어나 한적한 전원마을의 전통한옥이었다.

육중한 대문이 그들을 가로막았다.

강인후가 초인종을 찾아 두리번거리자, 구영민이 무쇠로 만들어진 시커먼 문고리를 잡아올려 힘 있게 문을 때렸다.

"이 사람은 현대과학의 편리함을 별로 좋아하지 않는 것 같아."

"재미있군,"

"옆에 컴퓨터가 있어도 편지는 항상 서신우편을 고집하고 있거든. 그리고 찾아오는 손님들에게도 사주관상을 손수 붓글씨로 써 주기도 하고."

강인후는 집주인이 아직도 상투를 쓰고 있을 것 같다는 생각이 들었다. 컴퓨터와 상투를 튼 남자. 역시 어색한 그림이었다.

잠시 후 육중한 대문이 삐거덕 소리를 내며 열렸다. 동양적 미모를 지닌 삼십 초반 정도의 여자가 문 앞에 서서 환하게 웃으며 두 사람을 맞이했다. 여자가 차려입은 단아한 한복이 전통가옥과 묘한 일체감을 보여 주었다.

"어서와, 영민아."

목소리에 반가움이 듬뿍 담겨 있었다. 말투로 보아 꽤나 친한 모양이었다.

"강인후 씨, 어서 오세요. 말씀 많이 들었어요."

강인후는 구영민을 바라보았다.

"괜찮아, 안심해도 돼."

구영민은 강인후를 안심시켰다.

"신수정이라고 해요."

신수정이 손을 내밀어 악수를 청했다. 강인후가 어정쩡하게 그녀의 손을 맞잡고 인사했다.

"안녕… 하세요."

신수정의 말투와 행동은 무척 쾌활했고 거리감은 찾아볼 수 없었다.

집 안으로 들어서자, 견고하게 다져진 넓은 마당이 펼쳐졌고 좌우로 잘 가꾸어놓은 화단이 있었다. 화단 안에는 보라색과 노란색으로 채색된 붓꽃이 자태를 뽐내고 있는 듯 보였다. 옅은 보라색 속으로 자신의 몸을 내맡긴 노란색이 붓꽃의 아름다움을 한층 돋보이게 만들어 주는 것 같았다. 그 옆으로 탐스럽게 익은 방울토마토가 빨간 빛을 띠며 주렁주렁 매달려 있었다.

마당을 사뿐사뿐 걷는 신수정의 발걸음은 싱그러워 보였다. 순간 마당을 지나가는 실바람에 유혹적인 그녀의 향기가 실려 왔다. 강인후가 그녀의 뒷모습에서 시선을 떼지 못했다.

처마로 햇빛을 가린 대청마루는 시원하고 아늑한 느낌을 주었다.

부엌으로 들어간 신수정이 나무 쟁반에 시원한 차를 내왔다.

강인후와 구영민은 숨도 안 쉬고 차를 벌컥벌컥 들이켰다. 안도의 숨이 흘렀다.

“그런데, 선생님은 어디 가셨나보죠?”

강인후의 물음에 신수정이 살포시 미소를 지었다.

“네가 보고 있는 분이 선생님이야. 하하하.”

구영민이 소리 내어 웃었다.

“역술선생님이라고 말하지 않았니?”

“그랬지, 하지만 흰 수염에 백발을 길게 늘어뜨린 분이라고 말 한 적 없다.”

이 매력적인 여자가 역술인이라니 강인후는 도저히 믿어지지 않았다.

“영민이와 저는 대학 때 컴퓨터 동아리 멤버였어요. 언제나 어려운 문제를 가져와 저를 곤혹스럽게 한 일이 한두 번이 아니에요.”

신수정이 구영민에게 곱게 눈을 흘겼다.

구영민이 머리를 긁적였다.

“죄송합니다. 본의 아니게 제 문제까지 가지고 와서.”

“아니에요, 하도河圖는 제가 오래전부터 관심을 갖고 연구하는 분야이기도하고, 이병호 교수님과는 사석에서 몇 번 대면한 적이 있어요.”

“아… 네.”

“영민이한테 대충 얘기를 들어서 알고 있어요.”

잠시 후, 서재로 옮긴 세 사람은 의자를 끌어와 각각 자리를 잡았다.

신수정이 노트북을 꺼내 강인후가 건네준 USB를 꽂아 넣었다.

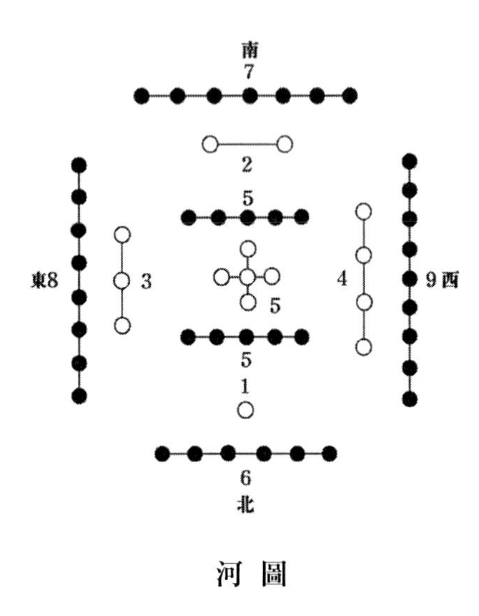

河 圖

"하도를 이해하기 위해서는 먼저 복희씨를 알아야 해요. 복희씨는 중국 하남성 회향현 사람으로 인류역사의 위대한 성인이죠."

신수정은 잠시 침묵하고 다시 말했다.

"하도는 우주만물이 수數로 이루어져 있고, 세상의 메카니즘이 태극과 팔괘, 음양오행의 법칙에 의해서 움직이고 있음을 표현한 암호라고 보시면 되요."

설명하는 신수정은 매우 진지한 표정이었다.

"복희씨는 천지의 음과 양을 3수 원리로 변화시켜 건乾☰ 태兌☱ 리離☲ 진震☳ 손巽☴ 감坎☵ 간艮☶ 곤坤☷ 팔괘를 그어 주역의 기초를 닦으신 분이죠. 그리고 우주만물이 1에서 10까지 10수 안에서 존재하고 있다는 것을 깨닫고 이를 기본으로 하여 처음으로 팔괘의 획을 그었어요. 팔괘를 그려 팔방에 배치해 선천팔괘先天八卦라 불렀고요. 즉 주역팔괘의 시초가 된 셈이죠."

강인후는 무슨 얘기를 듣고 있는지 감이 잡히지 않았다.

"그리고 서양의 철학자 라이프니츠(G. Leibniz)는 이렇게 말했어요. 복희씨는 세계적으로 유명한 철학자이자 동양 과학의 창립자이다. 이 역易의 그림은 현존하는 과학의 최고 기념물이라 할 수 있다. 나의 불가사의한 이진법의 새로운 발견은 5천여 년 전 고대 동양의 복희씨가 발견한 철학서이며 문학서인 주역의 원리에서 나온 것이…."

"잠깐만요."

강인후가 신수정의 말을 자르며 말했다.

"저는 솔직히 무슨 말인지 하나도 모르겠습니다. 이 모든 걸 이해해야 되는 겁니까?"

"그건, 너무 무리가 있어요. 하도는 그렇게 쉽게 이해할 수 있는 그림이 아니에요. 사실 저도 이렇게 이해하기까지 십년을 넘게 공부했지만, 많이 부족하거든요. 이 교수님의 의도가 무엇인지 파악하는 게 우선순위인 거 같아요."

신수정이 마우스를 클릭해 USB의 첫 페이지를 열었다.

"여기 첫 페이지를 보세요. 〈만 번을 거짓말 하면 그것은 곧 진실이 된다.〉〈진실은 언제나 아주 가까운 곳에 있다.〉 이 교수님은 거짓이 진실로 뒤바뀐 그 무엇을 말하고 싶었다고 생각해볼 수 있어요. 그렇다고 한다면 첫 페이지의 해괴한 문구는 목적이고 하도는 목적을 푸는 수단이라고 볼 수 있지 않을까요? 목적을 훼손시키는 우를 범하시진 않으셨겠죠."

"그럼, 결과적으로 이 어려운 하도를 풀어야 된다는 말인가요?"

"인후 씨는 제 말을 이해하지 못했어요."

"네…?"

"이 교수님의 의도는 우리가 알고 있는 하도가 진실이 아닐 수도 있다는 것을 말하고 싶다는 뜻도 되겠죠."

강인후는 감이 잡히지 않았다.

"만 번을 거짓말 하면 그것은 곧 진실이 된다. 진실은 언제나 가까운 곳에 있다."

신수정은 무언가를 찾으려는 듯 문구를 몇 번을 읊조렸다.

하지만 그녀 자신도 결코 쉽게 풀리지 않을 것 같다는 생각에 절로 한숨이 흘렀다.

중국공산당 중앙정치국위원 진가위

중국 베이징.

남루한 옷차림의 남자가 주택가에서 서성이고 있었다. 나뭇가지처럼 뻗어있는 골목길에서 음식물 쓰레기 썩는 냄새가 풍겨 나왔다. 곳곳에 철근과 속살을 드러낸 건물들은 금방이라도 쓰러질 것처럼 보였다. 골목을 뛰어다니며 놀고 있는 아이들의 얼굴과 손은 오물로 더럽혀져 시커멓게 변해 있었다.

북한 작전국 요원 김철호는 서성거림을 멈추고 주변을 둘러보았다. 곧장 넓어 보이는 골목길로 들어선 그는 한참을 걷다가 오른쪽으로 발을 틀었다. 무언가가 뒤따라오는 소리에 잠시 벽에 붙어 서서 옆으로 고개를 돌렸다. 길이 막힌 검은고양이가 잠시 주춤하더니 김철호를 노려보고 잽싸게 담장으로 뛰어올라 골목을 벗어났다.

김철호는 긴장을 풀고 왔던 길로 다시 나갔다. 미행이 없음을 확인한 그는 쪽방으로 이루어진 허름한 건물로 들어섰다. 그의 눈길이 벽을 타고 지나가다 한 지점에서 멈춰 섰다. 파랗게 칠해진 현관문은 다른 집과 차이를 보이지 않았다. 다만, 다른 점은 문손잡이 부분에 미세하게 칠해진 검은 점이 있을 뿐이었다. 김철호는 다가가 손잡이의 검은 점을 빠르게 세어보았다. 총 다섯 개의 점이 세 개와 두 개로 나뉘어서 그려져 있었다. 세 번과 두 번으로 나누어서 노크하라는 신호였다. 김철호는 세 번을 두드리고 잠시 멈추었다가 두 번을 두드렸다. 잠깐의 시간이 흐른 후, 눈매가 강해 보이는 사내가 문을 빠끔히 열었다. 그는 잽싸게 복도 양옆을 살피고 눈짓했다. 김철호가 문 안으로 미끄러지듯 빨려 들어갔다. 북한 정보국 요원과의 성공적인 접선이었다.

김철호를 맞이한 정보국 요원이 힘찬 거수경례를 올렸다.

"대좌 동지, 반갑습니다."

정보국 요원이 웃음 띤 김철호를 맞이했다.

"반갑네."

두 사람은 힘찬 악수를 했다.

인민무력부장 정형묵의 지령을 받은 김철호는 위조 신분증을 이용해 비밀리에 중국으로 잠입했고, 중국의 태극기 반환 주장의 의도가 무엇인지 파악하는 중이었다.

"알아낸 거라도 있나?"

"특이한 점은 발견하지 못했습니다. 그런데 이상한 건 진가위의 움직임에 공안당국이 뭔가 의심을 하고 있는 정보를 입수했습니다."

사내가 품안에서 진가위가 찍힌 사진을 내밀었다.

진가위는 만주족 출신 중국공산당 중앙정치국위원이다. 소수민족 정책에 만전을 기하고 있는 중국으로서는 진가위의 일거수일투족을 감시하는 건 지극히 당연한 일일 것이다.

“진가위의 어떤 움직임에 공안당국이 의심하고 있단 말인가?”

김철호가 생각에서 깨어나 물었다.

“언제부턴가 만주족들 사이에서 은연중에 ‘아이신줴뤄’를 외치고 있다 합니다.”

“만주족이 왜 아이신줴뤄를 외치고 있는 것일까….”

김철호가 앉은 자리에서 턱을 괜 채 조용히 읊조렸다.

위구르족의 독립운동과 티베트인들의 자치권 요구에 몸살을 앓고 있는 중국정부는 언제나 소수민족들의 움직임을 예의주시하고 있었다. 이 모든 것은 만일에 발생할 수 있는 중국의 분열을 사전에 차단하기 위한 국가비밀정책이었다. 중국의 우익세력 또한 공안당국과 더불어 사방에 눈을 두고 감시를 게을리 하지 않고 있었다. 또한 중국이 획책하고 있는 역사공정 속에는 한국은 중국 영향권에서 일어난 소수민족의 역사에 지나지 않는다는 의도를 내포하고 있는 것이기도 했다. 북한은 태극기 반환의 주장도 이와 무관하지 않을 것이라고 판단했고, 이 모든 정치적인 상황이 소수민족정책의 일환일 것으로 조심스럽게 분석하고 있었다.

‘중국 공안은 진가위의 어떤 점을 의심하고 있는 것일까… 그리고 진가위의 움직임은 무엇이란 말인가….’

김철호는 진가위의 움직임에 촉각을 곤두세워야겠다고 판단했다.

중국 쓰촨성 다오푸.

쓰촨성은 티베트인의 거주 지역으로 유명한 지역이다.

시간이 지날수록 행사를 준비하는 행렬들이 거리 곳곳을 가득 메우고 있었다. 행사에 참석한 티베트인들의 얼굴에는 종교적 경건함이 감돌고 있었고, 거리는 옴마니반메훔(성불을 하거나 큰 자비를 얻을 수 있다는 주문)을 읊조리는 사람들과 염주와 마니통을 든 사람들로 가득했다. 건물과 건물 사이를 가로질러 매달린 수많은 줄에는 타르쵸(불경을 적은 천 조각)가 매달려 있었고, 타르쵸는 바람에 흔들리며 소리를 내고 있었다. 이곳을 찾는 사람들은 바람에 흔들리는 타르쵸의 소리가 바람이 불경을 읽는 소리라고 여기고 있었다. 실로 타르쵸의 소리는 인생의 근본적 물음이 무엇인지 다시 한 번 생각하게 만드는 기이한 소리처럼 들렸다. 불교의 민족다운 독특한 모습이었다.

이날은 티베트의 정신적 지도자 달라이라마의 78회 생일경축행사가 열리는 날이었다.

시간이 지남에 따라 구경나온 시민들의 말소리는 점점 크게 들려왔다.

그때 한 건물의 작은 창문을 통해 행사에 참석한 군중을 예리하게 살피는 사내가 있었다.

사내는 만주족 출신의 중국공산당 중앙정치국위원 진가위였다.

"우리 만주족도 저렇게 단합할 수 있을까…."

진가위가 혼잣말을 흘렸다.

행사장을 바라보는 그의 눈이 순간 크게 벌어졌다.

중대병력 규모의 무장군인들이 행사장을 향해 급히 달려왔다. 그들이 내는 군홧발 소리는 마치 지축을 흔드는 소리처럼 들렸다.

"제자리에 섯!"

지휘자로 보이는 사내가 군인들을 향해 명령했다. 그리고 전방을 향해 우뚝 서서 행사장을 노려보았다. 그의 입에서 묵직한 저음이 흘러나왔다.

"매우 유감입니다. 오늘 행사는 없습니다. 모두 해산하시오."

사나운 말투였다.

"우리 민족의 고유 행사입니다. 방해하지 말아주시오."

승복 차림의 사내가 군인 앞으로 걸어오며 말했다.

"경고합니다. 지금 해산하지 않으면 무력을 행사할 수 있습니다."

승복 사내가 잠시 주춤했다.

"당신들의 무력진압은 우리 티베트인들의 의지를 더욱 공고히 할 뿐입니다."

말을 마친 승복 사내는 발을 돌려 행사장으로 향했다.

지휘자의 얼굴이 사납게 일그러졌다. 그는 무섭게 명령했다.

"사격 준비!"

주위는 순식간에 쥐죽은 듯 조용해졌다.

군인들이 사격자세를 취했다. 시민들의 눈이 공포로 물들었다.

"발포!"

타타타타탕!

귀를 찢는 총성이 울려 퍼졌다.

여기저기서 비명이 터져 나왔고, 놀란 시민들이 머리를 감싸고 땅에 엎드렸다. 질서정연했던 티베트인들의 행렬이 무너졌고, 총에 맞은 사람들이 바닥을 구르며 신음을 내뱉었다. 핏물을 먹은 황토 흙이 붉게 물들었다.

"사격 중지!"

바닥에 엎드려있던 시민들이 머리를 들기 시작했다. 그리고 누가 먼저랄 것 없이 쏜살같이 행사장을 빠져나갔다.

시민들이 빠져나간 행사장은 티베트인들만 남았고, 망연자실한 눈동자가 군인들을 쳐다보았다. 믿을 수 없는 현실에 외신기자들의 눈이 휘둥그레졌다.

좁은 창문을 통해 티베트인들을 바라보는 진가위의 두 눈에서 눈물이 흘렀다. 그는 급히 짐을 챙겨 건물을 빠져 나왔다. 행사장을 벗어나는 행렬에 스며든 진가위는 손으로 흘러내리는 눈물을 훔치며 부드득 이를 갈았다.

'티베트인들의 비참한 모습은 미래에 우리 만주족의 모습이 될 수도 있다. 태극기 반환 주장의 국권침탈이 그것을 말해주고 있지 않은가. 민족혼이 깃든 역사는 영원히 존속돼야한다.'

진가위는 웅장한 역사를 잃어버리고 한족의 그늘에서 살아가는 만주족을 생각하자, 저려오는 가슴을 억누를 수 없었다.

그때 행렬 속에서 유난히도 빛을 발하는 눈동자가 진가위를 지나쳐 갔다.

북한 작전국 요원 김철호는 진가위를 지나치면서 빠르게 눈동자를 굴렸다.

'진가위가 신분을 숨긴 채 이곳에 온 목적은 무엇일까….'

어느새 행렬 속에 숨어든 진가위의 모습이 점점 멀어져갔다.

'진가위는 대체 무슨 일을 벌이려고 하는 것일까. 그리고 공안당국은 무엇을 의심하고 있는 것일까….'

김철호는 무언가 중대한 일이 벌어질 것이라고 생각했다.

점점 멀어져 가는 진가위를 따라가는 또 하나의 시선이 있었다. 그는 진가위가 잠시 투숙했던 집 주인이었다. 사람 좋게 보이는 인상과는 달리 그의 눈동자는 예리한 빛을 발하고 있었다. 전화수화기를 잡은 그의 손이 어디론가 연락을 취했다.

이날 미국 자유아시아방송(RFA)과 소리방송(VOA)은 달라이라마 78회 생일경축행사에 참가한 티베트인들이 중국의 총격에 최소 8명 이상이 부상했다고 보도했다.

인민해방군사령관 장저우 중앙정치국위원 진가위를 경계하다

상하이 장저우의 저택.

"뭐라고! 확실한가?"

전화기 속에서 들려오는 소리에 장저우는 가슴이 덜컥 내려앉는 기분이었다. 그는 한참을 말없이 전화기만 쥐고 있었다. 이윽고 전화수화기를 움켜쥔 그의 손이 미세한 경련이 이는 것처럼 보였다.

"정말, 진가위 위원이 확실하단 말인가?"

재차 묻는 것으로 보아 믿기 힘든 모양이었다.

"알겠네."

장저우는 전화기를 조용히 내려놓았다.

진가위의 목적이 무엇인지 파악하는 게 시급하다. 장저우는 생각에 골몰했다.

중국 곳곳에는 장저우를 위시한 우익세력이 비밀리에 활동하고 있었다. 소수민족들의 움직임은 중국정부 차원에서도 가볍게 간과하고 지나칠 수 없는 중대 사안이 돼 버렸다. 위구르족의 독립운동과 티베트인들의 자치권행사, 그리고 한국의 태극기 반환 주장이 맞물리면서 우익세력은 감시의 눈을 사방에 배치하고 만일의 사태에 대비해 촉각을 곤두세우고 있었다. 이 감시망에 진가위가 포착된 것이다.

장저우는 진가위가 우연히 티베트인들의 행사장에 갔을 수도 있겠다고 생각해 보았다.

'과연 우연일까?'

그의 고개가 좌우로 흔들렸다. 이 중요한 시기에 진가위의 움직임은 무엇을 말해주고 있는 것 같았다. 이유는 단 하나였다. 그는 만주족 출신이었다. 분명한 건 진가위를 그냥 지나치기엔 무엇을 놓칠 수도 있겠다는 생각이 들었다. 여기까지 생각이 미친 그는 급히 전화수화기를 집어 들었다.

권충대의 낚시터.

강한 바람이 갈대를 후려치고 지나갔다. 바람을 맞은 갈대가 비명을 지르며 자신의 몸을 내 맡겼다.

권충대가 심하게 눈살을 찌푸린 것으로 보아 심하게 흔들리는 갈대에다 무언가를 투영시키고 있는 것 같았다.

백웅민이 권충대의 옆에서 낚싯대를 드리우고, 달빛에 의지해 입질이 없는 찌를 바라보았다. 장시간 입질이 없는 것으로 보아 어쩌면 미끼는 이미 따먹혔는지도 모를 일이었다. 하지만 두 사람은 미끼를 갈아 끼울 생각이 없는지 눈을 고정한 채 묵묵히 입질이 없는 찌만 응시하고 있었다.

택시의 블랙박스와 국과수의 수사자료를 어렵게 구한 선명단은 강인후와 구영민의 도주를 확인할 수 있었다.

신원조회 결과 구영민은 강인후와 군대 동기였으며 대학시절 해커 대회에서 입상경력을 갖고 있는 뛰어난 실력자였다. 강인후가 구영민을 찾았다는 이유를 충분히 짐작하고도 남을 부분이었다. 이병호 교수의 USB는 여러 가지 정황상 무언가 중요한 내용이 담겨 있을 가능성이 컸다. 이미 예상했던 바였다. 그렇다면 이병호 교수는 USB에 암호를 걸어놓았을 가능성에 무게를 둘 수 있다. 강인후가 구영민을 찾아 갔다는 것은 분명 USB가 암호화 돼있기 때문일 것이다.

담배를 빼문 권충대가 시선을 멀리 던졌다.

뛰어난 해커 실력을 자랑하는 구영민이 암호를 풀고 USB의 내용을 보았을까? 혹시 강인후가 이병호 교수와 어떤 관계를 가지고 있었던 건 아닐까? 그렇다면 강인후는 USB를 이용해서 무엇을 하려고 하는 것일까. 모든 것이 의문투성이고 사건의 윤곽은 희미한 안개에 휩싸여 본 모습을 드러내지 않고 있었다.

생각에서 빠져나온 권충대가 의자를 돌렸다.

"우리나라의 고대역사는 총체적으로 잘못돼 있고, 역사의 실체를 밝히는 날이 곧 멀지 않았다. 이병호 교수가 했던 말이야. USB를 찾는 게 시급해."

"우리가 강인후 사건에 적극 개입하지 못하는 게 매우 유감입니다."

백웅민의 말에 권충대가 무겁게 고개를 끄덕였다.

괴한에게 살해당한 이 교수, 한미정이 신고한 전화로 이 교수의

USB 존재를 확인, 그리고 USB를 쥐고 있던 한미정 역시 피살됐다. 모든 사건의 용의자로 강인후를 지목하고 검거 했지만, 그는 경찰서를 유유히 탈주했다. 그런데, 비밀리에 알아본 바로는 강인후는 검거가 아니라 자수였다. 자수자가 탈주했다는 건 실로 납득하기 어려운 문제였다.

권충대는 강인후 사건을 종합적으로 생각했다. 꼬리를 무는 의문이 계속됐다.

멀리서 비치던 차량의 전조등은 어느새 아주 가깝게 다가왔다. 곧이어 엔진소리가 꺼지고 윤철훈이 차문을 벌컥 열고 내렸다. 그의 긴 그림자는 건장한 그를 더욱 크게 만들어주었다.

"이상문 청장의 통화내역에서 이상한 점이 발견됐습니다."

윤철훈이 권충대에게 이상문의 통화기록을 내밀었다.

"이 청장이 한 달 사이에 3시간을 넘게 통화한 전화는 대포폰으로 밝혀졌습니다."

어느 정도 예상했던 바였다. 그래서 윤철훈을 기자로 위장해 이상문에게 접근시켰던 것이다. 조사 자료에 의하면 이상문과 이병호 교수는 친구지간이었다.

"왜 이병호 교수는 사석에서 이상문 청장을 언급한 적이 한 번도 없을까요? 이 청장은 우리나라 역사교육의 핵심부를 쥐고 있는 위인인데도 말입니다. 그런 친구에게 USB를 맡기지 못할 이유는 무엇이었을까요?"

윤철훈이 빈 의자에 몸을 내리며 말했다.

"혹시 이 교수님과 이 청장은 서로 다른 역사관을 가지고 있었던 건 아닐까요?"

백웅민의 한 마디는 예리했다.

가정은 곧 확신으로 바뀌고 있었다. 사방으로 흩어져 있던 퍼즐 조각들은 형체를 만들어 갔다. 새벽 저수지의 물안개가 걷히듯 사건의 윤곽이 서서히 걷혀가는 것 같았다.

권충대는 흩어진 퍼즐 조각들을 하나, 하나 맞춰보기로 했다.

"이 청장이 대포폰의 사용자와 3시간을 넘게 통화했어. 이 교수와 이 청장은 친구지간이야. 그렇다면 USB의 내용을 알고 있을 가능성이 크다고 볼 수 있지. 두 사람은 서로 다른 학설을 가지고 있었어. 그렇다면 이 교수의 학설은 이 청장의 안위를 흔들 수도 있지 않았을까?"

"그럼, 이 청장이 대포폰의 사용자를 고용해 이 교수님을 살해했다는 유추가 가능합니다."

윤철훈이 급히 일어섰다.

"하지만 우리의 발목을 잡고 있는 건 USB를 가지고 있는 강인후야. 대포폰의 사용자와 강인후의 관계를 간과할 순 없어."

강인후는 무엇 때문에 자수를 결심했을까? 탈주는 또 무엇인가. 본청으로 이첩된 강인후 사건은 경찰 내부에서조차 내막을 알 수 없는 사건이 돼 버렸다. 모든 사건의 열쇠는 강인후가 가지고 있다. 이상문 청장 또한 이 사건에서 빠져 나갈 수 없다. 그리고 현정국 청장은 대체 무슨 일을 꾸미고 있단 말인가….

얽히고설킨 사건의 실타래는 좀처럼 풀릴 기미를 보여주지 않았다. 하지만 분명한건 사건의 핵심은 USB였고, 잠자고 있는 USB의 내용이었다.

권충대는 생각을 멈추고 무거워진 머리를 흔들었다.

바람에 흔들리는 갈대의 소리는 마치 울음소리와도 같이 들렸다.

위무광은 눈앞에 있는 딱딱한 검은색 가방을 잠시 바라보았다. 이윽고 그는 가방을 세워 튀어나온 작은 고리를 아래로 내렸다. 가방이 틱 소리를 내며 큰 입을 벌렸다. 가방 속에는 케이스에 담긴 고성능 카메라가 있었고, 그 옆으로 수십여 장의 사진이 있었다.

사진을 꺼내 바라보는 그의 눈이 확신으로 가득 찼다. 더 이상 의심할 여지는 없다. 부여 삼천궁녀낙화암 건설현장의 CCTV에 찍힌 기자는, 구영민의 집에서 보았던 형사가 동일인물이라는 사실을 증명해 주고도 남았다. 그리고 사건현장마다 함께하는 거대한 덩치의 형사는 그와 한 몸처럼 움직이고 있었다. 이상문 청장의 꼬리가 들켰다고 볼 수 있었다. 빨리 손을 써야 한다. 하지만 무엇보다도 강인후가 우선이다. 어차피 이상문 청장은 토사구팽의 역할을 해주는 것에 지나지 않는다.

지금까지 강인후가 일으킨 사건, 사고는 결코 만만한 상대가 아니라는 것을 증명해준 것이었다. 위무광은 이런 식의 게임을 즐기고 싶었고, 강인후가 그의 바람을 충족시켜 주고 있었다. 한편으로 자국인 중국에서 쉬안핑 교수의 일처리는 결정적 실수를 범하고 말았다. 이 모든 일이 자신의 실수에서 비롯되었다고 생각하니 몸이 부들부들 떨렸다.

중국의 대표적인 양심사학자 쉬안핑, 그가 한국의 이병호 교수와 함께 연구한 역사실증은 중국의 미래를 암울하게 만들기에 충분한 연구였다. 그 기록이 지금 강인후가 가지고 탈주한 USB에 담겨있다.

아시아의 맹주가 되기 위해서는 역사적 명분이 있어야 한다. 저우밍다오 국가주석의 태극기 반환주장은 그 이유인 것이다. 거짓의 역사이든, 진실의 역사이든 그것은 중요하지 않다. 거짓을 진실로 믿는 국민이 있으면 그만이다. 한국의 역사교육이 그것을 말해주고 있지 않은가. 국가적 실리가 얽힌 문제에서 양심을 기대 한다는 자체가 난센스인 것이다.

위무광은 인민해방군에 지원하면서 자신의 미래를 국가에 맡겼다.

'나는 곧 국가를 위해 존재하고, 내가 존재하는 이유는 국가가 나를 필요로 하기 때문이다.'

위무광이 인민해방군시절 주문처럼 외우고 다니던 문구였다.

중국 내에서 양심사학자는 공안부와 중국국가안전부에 의해 비밀리에 집중 감시대상이었고, 그중에서도 쉬안핑은 요주의 인물로 등록된 학자였다. 인민해방군사령관 장저우는 이 모든 것을 예측하고 자신에게 쉬안핑의 연구실을 집중 감시하라는 명을 내렸다.

그날도 쉬안핑은 연구에 몰두해 있었다.

"누구세요?"

초인종 소리에 쉬안핑이 인터폰을 들고 말했다.

"관리사무실입니다."

인터콤에 모습을 드러낸 사내는 관리실 복장을 하고 있었고 손에는 공구가방이 들려 있었다. 그의 어깨에서 작은 알루미늄사다리가 흔들렸다.

"무슨 일 때문에 그러시죠?"

쉬안핑이 문을 열어주며 관리 직원에게 말했다.

"저희 사무실 화재경보시스템에 화재감지기 이상이 발견됐습니다. 잠시 점검해 드리겠습니다. 들어가도 되겠습니까?"

"그래요? 여긴 이상이 없는데요."

"네. 가끔 오작동이 일어날 수 있습니다."

관리 직원은 공구가방을 열어 화재감지기를 꺼냈다. 작은 사다리를 펼치고 천장에 붙어있는 화재감지기를 떼어냈다.

"그런데 처음 보는 분인데 새로 오셨나 보죠?"

"네. 이제 막 일주일 돼 갑니다."

관리직원은 새로운 화재감지기를 천장에 부착하고 전선을 끼워 맞췄다.

"전에 있던 모델과는 차이가 있네요. 신형인가 보죠?"

쉬안핑의 별 의심 없는 물음이었다.

"네. 신형입니다."

관리 직원은 능숙한 솜씨로 화재감지기를 교체하고 말했다.

"다 됐습니다. 그럼 수고 하세요."

관리직원은 쉬안핑의 연구실을 나와 도로가에 주차된 승합차에 몸을 실었다.

“감도는 어떤가?”

위무광이 관리실 복장을 벗으며 물었다.

“감도 좋습니다.”

위무광이 설치한 화재감지기는 고성능 카메라와 마이크를 교묘하게 숨긴 장치였다.

그때 쉬안핑을 없애지 못한 것이 위무광의 가슴을 막심한 후회로 가득 채웠다.

‘내가 하는 일은 곧 국가가 원하는 일이다.’

위무광은 이를 악물었다.

쫓기는 강인후

거대한 덩치와 머리의 붉은 점은 사람들의 시선을 붙잡았다. 하지만 명이 고개를 돌리자, 시선은 사라지고 부슬비만 명을 피하지 않는 듯, 내리는 비는 멈추지 않았다.

쇠를 깎는 소리에 명은 뒤를 돌아보았다. 부슬비 속으로 철공소의 쇠비린내와 음식냄새가 동시에 풍겨왔다. 양옆으로 쭉 뻗어있는 상가는 끝을 보여주지 않았다. 전자부품 상가가 즐비하게 펼쳐진 이곳은 서울에서도 유명한 전자상가였다. 중간중간 철공소가 있었고, 어묵과 튀김을 파는 음식점이 어우러져 독특한 도시풍경을 연출하고 있었다.

상가 골목으로 들어선 명은 사방을 두리번거리며 누군가를 기다리고 있었다. 그때 경적과 함께 오토바이 한 대가 다가왔다.

사내는 헬멧을 벗지 않으려는 듯 손을 들어 헬멧을 더욱 눌러썼다.

"전화하신 분 맞죠?"

명이 고개를 끄덕였다.

"우선 돈부터 주세요."

사내는 명의 위협적인 모습에도 전혀 개의치 않았고, 그의 말투에서 불량기가 묻어나기까지 했다. 헬멧을 쓰고 있어서 잘 모르겠지만, 껌을 씹고 있는 말투였다.

명은 이 바닥의 생리를 잘 알고 있었다. 사내의 헬멧은 표정을 들키고 싶지 않은 가면이자, 거래용이 수단인 것을. 아마 내가 평범한 인상이었다면 저 놈은 분명 헬멧을 벗었을 것이다. 명은 생각했다.

사내를 바라본 명은 그를 한 대 후려치고 싶은 충동을 간신히 억누르고 돈 봉투를 건넸다. 큰일을 앞두고 문제를 일으키고 싶지 않았다. 돈 봉투를 확인한 사내는 무전기를 던지듯 건넸다.

"다시 한 번 말하지만 우리는 전혀 모르는 일입니다."

말을 마친 사내는 오토바이를 돌려 쏜살같이 골목을 빠져 나갔다.

명이 사내로부터 건네받은 무전기는 주파수 대역을 불법 개조한 최신형 기종이었다. 이른바 투밴드 무전기로 불리고 있었다. 명이 투밴드 무전기를 구입한 이유는 단 하나의 이유였다. 즉, 경찰의 무전을 감청해 강인후를 쫓는 것이었다.

명의 거대한 덩치가 사라진 상가는 아무 일 없었다는 듯 제 모습을 되찾았다.

무엇인가 서걱거리는 소리는 계속 되고 있었다.

강인후의 눈이 떠지며 방안을 살폈다.

'여기가 어디지?'

그의 눈에 고풍스러운 벽지와 처음 보는 미닫이문이 들어왔다. 어리둥절했다.

'대체, 여긴 어디란 말인가.'

강인후는 생각을 집중했다.

귀에 익은 소리가 들려왔다. 맹세코 친밀감이 넘치는 목소리였다. 머리를 세차게 흔들고 나니 모든 것이 분명해졌다.

"야, 강인후! 아직까지 자는 거냐?"

구영민의 목소리였다.

오래된 벽시계에서 아홉 번의 종이 울렸다.

강인후는 자신이 이런 절박한 상황에서 깊은 잠을 잤다는 사실을 믿을 수 없었다. 집 주인에게 미안한 마음에 그는 후다닥 옷을 입고 마당으로 나섰다. 언제 쓸어 놓았는지 황토 빛의 마당은 마치 고운 이불을 깔아놓은 것처럼 아주 말끔하게 쓸려있었다. 그러고 보니 잠결에 들었던 서걱거리는 소리는 마당을 쓰는 소리 인 것 같았다.

"잘 잤어요?"

아침햇살을 받은 신수정의 눈처럼 하얀 치아가 아름답게 빛났다.

"이제 보니 강인후 씨는 아주 대범하신 분 같아요. 이런 상황에서도 코를 골면서 자는 걸 보니."

"제가 코를 골았습니까?"

"네. 그것도 아주 크게."

무안해진 강인후가 뒷머리를 긁적였다.

"농담이에요."

말을 마친 신수정이 쿡쿡거리며 웃었다.

"빨리 씻고 오세요. 인후 씨 기다리느라 배고파 죽겠어요."

"아… 죄송합니다."

강인후의 멋쩍은 표정에 신수정이 또 한 번 쿡쿡거리며 웃었다.

아침 밥상은 간결하고 소박했지만 모두 맛깔나는 음식이었다. 그녀의 정성이 고스란히 느껴지는 밥상에 강인후는 새삼 일찍이 느껴보지 못한 행복감이 밀려들었다. 절박감 속의 행복감이라니. 그는 해석하기 어려운 상반되는 감정에 몹시 놀랐다. 절박한 현실에서 보상심리가 발동한 것일까? 지금은 그것을 생각할 시점이 아니었다.

"인후야, 고맙다."

구영민의 뜬금없는 발언에 강인후와 신수정이 동시에 고개를 돌렸다.

"뭐가 고맙다는 거야?"

"네가 아니었으면 언제 수정이가 해주는 밥을 먹을 수 있었겠냐. 하하하"

신수정이 어이없는 표정을 지었다.

강인후는 놀라움의 연속으로 정신을 차릴 수 없었다.

제복이 사람의 행동을 규정하고, 자리가 사람의 품위를 만든다고 했던가. 지금의 상황과는 다소 역설적으로 느껴졌지만, 허약한 줄만 알았던 구영민의 농담에 강인후의 마음은 미안함과 함께 가벼워지는 기분을 동시에 맛보았다.

하지만 곧이어 닥칠 비극을 세 사람은 짐작도 못하고 있었다.

바로 그 시각. 열서너 살 정도 돼 보이는 소년은 신수정의 집 근처 나무에서 그네를 타고 있었다. 한창 성性적 호기심이 많은 소년은 평소에도 혼자 사는 신수정의 집을 늘 기웃거렸고, 오늘도 아침 일찍 일어나 그네를 이용해 신수정이 나오기만을 기다리고 있었다.

몸의 반동에 힘을 받은 그네가 점점 빨라지며 높이 올라갔다. 곧이어 마당이 보이고 웃고 있는 신수정이 보였다. 혼자 있을 줄 알았던 그녀 옆으로 건장한 두 명의 남자가 보였다. 소년의 눈이 질투와 함께 의혹을 표했다. 잠깐이었지만 맹세코 두 명의 남자는 어디선가 보았던 사람인 것 같았다. 소년은 잽싸게 그네를 내려 나무로 올랐다. 분명 어디선가 보았지만, 잘 떠오르지 않았다. 한참을 살폈다. 이윽고 소년의 두 눈이 크게 벌어졌다. TV에서 보았던 사람들이었다. 맹세할 수 있었다. 부들부들 떨리는 다리에 간신히 힘을 주어 나무를 내려온 소년은 파출소로 뛰었다.

파출소 김 경장은 하품을 하며 생각에 잠겨 있었다. 무엇을 생각하고 있는지, 침이 입을 타고 흐르는 것도 모르고 있는 모양이었다. 침을 질질 흘리는 것으로 보아 아마도 야릇한 상상을 하고 있는 것 같았다.

'박양, 조금만 기다려라. 조만간 내가 확실히 자빠트려 주마'

그제 발견된 강인후의 택시로 파출소는 비상경계령이 떨어져 있었지만, 김 경장은 사건에는 관심이 없는 듯, 남자의 본능에만 생각이 쏠려 있었다. 연신 들려오는 무전기의 송신음도 그의 생각을 멈출 수는 없는 모양이었다.

'설마 날고, 기는 강인후가 아직까지 여기에 있을라고….'

김 경장은 게슴츠레한 눈빛으로 상상의 나래를 마음껏 펼쳤다.

그때 문이 벌컥 열리며 소년이 뛰어 들어왔다. 무엇에 놀란 듯 소년의 눈은 크게 벌어져 있었고 공포에 떨었다.

"아저씨, 저기… 범인이 있어요."

소년은 더듬거리며 말했다.

김 경장은 달콤한 상상에서 자신을 깨운 소년을 멍하게 쳐다보았다. 그리고 화가 치밀었다. 못마땅한 기색이 역력했다.

"또, 허위신고하면 더 이상 안 봐준다."

김 경장이 사나운 얼굴로 소년을 쳐다보았다. 말투로 보아 소년의 허위신고로 골탕을 먹은 적이 있는 것 같았다.

"아저씨, 이번엔 진짜에요. 테레비에 나왔던 사람들이 지금 점집에 있어요."

"점집이라면 역술인 집을 말하는 거냐?"

옆에 있던 박 순경이 물었다.

소년이 고개를 끄덕였다.

"그런데 무슨 범인을 말하는 거야?"

소년의 차근차근한 설명에 김 경장과 박 순경의 눈이 휘둥그레졌다.

"박 순경, 빨리 지원요청하고 바로 뒤따라와."

김 경장은 신수정의 집으로 뛰었다.

신수정의 집에 도착한 김 경장은 그네가 묶인 나무로 기어올랐다. 마당을 내려다보니, 소년이 말한 강인후와 구영민의 모습은 보이지 않고 대청마루에 걸터앉은 신수정의 모습만 보였다. 사방을 둘러보았지만 살인범들의 모습은 어디에도 없었다.

'이런, 염병할.'

소년에게 또 속았다고 생각한 김 경장이 나무를 내려오려고 할 때였다. 신수정이 일어나자, 마루 밑으로 삐죽 나온 운동화 두 켤레가 보였다. 멀어서 상표까지는 잘 보이지 않았지만, 남자 운동화였다. 확신할 수 있었다. 심호흡이 가빠지면서 아드레날린이 분출했다. 그는 박 순경의 모습을 확인하려는 듯 뒤를 돌아보았다. 하지만 그는 모습을 보여주지 않았다.

'박 순경 이 새끼, 왜 안 오는 거야.'

갈등으로 잠깐을 망설인 그는 행동을 취하기로 결심했다. 기회를 엿본 김 경장이 나무에서 담벼락으로 사뿐히 뛰어 내렸다. 그리고 연속동작으로 마당을 밟은 그는 권총을 빼 들었다. 귀를 기울이니 사람의 말소리가 흘러나왔다. 그의 눈이 대청마루를 타고 앞으로 가다, 반쯤 열려있는 미닫이문에서 멈췄다. 소리는 거기서 흘러나오고 있는 것 같았다. 그는 두 손으로 권총을 움켜쥐고 천천히 발을 옮겼다. 권총을 잡은 손이 심하게 떨렸다. 방 바로 앞에 다다른 그는 심호흡을 한차례하고 방문을 열어젖히고 외쳤다.

"꼼짝마, 경찰이다!"

갑자기 일어난 일에 신수정이 비명을 지르고 강인후와 구영민은 놀란 눈으로 경찰을 바라보았다.

그때 마당에서 무언가 움직이는 소리에 모두의 고개가 밖으로 향했다.

"움직이지마."

김 경장이 사납게 말했다.

"박 순경, 여기야!"

몇 분의 시간이 흘러도 박 순경은 모습을 드러내지 않았다.

'박 순경 이 새끼, 서에 들어가서 보자.'

"모두, 천천히 걸어 나와!"

김 경장은 할 수 없이 범인들을 혼자 연행하기로 마음먹고 마당으로 내려섰다. 넓은 공간에서 범인들을 상대하기는 쉽지 않다는 걸 잘 알았지만, 언제까지 기다리고만 있을 수 없었다. 그는 총을 겨눈 채 뒷걸음질 쳐, 천천히 대문으로 발을 옮겼다.

강인후는 고개를 돌려 신수정을 바라보았다. 신수정의 얼굴은 약간 당황한 듯 보였지만, 의외로 침착한 표정이었다.

"이 여자와 영민이는 아무 죄도 없습니다. 저만 체포해 가세요."

말을 마친 강인후가 김 경장 앞으로 다가갔다.

"거기 서! 가까이 오지마!"

김 경장은 총구를 좌우로 움직이며 소리쳤다. 순간 좌우로 눈을 돌리던 그의 눈에 무엇인가 들어왔다. 자신이 뛰어내린 나무에서 그들을 내려다보고 있는 사람은 분명 박 순경이었다. 그런데 이상한 건, 얼굴이 보이는 몸 쪽에 제복의 단추가 보이지 않았다. 박 순경의 모습을 알아본 김 경장이 충격과 공포로 몸을 떨었다. 목이 꺾여 뒤로 돌아간 박 순경의 부릅뜬 두 눈이 그들을 내려다보고 있었다. 너무 놀란 김 경장은 그대로 엉덩방아를 찧었다. 순간 엄청난 팔 힘이 그의 머리를 휘 감았다. 목이 뒤로 젖혀지며 김 경장은 이생에서 처음이자, 마지막으로 머리에 커다란 붉은 점이 있는 괴물을 보았다.

순식간에 벌어진 일에 세 사람은 공포와 함께 입이 벌어졌다.

"반갑다. 강인후, 날 기억하겠나."

명의 사나운 눈초리가 날아왔다.

강인후의 입이 벌어졌다.

"아니… 당신은…?"

"이제야 날 알아보는군."

신수정과 구영민이 강인후의 옆으로 바짝 붙었다.

강인후는 이 사내가 원하는 것을 알고 있었다. 모든 일이 USB 때문에 생긴 결과였고, 생사가 걸린 문제에서 더 이상 USB의 내용 따위는 중요하지 않았다.

강인후는 주머니를 뒤져 USB를 사내에게 건넸다.

USB를 바라보는 명의 입에서 웃음이 터졌다. 웃음을 그친 명이 강인후의 손을 발로 차 USB를 떨어뜨렸다.

"후후. 강인후, 내가 USB 때문에 너를 쫓아 왔다고 생각하나? 내가 원하는 건 USB가 아니라 바로 너야."

명의 손이 앞섶을 만졌다. 서슬 퍼런 칼날은 세 사람을 공포로 휘감기에 충분했다.

"각오는 돼 있겠지."

명은 그 순간을 충분히 즐기기라도 하려는 듯, 천천히 세 사람 앞으로 다가갔다. 그 모습은 마치 슬로모션처럼 느리게 보였고, 그의 행동은 경건한 종교의식처럼 느껴지기도 했다. 꿈속에서 만난 지옥 사자와도 같은 모습이 세 사람을 더욱 겁에 질리게 만들었다. 잔인한 웃음을 머금은 명이 아주 가깝게 접근했다. 그때였다. 믿을 수 없는 현실이 펼쳐졌다. 겁에 질려 떨고 있던 구영민이 명의 앞으로 냅다 뛰었다. 그의 벌어진 입에서는 침이 흘렀고, 얼굴은 기괴한 웃음을 짓고 있었다. 구영민의 쇼크가 또 발동한 모양이었다. 구영민은 그대로 달려, 명의 다리를 잡고 쓰러졌다. 명의 거대한 몸이 휘청거리며 구영민을 감싸 않았다. 일순간 구영민의 얼굴이 심하게 일그러졌다. 구영민을 바라본 강인후와 신수정은 그대로 얼어붙었다. 마치 시간이 정지된 것처럼 느껴졌다. 이윽고 칼이 박힌 구영민의 복부에서 검붉은 피가 새어나와 마당을 적셨다.

"죽여버릴 거야!"

순간 이성을 잃은 강인후가 무섭게 돌진해 쓰러진 김 경장의 품으로 몸을 날렸다. 권총을 움켜쥔 그는 명을 향해 총구를 겨누었다. 그의 눈에서 불꽃이 일었다. 망설이지 않고 방아쇠를 당겼다.

탕! 명은 타는 듯한 통증에 자신의 옆구리를 움켜잡았다. 이미 정신이 나간 강인후는 또 한발의 총알을 발사했다. 총알은 가까스로 명의 얼굴을 비켜 지나갔다. 명의 얼굴이 공포로 물들었다. 그때 커다란 확성기 소리가 그를 현실로 되돌려 놓았다.

"너희들은 모두 포위됐다. 강인후, 어서 무기를 버리고 투항하라!"

강인후와 신수정은 마치 땅에 못 박힌 듯 움직이지 않았다. 명의 거대한 덩치가 무릎을 꿇었다. 옆구리를 움켜쥔 그의 손이 붉게 물들었다.

“인후 씨, 우선 몸부터 숨기고 봐요.”

신수정은 울고 있었지만, 목소리는 비교적 침착했다. 강인후는 망설였다.

“영민이의 죽음을 헛되게 만들 거에요?”

신수정이 망설이는 강인후를 잡아끌었다.

“안전한 장소가 있어요.”

뒤뜰로 다가간 신수정이 나무 뒤를 돌아 몹시 우거진 칡넝쿨을 들어올렸다. 그곳에는 두 사람이 간신히 들어앉을 정도의 공간이 있었다. 그녀가 먼저 들어가 손짓했다. 대문의 빗장이 우지끈 소리를 내며 부러지는 소리가 들렸다.

“어서 들어오세요.”

강인후가 잽싸게 칡넝쿨 속으로 미끄러져 들어갔다.

대문을 밀고 들어온 본청 김 경감은 눈앞의 사태에 잠시 할 말을 잃었다. 참혹하게 죽은 시체 세 구와 의식을 잃어가는 거대한 덩치가 깨끗하게 쓸린 마당과 묘한 대조를 보여주고 있었다.

“강인후의 모습이 보이지 않습니다.”

집안 곳곳을 수색한 경찰특공대원이 마루를 뛰어 내리며 말했다.

“어서 빨리 구급차를 불러 이 사람을 이송하고, 반경 10km 이내에 있는 모든 역과 숙박시설, 편의시설을 집중 감시해. 그리고 집 주인과 강인후의 관계를 알아봐.”

“알겠습니다.”

김 경감의 엄한 지시에, 민완형사로 보이는 사내들이 동시에 대답했다.

반쯤 떠진 눈 사이로 천장의 희미한 전등불이 들어왔다.

명은 고개를 돌려 자신의 옆구리를 바라보았다. 걷어 올려진 셔츠 밑으로 핏물에 물든 붕대가 감겨 있었다. 몸을 뒤척이자, 타는 듯한 통증이 밀려 왔다. 하지만 참지 못할 정도는 아니었다. 다행히 스쳐 지나간 총알이 명의 입에서 안도의 숨을 흘리게 했다. 명은 그때 강인후의 눈에서 태어나 처음으로 공포를 맛보았다. 강인후에 대한 분노가 극도에 다다랐다. 일단 여기를 탈출해야 한다. 이대로 경찰 조사를 받다보면 어떤 상황이 생길지 모른다. 명은 생각했다.

좌우를 살펴보니 119구급대원 복장의 여자와 남자가 보였고, 조수석은 비어있었다. 총 세 명이었다. 구급차가 구불구불한 농로를 지나 시멘트로 포장된 한적한 외딴길로 들어섰다. 기회는 지금이었다. 눈을 돌리자, 침대 옆으로 차량용 소화기가 눈에 들어왔다. 명은 구급대원이 눈치채지 못하게 소화기벨트를 벗겨냈다.

"여기가 어딥니까?"

"이제 정신이 드세요? 조금만 참으세요. 병원에 곧 도착할 겁니다."

명의 물음에 남자대원이 고개를 내밀고 말했다.

"당신은 총에 맞았어요. 움직이지 말고 그대로 있어요."

여자대원이 말했다.

"붕대를 조금 느슨하게 해줄 수 있겠소? 숨을 쉴 수가 없습니다."

남자대원이 명의 곁으로 바짝 다가왔다. 그리고 고개를 숙여 붕대를 바라보았다. 명은 소화기를 움켜쥐고 남자대원의 후두부를 강타했다. 남자대원이 픽 하고 쓰러졌다. 놀란 얼굴의 여자대원의 머리채를 잡고 구급 침대 모서리에 힘껏 찍었다. 돌발 상황에 운전석의 구급대원이 급브레이크를 밟았다. 차가 심하게 앞으로 쏠렸다. 명은 반동으로 운전석으로 건너가 손날을 만들어 구급대원의 목젖을 후려쳤다. 그의 고개가 힘없이 바닥으로 떨어졌다.

'나는 언제나 유령으로 있어야 한다.'

운전대를 잡은 명은 구급차의 가속페달을 힘껏 밟았다. 한참을 달려 나가자, 도로 밑으로 깊은 수심의 저수지가 보였다. 명은 차에서 내려 구급차를 저수지로 굴렸다. 잠시 후 구급차를 집어 삼킨 저수지는 아무 일 없었다는 듯 평온한 모습을 되찾았다

같은 시각. 강인후와 신수정은 칡넝쿨 안에서 주변의 소리에 귀를 집중하고 있었다.

"경찰이 갔을까요?"

신수정이 물었지만, 대답이 없었다. 한참 후에 강인후가 입을 열었다.

"영민이는 제가 죽인 거나 다름없습니다."

강인후의 어깨가 들썩였다.

"인후 씨, 마음은 잘 알아요. 우리 현실을 직시하기로 해요."

신수정이 애써 감정을 추스르고 말했다.

"수정 씨, 지금 바로 경찰서로 가세요. 강인후란 살인범에게 잠시 납치 돼 있었다고 말하세요. 그럼 아무 일 없을 겁니다. 이일은 제 일입니다. 그리고 정말 감사했습니다."

일순간 신수정의 얼굴이 노여움을 표했다.

"인후 씨 일이라구요? 영민이는 인후 씨 친구이기 이전에 제 친구였어요."

불편한 침묵이 좁은 공간을 더욱 불편하게 만들었다.

불편함을 깨려는 듯 강인후가 먼저 입을 열었다.

"미안합니다. 저는 그런 뜻으로 말한 게 아닌데…."

"아니에요."

신수정은 말을 마치고 조심스럽게 칡넝쿨을 올렸다.

"경찰은 간 거 같아요. 이제 더 이상 이 집에서 있을 순 없어요."

"그럼, 어디로 간단 말입니까?"

"인후 씨는 USB로 인해서 여러 차례 봉변을 당했어요. 이병호 교수의 메시지가 인후 씨를 자유인으로 만들어줄지 모르겠지만, 분명한 건 메시지를 해석하는 게 우선이에요. 그렇지 않으면 인후 씨는 자유를 보장받지 못하고 평생을 도망자 신분으로 살아야 해요."

강인후는 미래에 대한 암울함에 고개가 숙여졌다.

신수정이 다시 말했다.

"제 스승님이 계신데, 스승님이 USB의 내용을 해석할 수 있는지 솔직히 모르겠어요."

"그런 막연한 기대감으로 스승님을 찾아간단 말입니까?"

강인후는 탐탁지 않은 표정이었다.

"그럼, 더 좋은 방법이 있으면 말해 보세요."

성윤지 선명단이 되다

이천여 평의 대지에 자리 잡은 삼천궁녀낙화암 기념관은 그대로 장관이었다. 푸른 잔디가 넓게 펼쳐진 정원에 수줍은 꽃잎을 펼친 백합이 기암절벽 모양을 갖추고 있었다. 정확히 삼천 송이로 이루어진 백합의 수줍음은 순결을 지키려는 궁녀들의 마음을 꽃으로 형상화한 한 편의 예술작품처럼 보였다.

정원중앙, 분수 가에 자리 잡은 이상문은 초점 없는 시선으로 관광객들을 바라보았다. 정원 잔디밭에서 수학여행 온 학생들을 지도하는 교사의 모습이 흐릿하게 보였고, 한참 떨어진 주차장에서 지금 막 들어온 듯 보이는 승합차가 문을 여는 광경이 보였다. 곧이어 승합차에서 내린 중년의 남녀가 탄성과 함께 카메라를 연신 움직였다.

이상문의 입에서 깊은 숨이 흘렀다. 그는 점점 불안해지는 마음을 지울 수 없었다.

'명, 이놈. 대체 무슨 짓을….'

강인후의 총에 맞은 덩치를 긴급 후송하던 구급차가 쥐도 새도 모르게 실종됐다는 뉴스는 연일 보도되고 있었다. 경찰은 내평리 일대를 샅샅이 수색했지만, 실종된 구급차는 그 어디에도 없었고, 목격자 또한 나타나지 않았다. 일각에선 도주 중에 있던 강인후가 구급차를 납치, 신수정을 유괴해 인질로 삼고 있을 것이라는 예측이 나오기도 했다. 하지만 이상문은 구급차 소행의 주범은 명일 것이라고 생각했다.

'제 이름은 명입니다. 저를 기억해 두시오.'

명이 마지막으로 남기고 간 말이 귓속에서 맴돌았다.

이렇게 되면 사건은 전혀 엉뚱한 방향으로 흐를 수 있다. 자칫하면 명으로 인해 내 존재가 드러날 수도 있고, 위험천만한 사태를 피할 수 없는 지경에 이를 수도 있다. 이상문은 생각하며 해결책을 모색했지만, 묘안은 떠오르지 않았다.

이상문은 누군가 자기를 부르고 있는 것 같았지만, 생각에 열중하느라 목소리를 듣지 못했다. 누군가 옆에 다가와 앉는 인기척에 이상문은 옆을 바라보았다.

"청장님, 무얼 그리 골똘히 생각하십니까?"

목소리의 주인공은 위무광이었다.

"아닙니다. 어서 오시오."

위무광은 들고 있던 가방에서 두 장의 사진을 꺼내들며 말했다.

"청장님을 조사하고 다니는 사람들입니다."

"뭐라구요!"

이상문은 충격으로 잠시 비틀거렸다.

"앞에 있는 사람을 기억하시겠습니까?"

위무광은 사진을 이상문 앞으로 내밀었다. 사진을 바라보는 이상문의 눈동자가 충격으로 물들었다.

"아니, 이 사람은 백제문화센터에서 인터뷰를 요청했던 기자가 아니오?"

"그 사람은 기자로 위장한 경찰이었습니다."

이상문은 연이은 충격에 할 말을 잃었다.

"우리 정보원들에 의해 파악된 자료입니다."

위무광이 검은색 가방에서 서류철을 꺼내들었다. 이상문은 빼앗듯 서류철을 낚아채 뚫어지게 살폈다.

이름: 윤철훈. 경찰대 출신. 나이: 32세. 소속: 서초경찰서.

계급: 경위. 특기: 합기도와 태권도가 각각 3단.

이름: 백웅민. 경찰대 출신. 나이: 32세. 소속: 종로경찰서.

계급: 경위. 특기: 태권도와 유도가 각각 3단.

"윤철훈이 한미정의 신고로 이병호 교수의 살해사건을 접했고, 그 과정에서 백웅민이 합세했을 것입니다."

위무광이 낮은 목소리로 속삭이듯 말했다.

"두 사람은 소속이 다릅니다. 뭔가 이상하지 않습니까?"

"우리도 그 점을 파악하고 있습니다."

한미정의 신고로 사건을 접했다면 USB의 존재를 알고 있을 가능성이 크다. 문득 이상문의 뇌리에 기자로 위장한 윤철훈의 질문내용이 떠올랐다. 이 교수의 죽음이 역사와 관계돼 있을 것 같다는 질문이었다. 그의 얼굴이 심하게 일그러졌다.

"강인후 사건은 본청 형사과로 이첩됐습니다. 그런데도 이자들은 강인후의 행적을 계속 뒤 좇았고, 앞서 청장님의 뒷조사도 빼놓지 않았습니다. 뭔가 단서를 잡은 게 아닐까요?"

이상문은 머리가 터질 것 같았다. 살인청부업자 명의 돌출행동, 그리고 무언가 눈치를 채고 있을 것 같은 경찰의 뒷조사. 쑤시는 머리는 편두통으로 전이돼, 마치 누군가 망치로 자신의 머리를 두드리고 있는 기분이었다.

이상문은 위무광에게 모든 것을 털어놓아야 할 것 같았다. 그는 위무광을 바라보았다.

"할 얘기가 있소."

이상문의 얘기를 듣고 있는 위무광의 미려하게 뻗어있는 짙은 눈썹이 꿈틀 움직였다.

"그 살인청부업자를 청장님이 직접 고용했단 말입니까?"

"급하게 처리하느라 그렇게 됐소."

'상대해야 할 적들이 많군. 강인후와 명, 그리고 윤철훈의 배후.'

위무광은 이 재미있는 게임을 충분히 즐기고 싶었다. 그렇게 생각하자, 그의 몸 구석구석에서 제어하기 힘든 전율의 쾌감이 크게 일었다.

왁자지껄 떠드는 학생들이 두 사람을 지나쳐갔다.

열어놓은 창문사이로 희뿌연 햇살이 비집고 들어오고 있었다.

윤철훈은 침대에 누운 채 기지개를 켜고 시계를 바라보았다. 10분 전 5시. 휴대폰의 알람기능은 언제나 10여 분 일찍 일어나는 그에게 제 역할을 못 하고 있는 것 같았다. 시원한 물 한잔을 들이키자 몸 전체가 생동감으로 가득 차올라 상쾌한 아침을 맞이했다. 트레이닝복으로 갈아입은 그는 근처 공원으로 향했다.

이른 아침이었지만 공원에는 많은 사람들이 저마다의 방식으로 운동에 열중하고 있었다. 윤철훈은 한 달에 25일 이상은 운동으로 하루를 준비하는 습관을 십여 년이 넘게 지속해 오고 있었다. 비 온 다음날이라 공기는 아주 상쾌했고 옅은 운무가 주변의 산을 흐린 배경으로 스케치하고 있는 듯 보였다.

윤철훈이 여느 때와 다름없이 산을 깎아 공원으로 만들어 놓은 등산길로 발을 옮기던 중이었다. 앞 전방에서 여자의 날카로운 비명이 들려왔다. 그는 순간적으로 비명소리의 진원지로 빠르게 뛰었다. 앞을 바라보니 삼십 초반 정도의 트레이닝복 차림의 여자가 땅에 못 박힌 듯 한 발짝도 움직이지 못하고 있었다.

"아가씨, 무슨 일 때문에 그러시죠?"

"여기…."

여자의 얼굴은 금방이라도 울음을 터트릴 것처럼 울상이었다.

"말씀해보세요."

여자는 말을 못하고 손가락으로 땅을 가리켰다. 순간 윤철훈의 입에서 웃음이 터졌다. 땅에는 풀숲에서 나온 듯 보이는 커다란 지렁이가 그녀의 양옆에서 꾸물거리고 있었다.

“제가 지렁이를 제일 무서워하거든요.”

“지렁이 때문에 그렇게 놀라셨습니까? 하하하.”

“죄송하지만 지렁이 좀 치워 주실래요.”

윤철훈은 나뭇가지를 주워 지렁이를 치워주고 여자를 바라보았다.

“정말 고맙습니다.”

“아닙니다. 별 말씀을. 전 그럼, 이만.”

윤철훈이 여자를 뒤로하고 등산로로 뛰었다.

경찰서에서 나와 길을 걷는 윤철훈은 여러 가지 생각으로 가득 차 있었다. 강인후의 행방은 여전히 오리무중이었다. 강인후가 암암리에 이상문에게 접근할 것 같다는 생각에 며칠을 잠복근무 했지만, 그는 쉽게 모습을 드러내지 않았다.

연일 보도되는 중국의 태극기 반환 사건은 국민들의 분노를 가중시켰다. 이에 한국의 사학계는 태극, 팔괘가 조상 대대로 우리 고유의 사상이라는 기록을 찾아 헤맸지만, 그럴수록 중국의 입장만 지지해 주는 작태를 범하고 있었다.

중국대사관의 태극기는 점점 내려오고 있었지만 무능한 정부와 학계는 어떠한 대책도 내놓지 못하고 있었다. 이에 분노한 시민들이 청와대를 찾아가 항의 시위를 벌이기도 했다.

한국은 중국의 주장이 있은 직후, 대책 없는 정부를 규탄하는 크고 작은 시위가 연일 벌어지고 있었다. 피할 수 없는 현실이었다. 아니 어쩌면 예정된 난국이었다.

윤철훈의 짙은 눈썹이 꿈틀하고 움직였다.

'이병호 교수의 USB에는 과연 어떤 내용이 들어있을까.'

'자신의 나라를 사랑하려거든 역사를 바로 읽을 것이며, 다른 사람에게 나라를 사랑하게 하려거든 역사를 읽혀 바로 알게 할 것이다.' 단재 신채호 선생이 했던 말이다.

'우리나라의 역사교육은 일제강점기 민족말살정책기관인 조선사편수회 교육을 그대로 답습하고 있습니다. 친일사관의 기득권적인 교육이념이 지금까지 내려오면서 우리의 역사의식을 혼미하게 만들고 있습니다. 이 어찌 망국의 길을 가고 있다고 아니 말할 수 있습니까.' 이병호 교수의 분노어린 목소리가 귀에서 맴돌았다.

지끈거리는 머리는 윤철훈의 정신을 몹시 흔들어 놓았다. 그때 뒤에서 목소리가 들려왔다.

"어머, 안녕하세요."

뒤를 돌아보니 처음 보는 여자가 해맑게 웃으며 천천히 걸어왔다.

"죄송하지만, 누구시죠?"

기억에 없는 여자였다.

"기억 안 나세요? 바로 어제, 공원에서 지렁이 치워주신 분 맞죠?"

"아, 이제 기억이 나네요."

여자의 옷차림은 매우 세련돼 보였고 트레이닝복장의 모습과는 많은 차이를 보였다.

"그땐, 정말 고마웠어요."

"아닙니다. 별 말씀을."

윤철훈은 공원에서의 일이 생각나 절로 웃음이 나왔다. 머리가 조금씩 맑아지는 기분이었다.

여자가 가까이 다가오자, 부는 바람에 들꽃 향기가 실려 왔다.

"제가 빚을 갚을 수 있게 도와주실래요?"

거절하기 어려운 청어형의 세련된 화법이었다.

여자가 윤철훈을 안내한 곳은 분위기 좋은 카페였다.

"제 이름은 성윤지예요. 직업은 H대학 사학과 교수이구요."

"네, 저는 윤철훈입니다. 직업은…."

"제가 맞춰 볼게요."

성윤지가 윤철훈의 말을 자르며 말했다.

"음… 맺고 끊는 말투로 보아 공무원일 가능성이 높은데 관료적인 느낌은 없네요. 그런데 억양에서 상대를 위압하는 힘이 느껴져요. 그리고 그거 알아요? 윤철훈 씨는 아까부터 누군가를 찾고 있는 것처럼 눈동자를 이리저리 옮기고 있었다는 것을요."

윤철훈의 눈이 휘둥그레졌다.

"일사분란한 움직임이 아니라 훈련에 의한 무의식적인 행동처럼 보여요. 이 모든 것을 종합해 볼 때, 범인을 잡는 경찰 맞죠?"

윤철훈은 성윤지의 꿰뚫어보는 안목에 놀라움을 표했다.

공원에서 잠시 스쳤을 때와는 달리 그녀의 모습은 청순한 분위기를 풍기고 있었다. 눈에 띄는 미인은 아니었지만, 지성적인 이미지가 돋보이는 얼굴이었다. 윤철훈은 그녀의 청순한 얼굴에서 시선을 떼기가 힘들었다.

꿈틀거리며 올라오는 감정은 단연코 제어하기 어려운 설렘이었다.

윤철훈의 빈 글라스에 누런 황금빛 양주가 채워졌다. 그는 잔을 들어 한 모금 마시고 담배를 빼 물었다.

"선배, 여기는 금연이에요. 설마 모르시는 건 아니겠죠?"

정선희가 말했다.

정선희는 올해 초 해부병리 전문의 자격증을 취득하고 법의학 수련과정을 거쳐 국립과학수사연구원으로 발탁된 재원이다. 그녀 역시 경찰대 출신이었다.

"지난번에는 고마웠어."

강인후가 탈취한 택시의 블랙박스와 강인후와 구영민의 국과수 수사 자료를 말하고 있는 것 같았다.

"선배, 재차 말하지만 제가 그 자료를 빼낸 걸 들키는 날엔 전 끝장이에요."

"걱정 마, 무슨 일이 있어도 피해가는 일은 없게 할 테니까."

불을 붙이지 않은 담배는 여전히 윤철훈의 손에 들려있었다.

"근데, 강인후 사건에 왜 이리 집착하고 있어요? 그 사건은 이미 본청으로 넘어 간지 오래잖아요."

"설명하자면 아주 길어. 그 얘기를 하자고 나를 부른 거야?"

윤철훈은 손에 들린 담배를 내려놓으며 말했다.

"강인후 사건에 이해할 수 없는 부분이 있어서 선배한테 연락 한 거에요."

"이해할 수 없는 부분?"

"네. 어제 들어온 시체 세 구에서 알 수 없는 지문이 찍혀 있었거든요."

"구영민과 김 경장, 박 순경을 말하는 건가?"

"네. 세 사람의 몸에서 동일한 지문이 발견됐어요. 그런데 이 지문은 이병호 교수의 목 부분에서 발견된 지문과 일치했어요. 뭔가 감이 잡히죠?"

윤철훈이 그녀 옆으로 몸을 기울였다.

"지문의 각도와 방향으로 보았을 때 지문의 장본인이 살해 용의자일 가능성이 커요."

윤철훈의 양미간이 꿈틀 움직였다.

"지문의 크기로 보아 성인일 가능성이 높은데, 더 이상한 건 주민정보 데이터베이스와 인터폴 데이터베이스에도 등록이 안된 지문이었어요."

그녀가 술잔을 기울여 홀짝였다.

"한마디로 유령 같은 존재에요."

본청 형사과는 대체 무슨 일을 꾸미고 있단 말인가. 강인후 사건은 처음부터 이상한 점이 한 둘이 아니었다. 그러면 도주 중에 있는 강인후는 대체 누구란 말인가.

사건에 근접해 들어 갈수록, 점점 미궁 속으로 빠져드는 느낌에 윤철훈은 무언가 아주 큰 고리가 있음을 직감했다.

춘천역 대합실

그 무렵, 강인후와 신수정이 사람들의 눈을 피해 춘천역 대합실에 앉아 있었다.

며칠을 숨어 다녔는지 두 사람의 모습은 몹시 남루해 보였다.

강인후의 복장은 이제 막 들일을 마치고 집으로 돌아가는 시골촌부의 모습이었고, 신수정은 헝클어진 머리카락에 남산만한 배가 부풀어 올라있었다. 산달을 코앞에 둔 아낙네의 모습 그대로였다.

부부로 보이는 두 사람을 눈여겨보는 사람은 아무도 없었다.

매표소를 다녀온 강인후의 손에는 기차표 두 장이 들려있었고, 대합실 시계를 바라보는 두 사람은 초조하고 몹시 불안해 보였다. 기차가 플랫폼으로 들어올 시간은 30여 분을 남겨두고 있었다. 10여 분이 흐른 후 강인후가 먼저 일어서 배가 불룩 나온 신수정을 안아 일으켰다. 순간 신수정의 얼굴이 홍당무처럼 붉게 달아올랐다. 비록 허름한 옷차림에 헝클어진 머리를 하고 있었지만, 그녀의 수수한 모습에서 젊은 여인의 향기가 느껴졌다. 흐드러지게 피어나 들판을 아름답게 수놓는 코스모스 향기가 그녀에게서 풍겨 나오는 것 같았다. 강인후는 그 순간 맹세했다. 자기로부터 이 사건에 휘말리게 된 이 여자를 반드시 지켜 주리라 마음먹었다. 신수정을 받쳐 든 손에 저도 모르게 힘이 들어갔다.

발차시간이 다가오면서 플랫폼의 사람들이 질서있게 기차에 올랐다.

"수정 씨, 힘들더라도 조금만 참아요."

강인후는 아차하고 후회했다. 자신은 어디까지나 그녀를 따라가고 있는 입장이었고, 자신으로부터 사건에 휘말리게 된 그녀가 자신에게 해줄 말이었다. 무의식적으로 튀어나온 말을 이해하기 힘들었다. 여자 앞에서 시도 때도 없이 강한 척 하는 남자의 과다한 포장된 위세인가? 강인후는 무안함과 미안함에 고개를 숙였다.

"괜찮아요. 인후 씨, 이리 가까이 와보세요."

전혀 내색하지 않은 신수정이 손을 뻗어 강인후의 수염을 만져 주었다.

"하마터면 떨어질 뻔 했어요. 접착제가 약했나 봐요."

기차에 오른 승객들은 좌석표를 확인하며 바삐 자리를 잡고 있었다.

강인후가 신수정의 손을 잡고 지정된 자리로 그녀를 이끌었다. 발을 옮기는 강인후의 손에 미세한 떨림이 전해져 왔다. 강인후는 애써 태연한 표정을 지었지만, 떨리는 마음까지는 조절하기가 힘든 모양이었다. 신수정을 바라보는 그의 얼굴이 몹시 어색해 보였다.

바로 그 시각, 김 경감이 이끄는 수사팀이 춘천역사로 들어섰다. 김 경감은 곧바로 대합실의 승객들을 살피고, 역장실로 뛰어 들었다. 문을 벌컥 열어젖힌 건장한 사람들을 역장이 불쾌한 눈초리로 쳐다보았다.

"무슨 일로 오셨습니까?"

역장이 소리치듯 말했다.

앞서있던 김 경감이 신분증을 꺼내 역장에게 내밀며 말했다.

"경찰입니다. 발차시간을 늦춰 주십시오."

역장은 곤혹스런 표정을 지었다.

"무슨 일 때문에 그러십니까?"

"강인후가 인질을 데리고 춘천역사로 들어왔다는 신고를 접했습니다. 협조 바랍니다."

역장의 놀란 얼굴이 김 경감을 바라보았다.

"알겠습니다."

역장은 급히 상황실로 뛰어 들어가 방송장비를 조작하고 마이크를 움켜잡았다.

같은 시각, 스피커에서 들려오는 열차 지연방송에 승객들이 웅성거렸다.

'승객 여러분께 안내 말씀드립니다. 예기치 않은 문제로 인해 발차시간이 잠시 지연됨을 알려드립니다. 최대한 빠른 시간 안에 문제를 해결해 열차를 정상 운행하도록 조치하겠습니다. 승객 여러분께 불편을 끼쳐드려 대단히 죄송합니다.'

강인후가 감고 있던 두 눈을 떴다.

"인후 씨, 뭔가 이상하지 않아요?"

신수정의 얼굴은 매우 불안해 보였다.

"아무래도 경찰이 뭔가 단서를 잡은 게 아닐까요?"

강인후의 가슴이 심하게 방망이질 쳤다.

그때 열차의 문이 열리며 두 명의 건장한 남자가 중앙 통로로 들어섰다. 두 사람의 손에는 기차표가 들려있었고, 좌석을 찾고 있는 것처럼 보였다. 하지만 이들의 행동은 매우 민첩해 보였고, 눈빛은 마치 사냥감을 눈앞에 둔 맹수의 눈빛 같았다.

'아, 경찰이구나!'

강인후는 난감한 얼굴로 신수정을 바라보았다.

좌석을 지나치는 김 경감은 신출귀몰한 강인후를 찾기 위해 그의 눈동자는 쉬지 않고 움직였다.

"인후 씨…."

신수정의 얼굴이 사색이 되었다.

두 형사는 점점 가까이 오고 있었다. 발자국 소리는 마치 천둥치는 소리처럼 크게 들렸고, 흘러가는 시간은 영원처럼 느껴졌다.

발을 옮기는 김 경감은 자신의 주머니에서 울리는 휴대폰을 급히 빼들었다. 열차 다른 칸을 수색중인 부하로부터 걸려온 전화였다.

"거기에 없단 말이지…? 알았다. 내가 있는 곳으로 빨리 오도록."

'강인후는 반드시 여기에 있을 것이다. 아니 여기에 있어야만 한다.'

천천히 발을 옮기는 김 경감은 열차 뒷자리에 가까워질수록 눈에서는 불꽃이 일었다.

강인후가 숙였던 고개를 들었다. 다가오는 형사와의 거리는 불과

몇 걸음 정도로 좁혀졌다. 강인후의 얼굴이 절망감으로 물들었다. 김 경감이 강인후를 쳐다보았다. 동시에 두 사람의 눈이 마주쳤다. 김 경감의 눈빛이 예리한 칼날처럼 번득였다. 강인후의 등줄기가 식은땀으로 축축이 젖었다. 신수정이 그의 손을 꼭 잡았다. 김 경감이 수갑을 빼들고 다가왔다. 강인후의 두 눈이 절망감으로 허물어져 내렸다. 바로 그때였다. 믿을 수 없는 상황이 펼쳐졌다. 바로 앞에 앉아있던 마스크를 쓴 남자가 칼을 빼들고 소리쳤다.

"가까이 오지마!"

마스크는 김 경감을 향해 칼을 휘둘렀다. 미처 피하지 못한 김 경감이 고통의 신음을 내 뱉으며 열차 바닥에 쓰러졌다. 승객들이 공포의 비명을 흘리며 그 자리에 얼어붙었다.

"칼 내려놔!"

김 경감의 뒤를 따르던 형사가 칼 든 남자에게 소리치며 권총을 빼 들었다.

"제발 그냥 돌아가 줘, 시발 놈들아!"

마스크는 알 수 없는 말을 내뱉으며 사나운 눈초리로 형사를 바라보았다.

그 순간 수많은 발자국 소리가 좁은 열차 안을 가득 메웠다. 대여섯 명의 형사들이 한달음에 칼 든 남자 앞으로 뛰었다.

"뭐 때문에 이러는지 모르겠지만, 우리가 찾고 있는 사람은 당신이 아니야. 그러니 칼을 내려놔."

나이가 들어 보이는 형사가 타이르듯 말했다.

"좆 까는 소리 하지마. 내 아들, 내 아들은 어떻게 하라구!"

울부짖는 마스크가 순간 허점을 보였다. 앞서있던 형사의 발이 마스크의 턱을 강타했다. 마스크가 칼을 잡은 채 바닥에 쓰러졌다. 형사의 발길질이 칼을 떨어뜨렸다. 승객들의 입에서 안도의 숨이 흘렀다. 잠시 후 칼을 뺏긴 마스크의 손에 수갑이 채워졌다.

형사들은 마스크를 상대하느라 김 경감이 가까스로 가리키는 변장한 모습의 강인후를 보지 못하고 열차를 내려갔다.

플랫폼으로 내려선 명은 멀어져 가는 열차를 바라보았다.

명이 옆구리로 손을 가져가 살짝 눌렀다. 총상의 찌릿한 고통이 밀려왔다. 동시에 짜릿한 쾌감이 뒤따랐다. 그것은 일찍이 맛보지 못한 강한 사냥감과의 싸움이었고, 무엇과도 바꾸기 힘든 가슴 설레며 기다리는 즐거운 시간이었다.

강인후 너는 언젠가 경찰에 잡힐 수밖에 없어. 그 전에 내가 널 아무도 모르게 소리 없이 해치워 주마. 너는 그냥 죽이기엔 너무 아까운 놈이야. 명은 속으로 잔인하게 말했다. 그는 사냥감을 구석으로 몰아 그 시간을 음미하기라도 하려는 것처럼 결코 서두르지 않았다.

한편, 경찰에 연행돼 가는 마스크는 질질 끌려가며 미친 듯이 소리치고 있었다.

"제 아들이 지금 화장실에 있습니다. 제 아들을 살려주세요!"

마스크는 연신 아들을 말하며 화장실을 가리켰다.

"이 형사, 화장실로 가봐."

5분 후 이 형사는 서너 살 정도 돼 보이는 꼬마 아이를 들쳐 업고 나왔다. 아이의 입술 근처가 붉게 물들어 있는 것으로 보아, 소리치지 못하도록 테이프가 붙어 있었던 것 같았다. 아이의 얼굴은 눈물 자국으로 엉망이었고, 울음을 멈추지 않았다.

"아빠, 나쁜 아저씨가…."

"오, 그래. 내 아들. 이제 괜찮아."

아들을 바라보는 마스크의 눈에서 기쁨과 안도의 눈물이 흘렀다.

마스크는 수갑 찬 손으로 아들의 얼굴을 어루만지며 고맙다는 말을 몇 번이나 되풀이 했다. 누구에게 고맙다는 말을 하는지 그의 입은 쉬지 않고 움직였다.

경찰서 취조실로 끌려온 마스크는 모든 것을 털어 놓았다. 어차피 숨기고 있으면 자신의 죄질만 더욱 무거워 진다는 걸 마스크는 알고 있는 것 같았다.

"그놈은 괴물입니다. 그놈은 제 아들을 미끼로 절 협박했습니다."

마스크는 자신이 하필 그 시간에 춘천역사에 있었는지 그 시간을 저주했다.

살인청부업자 명이 마스크 앞으로 다가선 시간은 저녁시간이었고, 형사로 보이는 사람들이 대합실을 빠져나가 플랫폼으로 내려간 직후였다.

"후후 오랜만이군."

마스크는 옆자리에 다가와 앉는 명을 보고 기겁했다.

"자네의 표정을 보니 그날이 생각나는군."

명과 마스크는 같은 고아원 친구였다. 명이 두 건의 살인을 저지르고 도망친 후 마스크는 소매치기 전과로 범죄 인생을 장식하며 성장했다. 그러던 어느 날 마스크는 술에 취한 사내의 뒤를 밟으며 기회를 노리고 있었다. 사내가 골목길로 막 들어섰을 때였다. 그때 이상한 일이 벌어졌다. 술에 취해 있던 사내가 뒤를 돌아보더니 공포에 질린 얼굴로 자신을 쳐다보는 것 이었다. 지금까지 자신의 미행은 완벽했고, 오늘도 의심의 여지없이 실수를 보이지 않았다. 마스크는 순간 깨달았다. 술 취한 사내를 공포에 빠뜨린 건 자신이 아니란 것을. 마스크는 뒤를 돌아보았다. 엄청난 덩치의 사내가 자신을 내려다보고 있었다. 잔혹한 미소가 덩치의 얼굴을 더욱 괴물처럼 보이게 만들었다. 마치 저승사자와도 같은 모습이었다. 마스크는 그 자리에 얼어붙어 움직일 수 없었다. 덩치는 마스크에게는 아무 관심이 없는 듯 술 취한 남자에게로 큰 발을 옮겼다. 그리고 주저 없이 술 취한 남자의 목을 움켜쥐더니 그대로 비틀었다. 술 취한 남자의 몸이 무너져 내렸다. 간단하게 일을 마친 덩치는 아무 일 없었다는 듯 마스크 앞으로 다가와 손을 내밀었다.

"이런 모습으로 다시 만나게 돼서 매우 유감이군."

덩치의 말투에는 잔혹함과 함께 반가움이 동시에 묻어있었다.

마스크는 그제야 덩치가 생각났다.

"혹시…."

"그래, 네가 지금 생각하는 사람이 바로 나야."

"그런데. 저 사람을 왜…."

마스크는 공포에 질려 가까스로 말했다.

"굳이 말하지 않아도 알 텐데."

마스크는 덩치가 살인청부업자로 나섰다는 것을 깨달았다.

"언젠가 또 볼 날이 있겠지. 하하하."

덩치는 크게 웃으며 마스크를 지나갔다. 오싹한 기운이 감도는 웃음소리가 좁은 골목에 길게 메아리쳤다.

단숨에 말을 마친 마스크의 입가에는 침버캐가 잔뜩 끼어 있었다.

"그러니까 당신은 소매치기할 대상을 찾아 춘천역사에 들어갔고, 거기서 덩치를 만났다는 거야?"

취조를 맡은 이 형사가 분한 목소리로 말했다.

"죄송합니다. 만약 그때, 제가 놈의 말을 거역했더라면 제 아들은…."

"그놈 이름을 말해."

"본명은 모릅니다. 고아원에서는 그냥 베드로라고 불렀습니다."

갈수록 첩첩산중이었다.

명이 의도한대로 마스크는 강인후의 존재를 모르고 그의 도주를 도와준 셈이었다.

윤철훈과 성윤지

강인후와 신수정이 도착한 곳은 한적한 산골마을이었다. 동네 입구는 차 한 대가 빠듯하게 지나갈 수 있는 비포장도로가 마을 안쪽으로 구부정하게 뻗어 있었고, 아름드리 정자나무가 드문드문 눈에 띄었다. 정자나무 아래서 평상에 걸터앉은 마을노인들이 처음 보는 두 남녀를 관찰했다.

"처자, 몸 풀라고 왔소?"

평상에서 얼굴에 주름이 가득한 여자가 말했다.

신수정은 자신의 배를 내려 보았다. 충격적인 사건의 연속으로 생각할 시간이 없었던 두 사람은 자신들이 변장하고 있었다는 걸 그제서야 깨달았다.

"배를 보니 영락없는 고추네."

옆에 있던 여인네가 말을 거들었다.

신수정은 부끄러움에 얼굴이 홍조를 띠었다. 홍조를 띤 얼굴이 강인후를 바라보았다. 가슴 깊은 곳에서 묘한 감정이 동요됐고, 그녀는 스스로 놀라는 자신을 발견했다.

강인후는 애써 태연함을 가장했지만, 설레는 마음은 감추기가 어려웠다.

가볍게 고개를 숙인 두 사람이 마을 입구를 지나 구부정한 길을 돌아 들어가자, 낮게 솟은 구릉이 보였다.

"이제, 거의 다 왔어요."

5분여를 걸어가니 구릉 너머로 집 한 채가 보였고 견고해 보이는 기왓장이 한옥을 감싸주고 있었다. 순간 강인후는 자신의 눈을 의심했다. 보이는 집은 신수정의 집과 거의 흡사했다. 주변만 바뀌었을 뿐, 집 자체로만 보면 구분이 안갈 정도였다.

"제가 살고 있는 집도 선생님이 설계해주신 거에요."

신수정은 강인후의 마음을 읽었는지, 웃으며 말했다.

그때 대문이 열리며 누군가 달려 나오고 있었다. 강인후는 순간 주춤했다. 여러 번 사건에 휘말리다 보니 무의식적 자기방어가 발동한 것 같았다. 신수정이 어정쩡하게 서 있는 강인후의 손을 잡아끌었다.

"선생님, 그간 안녕하셨어요."

흰 눈썹을 길게 늘어뜨린 노인의 얼굴은 마치 세속을 초월한 듯 초연한 모습이었다. 십수 년은 족히 지났을 것 같은 빛바랜 검은색 두루마리가 불어오는 바람에 펄럭이며 신비감을 자아냈다.

노인이 강인후를 살피고 입을 열었다.

"어찌된 일이냐? 매스컴에선 네가 납치됐다고 하는데. 그리고 앞에 있는 청년은 누구고?"

노인은 강인후가 변장을 하고 있어서인지 매스컴에 보도된 현상

수배범이라고는 생각을 못 하고 있는 것 같았다.

"차근차근 설명 드릴게요. 선생님."

대문을 열고 들어서니 너른 마당과 화단이 신수정의 집과 차이가 없어 보였다. 강인후는 집의 변함없는 모습에서 무거워 있던 마음이 한결 가벼워지는 것을 맛보는 동시에 구영민이 생각나 코끝이 찡했다.

"인사드리겠습니다. 강인훕니다."

강인후라는 이름에 노인의 입이 크게 벌어졌다.

"선생님, 안심하세요. 뉴스는 진실이 아니에요."

신수정은 구영민에게서 들었던 얘기와 강인후를 만나 지금까지 벌어진 사건을 설명했다. 구영민이 죽었다는 대목에서는 눈시울을 적시며 말을 멈추기도 했다.

"이 모든 일이 이병호 교수의 USB로 인해 생긴 일이예요. 모두가 다 꿈이었으면 좋겠어요."

울먹이는 신수정을 노인이 살며시 안아 주었다.

강인후는 밀려오는 죄책감에 고개가 절로 숙여졌다.

노인이 손을 뻗어 강인후의 숙인 고개를 가만히 들어 올렸다.

"눈이 깊은 것으로 보아 생각의 깊이가 느껴지는군. 그리고 끊어지지 않고 길게 뻗어있는 윤기 흐르는 눈썹이 범죄인의 관상은 아닌 것처럼 보이지만 눈에 살기가 느껴져."

낮은 중얼거림처럼 들리는 노인의 어조는 경經 읽는 소리 같았다.

강인후는 마치 바늘방석에 앉아있는 것처럼 몹시 불편했다.

"본의 아니게 폐를 끼치게 돼서 죄송합니다."

강인후가 자리에서 일어나 깊게 허리를 숙였다.

"아닐세. 세상은 종종 자신의 의지와 상관없이 흐를 때가 있는 법이지. 어차피 찍힌 발자국을 지워야 하지 않겠나?"

고개를 숙이고 있는 강인후의 입에서는 말소리가 새어나오지 않았다.

어느덧, 높게 솟아오른 산등성이가 해를 집어삼킨 산골마을은 고요함이 감돌았다.

세속의 움직임은 인간만의 전유물인가. 표정 없는 무심한 밤하늘은 그냥 그렇게 제자리를 지키고 있었다.

선명단은 국과수 부검전문의 정선희로부터 입수한 정보를 토대로 유령 같은 인물을 찾고 있었다. 지금까지의 수사 자료는 강인후가 범인이 아닐 것이라는 사실을 충분히 뒷받침하고도 남았다. 그런데 본청에선 무엇 때문에 강인후를 범인으로 몰아세우는지 그 이유를 파악하기에 바빴다.

'강인후가 범인이 되어야만 하는 이유는 무엇일까.'

권충대는 생각하며 옆자리로 시선을 돌렸다. 턱을 괴고 생각에 잠겨있던 성윤지가 권충대를 마주 바라보았다.

성윤지는 공원에서 지렁이 사건 이후로 윤철훈과 급격하게 가까워진 사이가 됐고 선명단의 일원이 되었다. 처음 그녀는 윤철훈으로부터 선명단 입회 제의를 받았지만, 자신의 부족함을 내세워 몇 번을 고사했다. 그런 그녀를 권충대와 윤철훈이 끈질기게 설득했고,

결국 제의를 받아들여 선명단에 합류했다. H대학 사학교수인 성윤지는 한국고대사에 해박한 지식이 있었으며 이병호와 강인후 사건이 역사와 관계된 사건이었기에 성윤지의 선명단 입회는 모두가 바라고 있었던 사안이었다.

성윤지를 바라보는 권충대의 눈빛은 자애로운 아버지와도 같은 눈빛이었다.

성윤지는 고아로 성장해 산업전선과 학교를 오가며 학구열을 불태웠다. 뒷바라지 해주는 사람 없이 혼자 힘으로 고등학교를 5년 만에 졸업했고, 대학은 장학생으로 입학했지만, 생활비가 없었던 그녀는 세 군데를 오가며 아르바이트를 했다. 그 모습을 안타깝게 지켜보던 학과교수는 자비를 털어 학업에 지장이 없게 그녀를 적극 후원해주었다. 그 결과 성윤지는 타고난 두뇌를 바탕으로 짧은 시간에 석사를 거쳐 박사학위를 취득할 수 있었다. 선명단 입회 후 회식자리에서 그녀는 눈물을 뿌리며 자신의 과거를 모두 털어 놓았다. 시종일관 눈을 감고 묵묵히 듣고 있던 권충대는 성윤지를 그 자리에서 양녀로 삼겠다고 제의해 모두를 놀라게 했다. 평생을 독신으로 살아왔던 권충대에게 그것은 분명 새로운 기쁨이고, 가슴 설레는 행복이었다. 그렇게 성윤지는 비밀조직 선명단의 일원이 되는 동시에 가족이 생기는 기쁨에 눈물을 펑펑 쏟았다.

"지금까지의 수사는 강인후 사건이 이병호 교수의 USB로 인해 일어났다는 걸 분명히 말해주고 있어. 이는 곧 역사와 관계된 그 무엇이 있을 것이야."

권충대가 시선을 돌려 좌중을 바라보고 입을 열었다.

"일단 시급한 건 사건에 깊이 개입돼있는 유령의 존재를 파악하는 게 급선무라고 생각합니다."

윤철훈이 말했다.

"이미 고아원에 수사협조요청을 해 놓은 상태이네."

백웅민이 말을 받았다.

유령은 살인청부업자 명을 말하는 것 같았다. 앞서 춘천역사에서 흉기난동으로 김 경감을 중태에 빠트린 마스크 사내를 체포한 사실을 선명단은 입수했다. 입수된 정보를 윤철훈은 경찰대학 동기인 춘천경찰서 한 형사로부터 명에 대한 얘기를 들을 수 있었고, 명이 어릴 때 몸담았던 고아원에 수사협조요청을 해놓은 상태였다. 선명단은 강인후 사건현장에서 이름 모를 지문의 장본인은 명일 것이라고 확신했다. 이병호와 구영민, 그리고 김 경장과 박 순경의 몸에서 발견된 지문에 어떻게 달리 생각할 수 있겠는가.

"하지만, 놈의 지문은 세상 어디에도 등록이 안 돼 있어. 그리고 지금까지 놈은 경찰보다 한 발 앞서 움직이는 간 큰 행동을 보였고, 아무리 머리에 붉은 점을 드러내놓고 다닌다고 하더라도 놈이 저지른 사건으로 보아 놈을 찾기란 결코 쉽지 않을 것이야."

무거운 침묵이 잠시 흘렀다.

"유령의 직업은 살인청부업자입니다. 이상문 청장이 유령을 고용했을 것이라고 확신할 수 있을 거 같습니다."

성윤지의 말투는 비밀단체의 일원답게 들렸다.

“앞서 이상문 청장의 대포폰 통화기록, 그리고 이 청장과 이 교수의 관계, 이 교수가 사석에서 이 청장을 한 번도 언급한 적이 없었던 점. 모든 정황상 이 청장은 이 사건에 깊이 개입돼 있다는 걸 말해주고 있어. 하지만 섣불리 접근했다간 이 교수의 메시지는 영원히 사장될 수도 있어. 그것을 명심하고 접근해야 해.”

이 청장은 무슨 일을 꾸미고 있단 말인가. 그리고 이 청장이 과연 강인후 사건에 직접 개입한 것일까? 아니면 또 다른 세력의 사주를 받고 있는 건 아닐까?

복잡한 사건 속에서 권충대는 두통이 밀려옴을 느꼈다.

윤철훈과 성윤지가 명성산에 도착한 시간은 오전 10시를 조금 넘기고 있었다. 성윤지가 선명단에 입회하면서 두 사람은 서로에게서 미묘한 감정을 읽었다. 그것은 비밀조직 동료로서의 공적인 감정이 아닌 남녀로서 사적인 감정에 가까웠다. 성윤지의 지성미는 윤철훈의 마음을 흔들기에 충분했고, 성윤지는 윤철훈의 늠름함과 파고드는 저돌성에 마음을 빼앗기고 있었다. 그리고 성윤지의 해박한 역사인식은 선명단의 민족적 사상을 더욱 공고히 해줌으로써 선명단의 존재를 확고히 해주기에 충분했다.

명성산에 들어서니 신비한 광경이 펼쳐졌다. 두 사람의 눈에 또 하나의 작은 하늘이 들어왔다. 자신의 몸으로 하늘을 품은 산정호수는 마치 작은 하늘과도 같았다. 그는 눈에 들어온 산정호수를 가만히 응시했다. 고려태조 왕건에게 정권을 빼앗긴 궁예의 눈물로 이루어진 산정호수. 이 넓은 호수를 채우기까지 궁예는 얼마나 많은 눈물을 흘려야 했을까.

“윤지씨, 여기 명성산의 전설을 알고 있죠?”

“물론이죠. 또 다른 이름으로 울음산이라고 부르죠. 고려태조 왕건에게 쫓겨 온 궁예와 신하들이 통한의 눈물을 흘린 산이라고 해서 붙여진 이름이라고 들었어요.”

“그럼 얼마나 많은 눈물이 모여서 저런 호수를 만들 수 있었을까요? 우리나라의 태극기가 중국으로 넘어가는 날엔 저것보다 큰 호수가 만들어질 것 같습니다.”

윤철훈의 시선은 산정호수에 머물러 있었다.

“철훈씨, 산정호수는 사실….”

성윤지가 뒷말을 삼켰다.

“사실 뭐요?”

“아무것도 아니에요.”

급히 얼버무린 그녀는 앞서 걸었다.

두 사람은 산정호수를 뒤로하고, 정상으로 올랐다.

운동으로 단련된 윤철훈과는 달리 성윤지는 매우 지쳐 보였다.

“힘드시면 쉬었다 갈까요?”

“괜찮아요. 이제 얼마 안 남았는데요, 뭘.”

성윤지는 애써 미소를 지었다.

윤철훈이 스틱을 들어 그녀에게 내밀었다.

“그럼 이거 잡으세요.”

성윤지는 마지못해 스틱을 잡고 윤철훈과 보조를 맞춰 올랐다. 앞서가는 건장한 남자의 넓은 등판이 편안한 안식처로 다가오는 느낌에 그녀의 얼굴이 화끈거렸다.

쉼터에 이르러 그들은 짊어진 배낭을 풀었다. 성윤지가 정성스럽게 싸온 회덮밥을 윤철훈 앞으로 내밀었다. 내미는 그녀의 손길이 순간 주춤했다. 그리고 '아차' 하며 후회했다. 언젠가 사석에서 들었던 백웅민의 말이 떠올랐다. '윤 경위는 다 좋은데 회를 좋아하지 않아서 탈이야.' 지나가는 말로 들어서인지 그녀는 깜빡 잊고 있었다.

그녀의 얼굴이 난색을 표하면서 회덮밥을 쥔 손을 급히 거두었다. 순간 윤철훈이 잽싸게 회덮밥을 낚아채 입속으로 몰아넣었다. 그는 아주 맛있는 음식을 먹는 것처럼 매우 흡족한 미소를 지었다.

"우와! 윤지씨, 이다음에 퇴직하면 회덮밥 장사해도 성공하겠는데요. 말 나온 김에 우리 동업할까요? 하하하."

"미안해요. 깜빡했어요. 전…."

"언젠가 TV에서 한 연예인이 이런 말을 하더라구요. '음식 맛은 무엇을 먹는가에 의해서 좌우되는 것이 아니라, 누구와 먹는가에 의해서 좌우되는 것이다.' 윤지씨, 오늘 회덮밥은 제가 먹어본 음식 중에서 최고입니다. 하하하."

호탕하게 웃는 그의 모습이 듬직하고 아늑한 보금자리로 다가왔다. 일순간 성윤지의 얼굴이 홍조를 띠며 화끈거렸다. 마음을 들킬세라 그녀는 황급히 고개를 숙였다.

그때 모자를 깊게 눌러쓰고 고개를 숙인 등산객이 이들을 스치고 지나갔다. 성윤지는 스치고 지나가는 남자의 뒷모습을 말없이 지켜보았다.

산 정상에 오르니 등산객으로 북새통을 이루었다. 산 정상에는 이색적인 풍경이 펼쳐졌다. 어떻게 지고 올라왔는지 아이스크림 통을 맨 상인이 등산객을 유혹하고 있었다. 어느새 윤철훈은 아이스크림 두 개를 쥐고 있었다. 성윤지는 산 정상의 싱그러움과 아이스크림의 달콤함에 잠시 눈을 감았다. 행복한 미소가 만면에 가득했다. 실바람 속에 녹아있는 그녀의 향기는 윤철훈의 코끝을 스치며 설레는 가슴으로 파고들었다. 아이스크림의 달콤함과 그녀의 향기가 정신을 혼미하게 만들었다. 절벽 쪽으로 자리 잡은 그가 하산 길로 들어선 그녀를 인도했다.

'아, 이 남자.'

성윤지는 윤철훈에게 빠져드는 자신을 발견했다.

모자를 눌러쓴 남자는 두 사람이 사라질 때까지 시선을 떼지 않았다.

권충대는 자신의 서재에서 강인후를 생각하며 담배를 피워 물었다. 담배연기가 좁은 서재를 돌아 조금 열려있는 창문으로 새어나갔다. 문을 두드리는 노크 소리에 그는 황급히 물고 있던 담배를 밖으로 던지고 창문을 활짝 열어 환기를 시켰다.

문을 열고 들어온 성윤지가 화난 표정을 지었다.

"아빠, 정말 이러실 거예요?"

성윤지의 쾌활한 성격이 권충대를 아빠라고 부르고 있었다. 단장님과 아빠라는 호칭을 적절하게 사용할 줄 아는 그녀는 권충대를 가족의 기쁨이 무엇인지 깨닫게 해주었다.

"이크, 우리 딸에게 들키고 말았네. 이번 한 번만 용서해 주겠니? 허허."

익살 섞인 권충대의 말투는 영락없는 딸 바보의 모습 그대로였다.

"진짜 이번, 한 번만이에요. 다음번엔 어림없어요."

성윤지는 말을 마치고 책상으로 다가가 담배를 쓰레기통에 넣었다.

"아니, 그 아까운 걸 그렇게…."

"아빠! 진짜 이러실 거예요."

성윤지는 정말 화가 난 모습이었다.

"아니, 난 그게 아니라…."

권충대는 담배를 다시 꺼내 몇 번을 구겨 쓰레기통에 처박았다.

"이렇게 해야 되지 않겠니. 허허허"

성윤지는 권충대의 어린아이 같은 모습에 웃음을 터트리며 그의 얼굴에 뽀뽀세례를 퍼 부었다.

"말만한 처녀가 징그럽게."

작은 서재가 행복한 부녀의 웃음소리로 가득 찼다.

"그런데, 무슨 할 얘기 있는 거니?"

웃음이 가시지 않은 얼굴로 권충대가 물었다.

"사실은 아빠한테 고백할 게 있어요."

"고백? 아빠를 사랑하지 않는다는 말만 빼고 다 해보렴."

성윤지가 쿡하고 웃음을 터트렸다.

"저, 아무래도 누구를 사랑하고 있는 거 같아요."

그녀의 갸름한 얼굴이 홍조를 띠었다.

"윤철훈 경위, 참 괜찮은 남자야."

"어머, 알고 계셨어요?"

"아빠가 모를 거라고 생각했니? 하지만 윤지야, 우리 선명단의 존재 목적에 대해서 생각해 보기 바란다. 지금 우리는 보이지 않는 어떤 세력과 싸우고 있어. 지금 상황에서 사적인 감정에 치우치게 되면 자칫 일을 그르칠 수 있다는 걸 알아야해."

"저도 그걸 알고 있지만, 제 맘을 모르겠어요."

권충대는 이해하려고 애썼다. 혈기왕성한 젊은 남녀의 호감을 무엇으로 막을 수 있겠는가.

"윤지야, 우리 이렇게 하자."

"어떻게요?"

"이번 사건이 모두 해결되면 아빠가 발 벗고 나서서 도와주마."

"어머, 정말요?"

성윤지가 기쁨을 감추지 못하고 권충대를 와락 끌어안았다.

한편, 중국의 태극기 반환 국권침탈은 예기치 않은 방향으로 흐르며 대한민국을 혼란의 도가니로 몰아넣고 있었다.

문제의 발단은 한 리서치회사의 통계조사로 인해 비롯됐다. 리서치회사는 초중고 교직원들을 대상으로 설문조사를 실시했다. 설문내용은 태극기가 어디서부터 유래했느냐는 질문이었다. 이 질문에 과반수를 훨씬 넘는 교사들의 답변은 고종황제의 명을 받든 박영효가 일본으로 향하던 중, 선실에서 급히 만든 국기로 알고 있었다. 그것이 전부였다. 그리고 극소수의 교사만이 태극이 음양의 조화로 이루어진 국기임을 설명하는 정도였다. 전국 어떤 교사도 태극의 이념이나 사상에 대해서 명확히 알고 있는 교사는 찾아볼 수 없었다. 이에 리서치회사는 한심한 국사교육을 탄핵해야 한다고 신문사에 대서특필하는 용기를 보였다. 리서치회사의 주장은 교육의 선봉대 역할을 해야 할 교사들의 안일한 역사인식이 오늘을 만들었고, 교육계의 패러다임이 바뀌지 않는 한 중국과 일본의 역사왜곡은 멈추지 않을 것이라고 대내외적으로 천명했다. 또한 저우밍다오 국가주석의 태극기 반환 통보일을 국치일로 삼자는 서신을 국회에 청원했다. 이에 호시탐탐 무임승차를 노린 학원가에 돌풍이 일며 국사를 위주로, 간판을 새로 쓴 사설학원이 기하급수적으로 늘어나기 시작했다. 학원연합회 회장 정병두는 매스컴을 통해 미래가 없는 입시위주의 공교육과 정면대결을 불사하겠다고 말해 공교육과 사교육 사이에서 갈팡질팡하는 학부모만 대거 양산하는 혼란정국이 만들어졌다. 한마디로 대한민국은 기성세대부터 자라나는 아이들까지 무엇을 믿어야 할지 몰라 불신공화국으로 치닫고 있는 형국이었다. 이에 여러 외신들은 한국은 더 이상 미래의 투자국으로 부적합하다는 기사를 가감 없이 게재했다. 나아가 국제신용평가기관인 무디스는 한국의 미래 신용도를 대거 하락시켜 한국의 경제에 어두운 그림자를 불러들이는 국제적 냉정함을 보여주었다. 이에 경제, 문화적 위기를 느낀 박미혜 대통령은 대국민 특별담화문에서 국사시간을 대폭적으로 늘리겠다고 발표했다. 하지만 양식 있는 학자들은 방법의 효율성에 문제를 제기하고 나섰다. 그들의 주장에 따르면 지금 시급한 건 교육계의 올바른 역사교육 정립이 선결과제이지, 국사시간 늘리기는 언 발에 오줌 누는 정책이라며 비난하기도 했다. 일각에선 중국의 진짜 의도가 무엇인지, 파악하는 게 급선무라고 말하기도 했다. 중국의 태극기 반환 사건은 그야말로 한국을 혼란정국으로 치닫게 만들기에 충분한 사건이었다.

그 무렵, 강인후는 시골마을 스승의 집에서 조마조마한 시간을 보내고 있었다.

헝클어진 머리에 수염이 덥수룩한 모습은 누가 보아도 이전의 강인후는 아니었다. 무엇을 생각하고 있는지, 그의 초점 없는 눈은 부슬거리며 마당으로 떨어지는 빗방울을 한참이나 바라보았다. 벌써 이틀 넘게 내리는 비는 쉽게 그칠 기미를 보이지 않고 있었다. 무더운 여름날을 식히기라도 할 것처럼 기와지붕을 타고 처마에 이른 빗방울은 쉬지 않고 너른 마당을 적셨다. 강인후는 툇마루에 걸터앉아 하염없이 떨어지는 빗방울을 바라보았다. 주마등처럼 스쳐지나가는 지난 사건의 연속은 마치 한편의 영화와도 같은 이미지로 다가왔다. 그 이미지는 떨어지는 빗방울 속에 그대로 녹아들어가 있는 것만 같았다. 사라졌다가 또 다시 재현되는 무수한 반복이 암울한 미래를 더욱 어둡게 만들어 주었다.

강인후가 신수정의 스승의 집으로 피신한지 열흘의 시간이 흘러

있었지만, 그동안 스승은 이병호의 USB에 대해서 어떤 언급도 없었다. 강인후와 신수정이 열흘 넘게 이곳에서 한 일은 스승을 따라 밤 깊은 산을 오르는 것이 전부였다. 하루도 빠지지 않고 매번 오르는 산길에서 스승이 한 말은 고작 단 한 마디였다.

'하늘이 보이는가.'

스승은 풀리지 않는 화두를 제시하고 있는 것 같았고, 해답을 찾을 수 없는 물음은 그의 가슴을 더욱 애 닳게 만들었다. 답을 찾을 수 없을 것 같은 질문의 연속으로 강인후는 스승의 존재가 점점 부담스럽게 느껴지고 있었다.

'과연 스승이 내 누명을 벗겨줄 수 있을까?'

암울한 나날이 언제까지 지속될지 몰라 그의 얼굴이 몹시 찡그려졌다. 마치 가슴 한구석에 커다란 바위가 자리 잡고 있는 콱 막힌 기분은, 세상의 개벽이 찾아와야 트일 수 있을 것만 같았다. 언제까지 이러고 있어야 한단 말인가. 그의 입에서 탄식 섞인 한숨이 흘러나왔다.

"인후 씨, 여기서 혼자 뭐하세요?"

언제 다가왔는지 신수정이 미소를 지으며 말했다.

강인후는 고개를 돌려 잠시 그녀를 바라보다가 이내 말없이 마당으로 시선을 던졌다.

언젠가 여기도 경찰이 들이칠 것이다. 아니 어쩌면 구영민을 살해한 그 놈이 먼저 올 수도 있다. 나로 인해 무고한 사람들을 피해보게 만들 수 없다. 어떻게 해야 하나. 무수한 생각들이 머릿속을 헤집고 다녔다.

그때 마당을 가로질러 들려오는 소리에 두 사람의 눈길은 작은방을 주시했다.

"스승님이 부르시네요."

신수정이 못 박힌 듯 앉아있는 강인후를 잡아끌었다.

방안으로 들어서니 묵향이 가득했고, 스승은 이제 막 일을 끝냈는지 붓을 내려놓았다.

"이걸 벽에다 걸어주겠나?"

스승이 근엄하게 말했다.

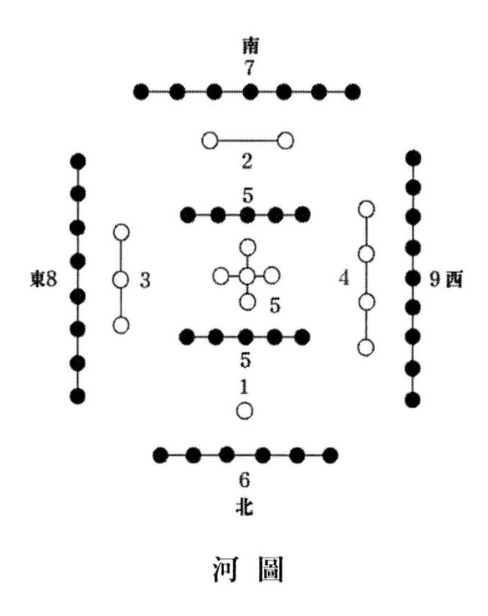

河 圖

그림을 바라보는 강인후의 가슴이 심하게 뛰기 시작했다. 스승이 그린 그림은 검은 점과 흰 점, 총 쉰다섯 점으로 그려진 '하도'였다.

드디어 이병호 교수의 메시지를 풀었단 말인가. 그는 두근거리는 가슴을 진정시키고 자리에 앉았다.

스승은 잠시 감고 있던 눈을 뜨며 입을 열었다.

"저 그림에서 무엇이 보이는가?"

스승은 대답을 기다리지 않고 바로 말했다.

"하도 속에는 하늘의 이치가 다 들어있어. 검은 점과 흰 점은 음양陰陽을 나타내고 동서남북으로 배열된 숫자는 우주의 순환방식을 말해주는 것이야."

"그럼, 이병호 교수의 메시지는 무엇입니까?"

강인후가 급하게 물었다.

"이 교수의 메시지는 자네의 누명을 벗겨줄 수 없어. 우리나라 강단사학자들의 민족의식이 바뀌지 않는 한, 자네는 누명을 벗을 수가 없을 것이야. 그 정점에 이상문이 우뚝 서있어."

스승은 이미 모든 사건의 발단을 알고 있는 것처럼 말했다.

"이상문이 누굽니까?"

스승은 강인후의 물음에 아무 말 없이 눈을 감았다. 꾹 다문 입술이 떨어지지 않을 것처럼 보였다. 한참 스승의 묵묵한 모습을 바라본 강인후는 이내 포기하고 스승의 방을 나섰다. 한 가닥의 희망이 그의 가슴속에서 잠시 머물다 물거품처럼 사라지고 있었다. 그는 곧바로 비 내리는 마당을 가로질러 대문 밖으로 나와 담배를 빼 물었다. 그토록 갈망하던 기대가 무너지면서 그의 담배연기는 흔적을 남기지 않고 멀어져 갔다.

"사실, 스승님은 대학시절 제 은사님이셨어요."

언제 따라 나왔는지 신수정이 처마 밑에 웅크리고 앉으며 말했다.

"스승님이 대학교수이셨다구요?

"네. 고고학 교수님이셨어요."

"대학교수까지 하셨던 분이 무엇 때문에 이런 산골에 들어와 계시는 겁니까?"

신수정의 얼굴에 일순 분함과 함께 슬픔이 묻어났다.

"학문적 패권을 쥐고 있는 강단사학계는 양심 사학자인 스승님의 존재를 더 이상 두고 볼 수 없었어요."

잠시 말을 멈춘 신수정의 눈가에 이슬이 맺혔다.

"스승님은 우리나라의 강단사학계가 일제강점기 식민사학자들에 의해 조작된 학문을 답습하고 있다고 해도 과언이 아니라고 말씀하셨어요. 이에 염증을 느낀 스승님은 스스로 학계를 떠나 초야에 묻혀 지내시는 거예요. 저도 그때 스승님을 따라 나선 거구요."

"식민사학자들에 의해 조작된 학문이요? 무슨 근거로 그런 말씀을 하셨던 겁니까?"

"아직은 때가 아니라고만 말씀하셨어요. 하지만 언젠가는 말씀해 주실 거예요."

강인후는 어디까지가 진실인지 도저히 이해하기 힘들었다.

"그럼, 이상문이라는 사람은 누굽니까?"

신수정은 언젠가 들어본 것 같은 이름에 고개를 갸웃거리며 생각했다. 하지만, 잘 기억이 떠오르지 않는 것 같았다.

"글쎄요. 잘 모르겠는데요. 근데 왜 그러시죠?"

"스승님이 말씀하시…. 아닙니다."

얼버무린 강인후는 신경질적으로 다시 말했다.

"그렇게 역사에 대해 잘 아시는 분이 이런 산골에서 고작 역학을 하시고 있는 이유가 뭡니까?"

강인후의 말에 신수정이 발끈하고 나섰다.

"그렇게 함부로 말하지 마세요. 고대역사는 샤머니즘의 역사예요. 샤머니즘의 역사를 해석하는 과정에서 주역周易은 엄청난 비중을 차지하고 있는 학문이구요. 그리고 역학은 우주 삼라만상의 변화를 연구하는 학문이기도 해요. 현대인들의 역학을 폄훼하는 경향은 지극히 몰지각한 발상이에요. 그리고 이 교수님의 하도河圖 또한 역학의 분야이기도 하구요."

단숨에 말을 마친 신수정이 강인후를 똑바로 바라보았다.

둘 사이에 한참이나 불편한 침묵이 흘렀다.

"미안합니다. 화가나다보니 저도 모르게 실언했네요."

강인후는 자신의 말실수를 인정하고 사과했다.

"인후 씨, 현실이 힘든 거 알아요. 본의 아니게 사건에 휘말려 도망치고 있는 심정은 당사자가 아니면 짐작조차 할 수 없겠죠. 우리 스승님을 믿어보기로 해요."

강인후는 신수정이 사용한 우리라는 표현에 묘한 일체감을 맛보았다.

선명단 단장 권충대, 대통령을 만나다

서산에 해가 걸려있는 것으로 보아 길고 긴 여름의 낮 시간은 이제 얼마 남지 않은 것처럼 보였다. 인적이 있을 것 같지 않은 깊은 산속은 날짐승들의 울음소리로 가득 찼다. 그때 숲을 가로지르는 기괴한 모습의 덩치 큰 사내의 모습이 보였다.

그렇게 살인청부업자 명은 숲속에서 무언가를 찾고 있었다. 주위를 한참이나 두리번거리던 그의 눈길이 무엇을 찾았는지 비스듬히 드러누운 아름드리 고사목에 이르러 멈췄다. 고사목으로 향하는 그의 얼굴에 잔인한 미소가 번지고 지나갔다. 명이 고사목에 이르자, 시커먼 입을 벌리고 있는 반쯤 패인 썩은 둥치가 모습을 드러냈다. 명은 주저 없이 썩은 둥치의 어마어마한 입속으로 자신의 큰 몸을 밀어 넣었다. 썩은 둥치가 그의 큰 몸을 순식간에 삼켰다. 잠시 후, 크고 묵직한 가방 두 개를 양손에 들고 나온 명은 지퍼를 개방해 내용물을 하나하나 바닥에 내려놓았다. 소음기를 장착한 권총의 검붉은 빛깔은 붉은 노을을 받아 마치 핏빛을 연상시켰다. 살벌한 기운이 전해졌다. 핏빛으로 물든 권총 서너 자루를 바닥에 내려놓은 명은 다른 가방의 지퍼를 개방했다. 그곳에서 나온 대여섯 자루 짧은 검과 대검이 예리한 날을 세우고 그를 살벌하게 바라보았다. 명이 무서운 눈빛으로 대검을 움켜쥐자, 냉혹한 기운이 그의 전신을 훑고 지나갔다.

명이 지금 바라보고 있는 무기는 십수 년을 살인청부업자로 살아왔던 그에게도 한 번도 사용한 적이 없는 무기였다. 하지만 지금은 달랐다. 강인후는 명의 자존심을 곳곳에서 구겨놓았다. 상상조차 할 수 없는 치욕은 명의 가슴을 분노로 물들이기에 충분했다. 명은 아무도 없는 숲속에서 잇 사이로 잔인하게 소리쳤다.

"그 누구도 강인후에게 손을 댄 자는 결코 용서하지 않는다! 강인후는 내 삶의 목적이고 전부이다!"

목소리에 놀란 새들이 푸드덕 날아올랐다.

검은색의 지프가 서울 송파구 가락동에 위치한 국립경찰병원에 도착한 시간은 자정을 넘어 새벽이 가까운 시간이었다. 비가 그친 도로에서는 한여름의 열기를 머금은 수증기가 하늘로 오르고 있었다. 하얀색의 건물은 피어오르는 안개에 휩싸여 흡사 거대한 장례식장의 모습과도 같았다.

지프에서 내린 명은 곧장 병원으로 들어섰다.

새벽시간의 병원 접수대기실은 사람의 그림자도 보이지 않았다. 수십 개의 텅 빈 의자만이 병원을 지키고 있었다. 명은 입원실이 위치한 층으로 올랐다.

오늘 명의 사냥감은 본청 김 경감이었다. 김 경감은 강인후에 앞서 반드시 해치워야 할 대상이자, 구겨진 자존심을 조금이라도 회복시킬 먹잇감이었다. 하지만 무엇보다도 강인후의 공포를 최대한 유발시키자는 게 목적이었다.

명은 입원실의 명부를 확인하며 천천히 복도를 걸었다. 한참을 걸어가니 좌우로 갈라진 복도가 나왔다. 복도 끝에 다다른 명은 잠시 서 있다가 우측으로 방향을 틀어 발을 옮겼다. 순간 그의 고개가 뒤로 돌아가며 발걸음을 멈춰 세웠다. 그가 훑고 지나간 것은 입원자 명단이었다. 명은 급히 발을 돌려 입원실로 향했다. 김 경감의 입원실을 지키고 있는 경찰은 의자에 앉아 꾸벅꾸벅 졸고 있었고, 문은 굳게 닫혀 있었다. 소리 없이 다가간 명이 경찰의 목을 잡고 비틀었다. 경찰은 그것으로 영원한 잠속으로 빠져들었다. 쓰러진 경찰을 의자에 기대놓자, 마치 자는 모습과도 같았다. 명은 안심하며 입원실로 들어섰다. 침대에 누운 김 경감은 깊은 잠에 빠져 있는 듯 코고는 소리가 들렸다. 명이 시트를 잡아 천천히 김 경감의 얼굴로 가져갔다. 시트를 말아 쥔 손이 주먹을 쥐면서 힘줄이 불거졌다. 그때였다. 인기척에 눈을 뜬 김 경감의 얼굴이 공포로 물들었다. 명은 주저 없이 시트로 김 경감의 얼굴을 감싸고 힘껏 눌렀다. 김 경감의 발악은 오래갔다. 명의 시트를 잡은 손의 힘줄이 터질 듯이 부풀었다. 잠시 후 발버둥 치던 김 경감의 팔과 다리가 힘을 잃고 축 늘어졌다.

"그 누구도 강인후에게 손을 댄 자는 결코 용서할 수 없다."

명이 작게 소리쳤다.

작은 목표를 달성한 명의 얼굴에 흡족한 미소가 번졌다.

잠시 후, 검은 색의 지프가 경찰병원을 빠져나갔다.

국립경찰병원의 살인사건은 중국의 태극기 반환 사건과 맞물리면서 혼란정국에 기름을 부어놓은 것과도 같았다. 일간지에 게재한 기사가 국민들을 더욱 불안에 떨게 만들었고, 강인후의 대범함에 치를 떠는 인터넷 댓글이 세상을 떠들썩하게 만들었다. 그것은 일간지에 실린 기사 때문이었다. 일각에서는 기사의 내용을 근거 없는 억측이라고 말하는 자도 있었지만, 그럴수록 강인후는 엄청난 인물로 부상하고 있었다. 연일 신문의 첫면을 장식하는 강인후 사건은 사회의 이목을 집중시키기에 충분했다.

'공권력에 도전하는 강인후는 엄청난 조직을 갖고 있을 것이다. 강인후를 추격했던 경찰은 그의 분노를 사기에 충분했고, 강인후의 명을 받은 조직원이 김 경감을 살해했을 것이다. 춘천에서의 두 명의 경관살해도 강인후의 명령에 의해 이루어졌을 것이다.'라는 추측기사는 경찰 내부에서까지도 혼선을 가중시킬 정도였다.

허름한 여관방에서 신문을 펼쳐든 명은 호탕한 웃음을 웃었다. 모든 것은 자신이 의도한 방향으로 움직이고 있었다. 명은 산속에서와 같이 잇 사이로 잔인하게 내뱉었다.

"강인후, 피를 말리는 공포가 어떤 건지 보여주마."

그 시각, 문화재청장 이상문은 완공을 코앞에 두고 있는 삼천궁녀낙화암 복원 현장을 시찰하고 집무실에 앉아있었다. 착공 초기부터 국민의 지대한 관심과 성원을 등에 업은 역사 살리기 복원 현장은 시간이 가면서 관광객들의 환심을 독차지하는 역작으로 평가받고 있었다. 낙화암을 올려보는 강가의 폭은 두 배로 늘어났고, 모래 채취선을 이용해 깊어진 수심은 검푸른 빛깔의 위용을 드러내고 있었다. 중국의 태극기 반환 주장은 국민들의 역사에 대한 관심을 크게 증폭시켰고, 국민들 사이에서 역사 복원의 선봉으로 나선 이상문을 존경하는 열기가 새롭게 나타나고 있었다.

복원된 모습의 삼천궁녀낙화암은 세계인들의 가슴을 울리며 감동을 선사할 것이다. 이제 얼마 남지 않았다. 나는 이로써 명예를 드높이고 드높인 명예는 자자손손 이어질 것이다. 이상문은 생각하며 흡족한 미소를 지었다. 그의 미소 위로 강인후와 명이 동시에 지나갔다. 미소와 분노, 암울함이 동시에 그의 얼굴을 기묘하게 일그러뜨렸다. 그때 노크 소리에 이어 집무실의 문이 벌컥 열렸다. 성큼성큼 책상 앞으로 다가온 위무광은 들고 있던 신문을 책상 위에 던지듯 내려놓았다.

"사회면을 보시죠."

순간 이상문은 자신이 잘못 들었다고 확신하고 싶었다. 위무광의 어투는 분명 질책성이 묻어있는 어투였다. 이상문은 끓어오르는 분노를 꾹 참고 신문을 넘겨 사회면을 살폈다. 일순간 그의 눈이 몹시 흔들렸다. 그리고 위무광의 어투를 이해했다.

"청장님의 경솔한 행동이 낳은 결과입니다."

이상문은 명의 대범한 범죄행각에 혀를 내둘렀다. 자신의 경솔한 판단에 발등을 찍고 싶었고 명을 고용한 실수를 인정했다.

"이제, 이 사건은 엉뚱한 방향으로 흐르고 있습니다."

이상문은 위무광의 소리가 들리지 않았다. 기자가 어떻게 구했는지 병원 CCTV에 찍힌 명의 사진은 대문짝만하게 실려 자신을 바라보고 있었다.

"명의 의도가 무엇이라고 생각하오?"

이상문이 가까스로 물었다.

"아직은 모릅니다. 하지만 분명한 건, 그놈은 양날의 칼을 쥐고 있는 놈입니다. 서둘러 놈을 제거하지 못하면 어떤 결과가 다가올지 장담할 수 없습니다."

이상문은 신문의 추측기사가 사실이길 바랐다. 그렇게 된다면 강인후가 모든 것을 뒤집어쓰고 있는 형국이었다. 하지만 이상문은 명의 목표가 무엇인지 알 것 같았다. 자신의 승용차에서 보았던 명의 눈빛을 결코 잊을 수 없었다.

'이 일에서 손 떼시오. 약속된 돈은 줄 테니 당분간 서울을 떠나있으시오.'

그때 명의 얼굴은 분노의 치욕감으로 상기된 얼굴이었다.

'내 이름은 명입니다. 내 이름을 기억해 두시오.'

명의 마지막 말이 또다시 그의 귓전을 울렸다.

머리에 두건을 두르고, 한 손에 성경책을 든 여자가 횡단보도를 건너고 있었다. 그녀는 주위를 살피더니 차들이 오가는 교차로를 지나 인도에 위치한 포장마차로 들어갔다.

한길 건너에서 여자를 살피던 양복들이 예리한 시선으로 사방을 휘둘러보았다. 여자가 들어간 포장마차는 사방이 트여 눈에 잘 띄는 곳이었다. 경호실장 하진철은 만약을 대비해 긴장을 늦추지 않았다.

안으로 들어서니 포장마차는 생각보다 넓었다. 한쪽 구석으로 조리대가 보였고, 대여섯 개의 원탁테이블이 저마다의 자리를 차지하며 손님들을 기다리고 있었다. 조리대에선 파마머리의 중년을 넘긴 듯 보이는 여자가 졸아드는 어묵국물에 육수를 퍼 담았다. 이른 저녁시간인지, 구석진 테이블에서 작업복 차림의 중년의 남자만 우동을 먹고 있었다.

권충대는 여자가 들어오자, 급히 자리에서 일어나 허리를 숙였다.

"누가 알아보면 어쩌려고 이러세요."

박미혜 대통령은 황급히 손을 뻗어 권충대를 앉혔다.

권충대는 대통령이 어떤 이유로 자신을 이곳에서 만나자고 했는지 궁금했다. 한 가지 짐작할 수 있는 건, 외부에 알려지지 않고 자신에게만 말하고 싶은 그 무엇이 있을 것이라는 짐작뿐이었다.

주인여자가 두 사람의 테이블로 주문한 소주와 꼼장어를 가져왔다.

"어, 그런데 손님은 우리나라 큰 언니하고 너무 닮으셨네요."

주인여자는 뚫어지게 대통령의 얼굴을 살폈다. 권충대가 순간 긴장했다.

"이건 비밀인데요. 사실 청와대 큰 언니는 가짜이구요. 제가 진짜

예요."

대통령의 능수능란함에 권충대는 웃음을 터트렸다.

"얼굴색 하나 안변하고 거짓말 하시는 걸 보니 정치하셔도 되겠네요."

가볍게 응수한 주인여자가 말을 마치고 조리대로 향했다.

주인여자의 정치인에 대한 냉소주의가 느껴져 두 사람 사이에 잠시 어색한 침묵이 흘렀다.

대통령이 어색한 분위기를 깨려는 듯 먼저 말문을 열었다.

"이런데 가끔 오세요?"

"네. 무엇보다 사람 사는 냄새를 맡을 수 있어서 가끔 찾아오는 편입니다."

"부럽네요. 사실, 이 자리에 있다 보니 답답한 게 한둘이 아니랍니다. 마음대로 말할 수도 없고, 행동할 수도 없고, 어쩔 때는 내 자신의 진짜 모습이 무엇인지 몰라 심각한 고민에 빠진 적이 한두 번이 아니에요."

권충대는 대통령의 의중이 무엇인지 파악하려고 애썼다.

대통령은 물잔을 들어 소리 나게 물을 들이켰다.

"그렇지만 저는 그렇게 못해도 우리 국민은 마음대로 말할 수 있게, 마음대로 행동할 수 있게 해주어야만 합니다. 국민의 안전과 권익을 보호해주어야 하는 게 정부의 의무인 동시에 제 책무이기도 하구요."

대통령은 잠시 생각하는지 말을 멈췄다가 다시 이었다.

“지금, 마음대로 말할 수도 없고, 행동할 수도 없는 사람이 있어요.”

권충대는 비로소 대통령의 의중이 무엇인지 알 것 같았다.

“강인후를 말씀하시는 겁니까?”

대통령의 얼굴이 놀라움을 표했다.

“역시 알고 계셨군요.”

“하지만 내막은 모르고 있습니다.”

분한 표정이 대통령의 얼굴에 묻어났다.

대통령은 권충대에게 한참의 시간동안 사건의 내막을 설명했다.

권충대는 충격을 받은 듯 입이 벌어졌다.

“USB가 어떻게 강인후의 손에 들어갔는지 모르겠지만, 우리는 강인후를 잡기 위해 그를 누명 씌웠던 겁니다. 어차피 USB만 확보하면 풀어줄 계획이었죠. 이제 와서 하는 얘기지만 잘못된 판단이 일을 그르쳤다는 걸 순순히 인정합니다.”

“그런데 강인후는 예상을 뒤엎고 경찰의 수사망을 피해 다니고 있다는 말씀이군요.”

권충대가 대통령의 말을 대신했고, 대통령은 고개를 끄덕였다.

“국가정보원에 의하면, 최근 들어 중국우익세력의 활발한 움직임이 포착되고 있다고 합니다. 여기서 짚고 넘어갈 점은 중국 양심사학자 쉬안핑과 이병호 교수의 연구 자료가 그들의 심기를 자극했다는군요. 필시 USB에는 무언가 비밀스러운 연구 자료가 들어있을 겁니다.”

권충대가 귀를 기울였다.

"USB가 어떤 내용을 담고 있기에 중국우익이 쉬안펑과 이병호 교수의 USB를 찾으려고 하는지 그것을 알아봐 주세요. 그리고 이상한 건, 태극기 반환 사건이 있은 직후 이상문 문화재청장이 중국으로 출국했었다는 정보를 입수했어요. 그가 만난 사람은 전前 중국인민해방군 사령관 장저우라는 인물입니다. 장저우는 중국우익세력을 움직이는 실세로 우리 국가정보원은 파악하고 있어요."

순간, 권충대가 눈을 크게 떴다.

'실수다. 장저우와 이상문 청장, 그렇다면 우리의 존재를 알고 있을 가능성이 크다. 너무 가깝게 접근했다.'

권충대는 자신의 실수를 인정했다.

손님이 들어오는 소리에 대통령은 잠시 말을 끊었다가 다시 말했다.

"이상문 청장이 어떤 이유로 장저우를 만났는지 알아봐 주세요. 태극기 반환 사건과 어떤 연결고리가 있을 것으로 생각하고 있습니다."

대통령은 소주잔을 입에 대고 내려놓았다. 술을 잘 못하는 것처럼 보였다.

"그리고 중국정부는 장저우를 지원하고 있어요. 그렇다면 강인후가 가지고 있는 USB는 학문의 영역을 넘어선 그 무언가가 있을 것이라는 판단입니다."

"그럼, 강인후 수배는 어떻게 되는 겁니까?"

"매우 유감이지만, 강인후 체포수사는 중단할 수 없어요. 중국에서 이를 눈치라도 챈다면 그들의 의도를 파악하기는 힘들어요."

대통령의 얼굴에 안타까운 기색이 스치고 지나갔다.

대통령의 말은 현정국 경찰청장의 수사는 그대로 진행이 된다는 것이었고, 자신에게 주어진 임무는 비밀임무라는 것을 뜻하는 말이었다. 권충대는 대통령이 왜 자신을 이곳으로 부른지 이해했다. 그것은 청와대에 혹시라도 있을 제3의 눈을 피하는 방편이라고 생각했다.

"그리고 사과할게 있어요."

권충대는 짐작이 가는지 자세를 바로 했다.

"국가적 중차대한 사안에 권 서장님의 강직한 성품은 중국을 자극할 수 있다고 판단해 사건을 본청으로 이첩시켰던 겁니다."

권충대는 비로소 사건의 내막을 전부 이해할 수 있었다. 그리고 본청 김 경감의 뻣뻣한 자세도 이해했다. 또한 자신들의 존재가 이상문과 장저우에게 이미 들어갔을 수도 있을 것이라 생각하니 팽팽한 긴장감이 몸을 감고 돌았다.

"그럼, 혹시 이병호 교수의 죽음이 중국과 관련이 있지 않을까요?"

권충대가 물었다. 달리 생각할 여지가 없는 질문이었다.

"그것 역시도 서장님이 밝혀내셔야 합니다."

어느새 대통령의 소주잔은 바닥을 보이고 있었다. 권충대가 대통령의 술잔에 소주를 채웠다. 소주병을 잡은 손에 절로 힘이 들어갔다.

"서장님도 아시다시피 중국대사관에 걸린 태극기의 내려오는 속도가 요즘 들어 조금 빨라졌습니다. 아마도 장저우의 영향일 것으로 파악하고 있어요. 태극기가 땅으로 내려오기 전에 무엇을 알아내야 합니다. 그리고 지원 병력이 없다는 건 서장님이 잘 아실 겁니다."

대통령은 말을 마치고 소주를 단숨에 들이켰다.

주어진 임무는 철저한 비밀 속에서 진행시켜야 한다. 권충대는 소주잔을 들어 단숨에 삼켰다. 비어있는 소주잔 속에 윤철훈과 백웅민의 얼굴이 담겨 있었다.

한편, 강인후와 신수정은 변함없이 스승에게 이끌려 산을 오르고 있었다.

어둑어둑한 산골짜기를 기어오르는 두 사람의 입에서는 헉헉거리는 지친 숨이 계속됐다. 앞서가는 스승은 두 사람을 놀리기라도 하려는 듯, 산을 오를 때부터 뒷짐진 손은 풀어질 기미를 보이지 않았다. 산을 오른 지, 서너 시간은 족히 지난 것 같았다. 석양빛을 받으며 올랐던 붉은 산은 어느새 짙은 어둠이 내려 앉아 한치 앞도 볼 수 없는 암흑의 검은 산으로 변해있었다. 마치 강인후의 어두운 마음을 보여주고 있는 것 같았다. 가파른 언덕이 계속되면서 육체적 피로감과 정신적 고달픔이 그의 가슴을 낙심으로 가득 채웠다. 스승의 말처럼 나는 정말 이 난국을 헤쳐 나올 수 없단 말인가. 그런데 스승님은 대체 무엇 때문에 우리를 산으로 이끄는 것인가. 여기에서 무엇을 얻을 수 있을까. 모든 게 부질없게 느껴졌고, 시간 낭비처럼 보였다. 문득 군 시절 혹한의 추위 속에서 비무장지대 매복 당시가 떠올랐다. 참기 힘든 추위와 배고픔으로 당시엔 벗어나고 싶었던 그 시절이 그리웠다. 강인후는 자신의 암울한 앞날에 한숨이 절로 나왔다.

"앞날이 걱정되는가?"

스승은 마치 강인후의 속을 들여다보기라도 하는 것처럼 물었다.

"아닙니다. 단지 옛날이 생각났을 뿐입니다. 이 교수님의 메시지는 무엇을 말하고 있는 겁니까?"

"진실은 이미 세상에 나와 있어. 다만 그것을 보는 눈이 없을 뿐이야. 아직은 때가 아니네."

스승은 혼잣말처럼 낮게 중얼거리고 길게 숨을 내뱉었다. 입가에 의미를 알 수 없는 슬픈 미소가 스치고 지나갔다.

신수정은 그저 묵묵히 스승의 뒤를 따를 뿐이었다.

십여 분을 더 오르니 달빛을 받은 산 정상의 커다란 바위가 세 사람을 기다리고 있는 것처럼 보였다. 두 사람은 스승을 따라 넓고 평평한 바위에 몸을 내렸다. 스승이 아무 말 없이 고개를 들자, 두 사람은 스승이 바라보는 방향으로 고개를 들었다. 밤하늘에는 마치 아름다운 보석을 뿌려놓은 것처럼 무수한 별빛이 반짝거리고 있었다. 그렇게 그들은 밤 깊은 산속에서 한참을 말없이 하늘만을 바라보았다.

"지금 걸터앉은 바위가 멈춰있는 것처럼 보이는가. 아니면 움직이는 것처럼 보이는가?"

하늘로 시선을 고정한 스승이 낮게 물었다.

강인후와 신수정은 화두와 같은 스승의 질문이 대답을 듣기 위한 물음인지, 혼자만의 물음인지 몰라 어정쩡한 얼굴이 되었다.

스승이 두 사람을 살피고 다시 말했다.

"세상에 멈춰있는 것은 아무것도 없는 법이네."

스승이 또 물었다.

"자, 하늘을 보게. 하늘이 움직이는 게 느껴지는가?"

"죄송합니다. 무슨 말씀이신지 저는…."

강인후는 도저히 참을 수 없는 듯 자리를 박차고 일어서 신수정을 바라보았다.

그녀는 스승의 물음이 무엇인지 깨달은 듯, 두 눈을 감고 깊게 호흡하고 있었다. 마치 궁극의 깨달음을 얻으려는 수도자와도 같은 모습이었다.

"머리를 비우고 마음의 소리를 들어보게."

멋쩍은 강인후가 신수정을 따라 살며시 눈을 감자, 순간 고요가 찾아왔다. 그의 머릿속에서 잠시 머물던 고요는 들숨과 날숨의 호흡과 하나가 되면서 어느 순간 아무것도 느낄 수 없는 무념무상의 상태가 되었다. 아무것도 느끼고 볼 수 없는 무념무상의 상태가 지속되는 사이 그의 머릿속으로 흰 점과 검은 점들이 빙글빙글 돌며 자리를 잡았다. 순간 그의 눈이 번쩍 뜨였다. 강인후가 본 것은 '하도'였다.

"속을 감추고 있는 그 어떤 것도 내려놓을 준비가 되었는가."

신수정이 고개를 끄덕이고 일어서 옷고름을 풀자, 눈부시게 하얀 나신이 드러났다. 잠시 구름에 몸을 감추고 있던 달빛이 고개를 내밀어 그녀의 목덜미를 지나 수줍게 솟은 젖가슴에 잠시 머물렀다. 여체의 아름다움에 취한 달빛은 미끄러운 곡선을 타고 내려가다, 빛깔고운 복숭아와도 같은 엉덩이를 지나쳐 매끄러운 허벅지를 쓰다듬고 발끝으로 미끄러졌다.

신수정의 벗은 몸을 바라보는 강인후 역시 실오라기 하나 걸치지 않은 나신이었다. 하지만 두 남녀의 눈에는 어떤 욕망도 묻어있지 않았고, 마치 하나의 고귀한 생명체의 경이로움을 서로에게서 느끼고 있는 눈빛이었다.

"마음의 눈으로 바라볼 때 궁극의 모습은 내게로 찾아오는 법이야."

강인후는 스승의 말뜻이 무엇인지 알 것 같았다.

"음양의 조화가 이 우주를 움직이는 것이네. '하도'는 그것을 표현해 놓은 그림이야. 우주창조의 설계도와도 같은 것이지."

휘영청 솟은 달빛은 언제까지나 두 사람을 어루만지고 있을 것만 같았다.

"자네들의 육체는 작은 우주를 형상화한 완벽한 한 쌍이야. 한 치의 오차도 있을 수 없는 음양의 조화, 대자연의 이치이기도 하지."

실바람이 두 사람을 포근하게 어루만지고 지나갔다.

"태극, 팔괘의 끊임없는 순환은 처음과 끝을 나타내고, 하도는 태극, 팔괘의 우주적인 이치를 설명해주고 있어. 하지만 이 모든 것들은 우주의식과 하나 되는 순간에 보이는 법이야."

스승의 주문과도 같은 중얼거림은 계속됐다.

"태극의 회전운동은 창조, 유지, 번성, 화합과 파괴, 분열, 소멸을 나타내는 것이고, 태극은 우주 만물이 음양의 상호작용에 의해 생성

되고 번성한다는 우주의 진리가 형상화 됐다는 걸 알아야해. 자네들의 육체처럼."

선명단 윤철훈과 백웅민의 투신

재떨이에는 담배꽁초가 수북이 쌓여 있었고, 짙은 담배연기가 좁은 실내를 가득 채웠다.

윤철훈과 백웅민은 무엇을 결심했는지 굳게 다문 입술은 결연한 의지를 담고 있었다.

윤철훈이 마지막 남은 담배 한 개비를 꺼내 물었다.

무거운 침묵이 두 사람의 주위에 맴돌았다.

"윤 경위, 다시 한 번 생각할 마음은 없나?"

윤철훈의 입술에 슬픈 미소가 스치고 지나갔다.

윤철훈은 백웅민이 무엇을 말하고 있는지 알고 있었다. 그의 가슴이 순간 아려왔다. 지금까지 보아온 성윤지는 너무 감상적이고, 지고지순한 심성의 소유자였다.

"내게 사랑은 처음부터 사치였어."

슬픔과 아쉬움이 묻어있는 말투였다.

신기루 같이 다가온 성윤지의 얼굴이 윤철훈의 눈앞으로 다가왔다 사라졌다. 목구멍에서 딱딱한 응어리가 느껴졌다.

"이제 준비는 끝났어."

말을 마친 백웅민이 일어섰다. 윤철훈이 따라 일어섰다.

"윤 경위, 아니 철훈아."

"웅민아."

두 사람은 힘찬 악수와 함께 깊은 포옹을 했다.

"이렇게 보는 얼굴이 마지막인가…."

백웅민이 손을 뻗어 윤철훈의 얼굴을 만져 보았다.

"그렇게 되는군."

붉게 충혈 된 두 사람의 눈에 물기가 맺혔다.

흰색 승합차가 요란한 소리를 내며 성수대교를 질주해 나갔다. 중간쯤에 이르자, 밤늦은 시간임에도 불구하고 수많은 차량과 사람들이 한강다리에 모여 있었다. 다리 밑에는 환하게 불을 밝힌 고무보트를 탄 구급대원들이 난간을 올려다보며 위치를 잡기 위해 바쁘게 움직였다. 구급대원들과 시민들의 시선은 모두 한자리에 꽂혀 움직일 줄 몰랐다. 승합차에서 카메라와 마이크를 쥔 남자가 간신히 사람들을 뚫고 난간 가까이에 이르러 자세를 바로 잡았다. 방송국 카메라의 환한 불빛이 기자를 비추었다. 마이크를 잡은 기자의 손이 약간 떨리며 목소리가 흘러나왔다.

"시청자 여러분, 안녕하십니까. 지금 여기는 제보자의 사실대로 투신 예고 현장입니다. 난간 위에서 화염병을 든 두 사람은 바로 얼마 전까지 경찰관이었던 사실이 밝혀져 충격을 더해주고 있습니다. 저들의 요구사항이 무엇인지 아직은 밝혀지지 않고 있습니다."

그때 난간위에서 무엇인가 펄럭거리며 내려오고 있었다. 거대한 하얀 천위에서 꿈틀대며 내려오는 붉은색과 푸른색은 분명 태극기였다. 태극기를 바라보는 사람들의 호흡이 일순간 정지했다. 바람을 타고 사람들의 머리 위에 잠시 머물던 태극기는 이내 한강의 검은 물결 위에 사뿐히 내려앉았다.

"여러분, 태극기가 보이십니까? 이리저리 흔들리고 있는 태극기가 보이십니까?"

윤철훈이 난간 위에서 소리쳤다.

간혹 지나가는 차 소리만 들릴 뿐, 사람들 틈에선 어떠한 소리도 흘러나오지 않았다.

태극기는 넘실거리는 물 표면에서 잔뜩 일그러져 있었다. 카메라가 일그러진 태극기를 클로즈업했다. 그때 구급대원이 양쪽에서 난간을 기어올랐다.

"올라오지 마시오."

백웅민이 사납게 말했다.

"요구사항이 뭡니까?"

구급대원이 물었다.

윤철훈이 손을 들어 멀어져가는 태극기를 가리키며 입을 열었다.

"여러분들이 보고 계시는 저 일그러진 태극기는 현재 우리나라의 얼굴입니다."

윤철훈의 두 눈에서 눈물이 흘렀다.

백웅민이 품에서 무엇인가 꺼내 모여 있는 시민들 위로 날렸다.

시민들이 머리위에서 하늘거리며 내려오는 수많은 작은 태극기를 바라보았다.

윤철훈이 손을 들어 작은 태극기를 가리키며 말했다.

"저 작은 태극기 속에는 안창호와 김구 선생님이 있습니다. 유관순과 김좌진 장군이 태극기 속에서 우리를 바라보고 있습니다. 그렇습니다. 태극기는 한민족의 얼과 혼이 깃든 민족의 결집력이자, 민족의 희로애락을 담고 있는 감정의 생명체입니다."

여기저기서 흐느끼는 소리가 들려왔다. 마이크를 잡은 기자의 눈에서도 눈물이 흘렀다.

"여러분께 맹세합니다. 우리들은 죽어서도 태극기를 지키겠습니다."

그때 시민들 틈에서 권충대와 성윤지가 앞으로 나왔다. 그들의 얼굴은 믿을 수 없다는 얼굴이었고, 성윤지는 악몽을 꾸고 있는 듯 멍한 표정이었다. 그녀는 윤철훈을 향한 자신의 마음에 스스로 놀라기도 했지만, 감정의 진실은 부정할 수 없었다.

"단장님, 윤 경위와 백 경위의 행동은 자의적 행동입니까?"

성윤지가 다급하게 물었다.

"어떤 대답을 원하는가."

성윤지가 고개를 숙였다. 숙인 얼굴에서 눈물이 떨어졌다.

"단장님, 아니 아빠…."

애원이 담겨있는 성윤지의 눈물 젖은 얼굴은 권충대를 바라보았다. 권충대는 얼른 시선을 다른 곳으로 돌렸다. 차마 성윤지의 순수한 얼굴을 마주 볼 자신이 없었다.

그때 반대편 차선에서 승용차가 미끄러지듯 지나가나 싶더니 갓길에 정차했다. 짙은 선팅과 컴컴한 어둠이 차량의 내부를 확인시켜 주지 않았다.

승용차 안에서 망원경을 든 위무광은 난간의 사람들을 살폈다. 틀림없었다. 강인후를 뒤 쫓던 윤철훈과 백웅민이었다. 그는 망원경을 이리저리 움직여 보았다. 그때 시민들 틈에서 귀를 찢는 비명이 터져 나왔다. 위무광의 망원경이 한강다리의 난간을 향했다. 순간 망원경을 보고 있던 그의 눈이 크게 벌어졌다. 망원경 렌즈를 가득채운 화염인간들은 잠시 하늘을 바라보다가 마치 통나무 떨어지듯 한강의 깊은 물속으로 떨어져 내렸다.

"안 돼!"

주인을 알 수 없는 목소리가 주변에 울려 퍼졌다.

모든 것을 지켜보는 위무광의 입에서 순간 비웃음이 흘렀다.

'어리석은 놈들. 목숨을 바쳐 태극기를 수호하겠다는 건가. 그런다고 한국의 역사인식은 변하지 않아. 우리가 있는 한 한국은 역사적 어항에서 결코 벗어날 수 없어.'

위무광은 겉으로는 비웃는 듯 보였지만, 그의 흔들리는 눈동자는 목숨을 바친 두 젊은 경찰들에게 존경심을 표하고 있었다.

기자와 시민들이 한강다리의 난간으로 천천히 발을 움직였다. 화염병의 잔해가 불어오는 바람에 흔들리며 윤철훈과 백웅민을 따라갔다. 성윤지는 그 자리에 주저앉아 눈을 감았다. 그녀의 감은 눈가가 파르르 떨리는가 싶더니 이윽고 뜨거운 눈물이 주르르 흘러내렸다. 승용차 안에서 이를 지켜보는 위무광의 얼굴이 몹시 일그러졌다. 그는 승용차를 출발시켜 밤늦은 한강을 벗어났다.

선명단을 집어삼킨 한강의 깊은 물살은 잠시 분노로 몸서리치다가 이내 잠잠해졌다. 물 표면의 태극기가 물속으로 사라진 윤철훈과 백웅민의 주위를 맴돌고 있었다.

서울시청 앞.

바람에 나부끼는 수많은 검은 천이 우중충한 하늘을 뒤덮으며 펄럭거렸다.

서울시내 한복판을 가로지르는 시민들의 손에는 흰색 국화가 들려있었고, 그들의 입에서는 애잔한 노랫소리가 흘러나왔다. 선두에 있는 건장한 남자들의 손에는 아주 큰 근조화환이 들려있었다. 화환 속에서 검은 띠를 두른 윤철훈과 백웅민의 사진이 몹시 흔들렸다. 태극기를 펄럭이는 시위대의 행진은 흡사 3·1운동을 연상케 하는 모습이었다.

윤철훈과 백웅민의 죽음을 애도하는 행렬은 끝이 보이지 않았다.

〈우리는 두 젊은이의 죽음을 기억해야 한다.〉〈태극기는 두 젊은이를 잊지 않을 것이다.〉 높게 솟은 기旗에 매달린 비단 위의 만장挽章은 시위대의 머리 위에서 성난 꿈틀거림을 멈추지 않았다.

윤철훈과 백웅민의 분신자살은 전 국민을 충격에 빠트렸고, 중국의 국권침탈행위에 분노한 시민들이 거리에 나와 태극기를 흔들었다. 곳곳에 배치된 전경들이 혹시나 있을 사태에 대비해 촉각을 곤두세우며 시위대를 예의주시했다.

맑았던 하늘에 먹구름이 짙게 드리웠다. 이윽고 빗방울이 하나, 둘 흩날리기 시작했다. 점점 굵어진 빗방울은 급기야 세찬 빗줄기로 변해 검은 아스팔트를 심하게 때렸다. 세찬 빗줄기 속에서도 누구하나 시위 행렬을 빠져나가는 사람은 아무도 없었고, 빗줄기를 가리는 사람도 보이지 않았다. 어린 아이들조차도 시위대의 무리 속에서 슬픈 얼굴을 하고 있었다.

어깨를 축 늘어뜨린 성윤지가 시위대 행렬에서 빠져나와 보도에 주저앉았다. 빗방울에 섞인 그녀의 눈물이 얼굴을 타고 흘러내렸다. 그녀의 두 눈에 불길에 휩싸여 고통에 몸부림치는 윤철훈의 얼굴이 그려졌다.

'얼마나 고통스러웠을까….'

급기야 그녀의 입에서 심한 오열이 터져 나왔다.

'어떻게 나한테 말 한마디 없이… 아, 무심한 남자….'

성윤지의 몸을 사정없이 때리는 세찬 빗줄기는 멈출 줄 모르고 내렸다.

그 무렵, 한국과 중국의 적대 감정을 부채질하는 대 사건이 인터넷에 떠돌고 있었다.

문화재청장 이상문이 컴퓨터 앞에서 담배를 빼 물었다. 하얀 담배연기가 그의 집무실에 넓게 퍼져나갔다. 위무광은 아무 말 없이 이상문을 지켜보았다.

담배를 비벼 끈 이상문이 현재 각 인터넷 사이트마다 검색순위 1위를 차지하고 있는 동영상을 클릭했다. 곧이어 검은 화면의 재생버튼을 클릭하자, 판자로 지어진 허름한 식당이 모습을 드러냈다.

두 사람은 숨소리를 죽이고 모니터를 바라보았다.

"태극은 우리 중국의 얼과 혼이 담겨있는 상징입니다."

중국인 노동자로 보이는 사내가 건설현장 식당에서 언성을 높이며 말했다. 안경을 착용한 모습과 곱상한 용모가 제법 학식이 느껴지는 외모였다.

"너, 말 다 했어?"

인상을 쓰며 말하는 사내의 가슴에는 현장소장 직함이 새겨진 명찰이 붙어 있었다.

"역사는 그렇게 억지를 부린다고 해서 바꿀 수도 없거니와 바뀌어서도 안 됩니다. 분명 태극은 우리 중국문명의 시조인 복희씨의 유산입니다."

반박할 수 없는 중국노동자의 말은 현장소장의 입을 다물게 만들었다.

"한국은 조상대대로 복희씨의 유산인 태극을 무단 차용했습니다. 이제 와서라도 잘못을 뉘우치고 사과해야 마땅합니다."

중국노동자는 계속해서 몰아붙였다. 현장소장은 고개만 숙이고 있을 뿐, 그의 입에서는 어떠한 소리도 흘러나오지 않았다.

바로 옆자리에서 식사를 하고 있는 한국과 중국의 노동자들은 어느새 보이지 않게 두 패로 갈려있는 표정을 짓고 있었다. 한국노동자들의 묵묵한 표정과는 달리 중국노동자들의 얼굴은 거만함까지 느껴지는 얼굴이었다.

"주체성도 없는 민족 주제에…."

중국노동자의 입에서 멸시에 가까운 소리가 흘러나왔다.

일순간 참을성을 잃은 현장소장이 들고 있던 숟가락을 집어 던지며 사납게 말했다.

"뭐라고? 다시 한 번 말해봐, 시발 놈아."

한국과 중국의 노동자들이 일제히 일어섰다.

"내가 시발, 못할 말 했어."

중국노동자가 욕설로 응수했다.

"이런 좆같은 새끼가 떼놈 주제에."

현장소장의 주먹이 휙 소리를 내며 허공을 갈랐다. 일격을 맞은 중국노동자가 피를 뿌리며 쓰러졌다.

"죽여!"

진원지를 알 수 없는 소리가 들렸다. 식탁이 엎어지며 숟가락이 날아다녔다. 식판이 부딪치는 소리와 살벌한 기운을 머금은 함성이 식당을 가득 채웠다. 뜨거운 국물을 뒤집어쓴 노동자가 비명을 터트리며 얼굴을 감싸 쥐었다. 인원수가 적은 한국노동자들이 바닥을 뒹굴며 신음을 내 뱉었다.

현장소장이 잽싸게 주방으로 뛰어들어 사방을 살폈다. 주저 없이 식칼을 거머쥔 그의 눈이 무서운 살기를 내뿜었다. 이성을 잃은 현장소장은 양손에 들린 식칼을 마구 휘둘렀다. 그의 칼날은 아군과 적군을 구별하지 않았다. 그저 보이는 대로 마구 휘둘렀다. 비명과 피를 뿌리는 아비규환이 펼쳐졌다. 십수 명의 사람들이 피를 흘리며 뒹굴고 있는 모습이 여과 없이 컴퓨터의 작은 화면을 가득 채웠다.

인터넷 상의 동영상은 여기에서 중단돼 있었다. 한 건설현장에서 일어났던 한국과 중국노동자들의 사건현장은 연일 인터넷 검색순위 1위를 차지하며 한국과 중국의 적대감정을 부추기고 있었다. 이 사건현장은 속칭 함바집으로 불리는 건설현장의 식당주인이 스마트폰으로 촬영해 인터넷에 유포시킨 동영상이었다.

꺼진 모니터를 바라보는 위무광의 얼굴이 실룩거렸다. 아마도 분노를 참고 있는 것 같았다. 이를 보는 이상문의 얼굴이 꿈틀거렸다. 꿈틀거리는 얼굴은 중국에 대한 분노인지, 한국을 걱정하는 마음인지 구분하기 힘들었다.

"복희씨의 태극사상은 영원히 우리 중국의 문화유산으로 남아있어야 합니다."

위무광의 목소리는 분노에 차 있었다.

"강인후의 행방을 찾는 게 시급합니다."

간신히 감정을 추스른 이상문이 가까스로 말했다.

위무광이 잠시 심호흡을 한 뒤, 들고 있던 지도를 펼쳤다.

"강인후의 도주로는 크게 세 군데로 요약할 수 있습니다."

펼쳐진 지도에 붉은 선의 삼각형이 그려졌다.

"알아본 결과, 여기 두 군데는 강인후와 신수정, 두 사람과 조금이라도 관련된 사람은 없는 것으로 파악 됐습니다. 그런데 여기는 정석진이라는 전직 대학교수가 살고 있는 것으로 나왔습니다."

위무광의 붉은 펜은 삼각형을 지나 한 지점에서 동그라미를 그렸다.

"정석진 씨는 한국 고대사 교수였고, 현재는 강단을 떠나 이곳에서 역학으로 생계를 꾸려나가고 있는 것으로 밝혀졌…."

"잠깐, 지금 정석진이라고 했소?"

이상문은 불현듯 무언가 생각났는지 위무광의 말을 끊으며 물었다. 그의 얼굴은 충격을 받은 듯 보였다.

"그렇습니다. 어떤 이유인지 모르겠지만, 현재 그의 생계수단은 역학입니다. 그리고 여기서 중요한 건 정석진 씨는 신수정이 대학시절 은사였던 것으로 밝혀졌습니다."

강단사학계의 이단아 정석진을 모를 수는 없는 일이다. 하지만 신수정은 강인후의 인질이다.

"인질인 그녀가 USB의 내용을 파악하기 위해 인질범인 강인후와 같이 은사를 찾아간단 말이오?"

이상문이 납득하기 힘든 얼굴로 물었다.

"여러각도로 생각해 봐야 합니다. 강인후는 어떻게 해서든 자신의 누명을 벗기 위해 USB의 내용을 파악하려고 할 것입니다. 신수정을 협박이나 회유했을 가능성을 배제할 수 없습니다. 이 과정에서 신수정이 연민을 느끼고 있을 수도 있겠다는 생각을 하지 않을 수 없습니다."

충분히 일리 있는 말이었다. 이병호의 메시지와 정석진의 고대사는 치명적인 결과를 가져올 수 있다. 경찰당국이 정석진과 신수정의 관계를 알아내기 전에 먼저 손을 써야한다. 이상문은 생각에서 깨어나며 말했다.

"일이 아주 어렵게 돌아가고 있소."

위무광이 의자를 바짝 끌어당겼다.

"장저우 사령관에게 보고하시오. 한시가 급합니다. 그리고 가급적이면 직접 개입하는 것을 삼가 주시오. 자칫하면 우리가 수면 위로 노출될 수도 있다는 것을 알아야 합니다."

잠시 생각한 위무광이 무겁게 고개를 끄덕였다.

이상문은 밀려드는 불길함에 머리를 세차게 흔들었다. 하지만 그럴수록 온몸을 죄어오는 심리적 압박감은 점점 더 자신을 죄어오는 것 같았다.

전직 중국 공안요원 우융강, 강인후를 쫓다

경기 안산역.

안산시 원곡동은 다민족 거리로 유명하다. 중국에서 건너온 조선족과 한족이 주류를 이루고 있었고 베트남과 태국, 필리핀 등 동남아시아 국가에서 건너온 노동자들이 원곡동에 대거 자리 잡고 있었다. 원곡동은 산업연수기간을 훨씬 넘긴 각국의 노동자와, 밀항으로 한국에 건너와 불법체류를 하는 노동자들로 넘쳐났고, 그들의 해방구인 셈이었다.

무더위를 품은 길고 긴 여름날은 입추를 지났지만, 수그러들 기미를 보이지 않고 있었다. 평일 오후를 갓 넘긴 시간에도 불구하고 원곡동은 거리를 배회하는 중국노동자들의 모습이 많이 보였다. 아마도 중국의 태극기 반환 여파와 건설현장에서 있었던 한국과 중국노동자들의 난투극에 중국노동자들을 차별하는 건설현장이 많아진 것 같았다.

우융강은 커피 통을 들고 바쁘게 움직이는 다방 아가씨들의 탐스러운 엉덩이를 게슴츠레한 눈으로 바라보았다. 벌써 며칠째 할 일 없이 공원에 앉아있는 그의 옆에는 대낮부터 소주병이 뒹굴고 있었다.

예리한 눈초리로 공원을 살피던 위무광의 눈길이 한 곳에서 멈췄다. 그는 재빨리 안주머니에서 사진을 꺼내 바라보았다. 틀림없는 우융강이었다.

"드디어 찾았다."

위무광이 혼잣말을 흘렸다.

위무광이 들고 있는 사진은 사령관 장저우가 보내준 것이었다. 사진 속 인물은 중국에서 뇌물과 비리를 저지르고 한국으로 도망쳐온 공안부 출신 요원이었다. 우융강은 이용하기에 적당한 인물이었다. 우융강이 의외로 빨리 자신 앞에 나타나 주어 위무광은 그를 끌어안고 싶은 충동을 느꼈다.

"일거리를 찾고 있소?"

위무광은 반가운 얼굴을 최대한 억제하고 무심한 얼굴로 말했다.

우융강이 들려오는 소리에 고개를 들었다. 건장하고 잘생긴 사내가 자신을 내려다보았다. 한쪽 눈동자가 약간 상해있었지만, 뚜렷한 이목구비는 한눈에 보기에도 상당한 미남이었다. 자신도 외모에 자신 있었지만 사내의 빛을 발하는 외모 앞에는 주눅이 드는 기분이 들 정도였다.

"사람들을 얼마나 모을 수 있겠소?"

사내가 재차 물었다.

"그런데, 누구십니까?"

우융강이 경계의 눈초리로 물었다.

위무광이 앞섶에서 위조 신분증을 꺼내 우융강에게 내밀었다.

“나는 대한민국 국정원소속의 요원이오.”

우융강은 위무광이 신분을 밝히자, 겁먹은 얼굴이 되었다.

“안심하시오. 내 요구사항만 들어주면 당신의 불법체류는 눈감아 주겠소.”

우융강은 사내의 말투에서 자신의 불법체류를 잘 알고 있을 것으로 짐작했다. 그리고 사내가 자신의 과거까지 알고 있을지 몰라 심장이 무섭게 요동쳤다. 하지만 사내는 분명히 요구사항이라고 말했다. 무언가 거래가 있을 것이라는 전직 공안요원의 직감이 발동했다.

“무슨 일인지 모르겠지만, 지금 놀고 있는 사람들은 수 없이 많습니다.”

우융강은 조심스럽게 말하며 상대방의 의중을 파악하려고 애썼다.

“내말을 잘 들으시오.”

위무광은 지도를 꺼내 강인후의 은신처를 대강 그리고 차근차근 설명했다.

“강인후의 은닉 장소로 숨어드는 사람들이 있을 것이오. 그들보다 빨리 도착해 강인후를 안전한 곳으로 피신시키시오.”

우융강은 충격을 받았다. 그리고 가까스로 물었다.

“살인을 하고 탈주한 강인후를 말하는 겁니까? 그리고 숨어드는 사람은 한국경찰을 말하는 것 아니오?”

“그렇소.”

위무광이 순순히 인정했다.

국정원 요원이 무슨 이유로 이런 거래를 하자는 것인가. 우융강은 이해하기 힘들었다. 사내는 국정원 요원이 아닐 수도 있겠다는 생각이 들었다.

"당신의 정체가 무엇이오."

우융강은 의자에서 일어나 사내를 노려보았다.

'제법인걸….'

위무광은 잠시 생각하더니 사내의 손을 잡아 의자에 앉혔다. 그리고 거절할 수 없는 쐐기를 박기로 했다.

"미안하게 됐소. 이번 일만 무사히 처리되면 중국에서 저지른 당신의 불법행위는 깨끗해질 것이오."

우융강은 충격을 받았다.

어떻게 이자가 내 과거까지 알고 있단 말인가. 우융강은 뚫어지게 사내를 살폈다.

"당신의 정체를 말하라고 했소."

"나는 자랑스러운 인민해방군 소교 위무광이오."

"인민해방군?"

"국가와 민족을 위하는 일이오. 불명예를 만회할 기회는 두 번 다시 오지 않을 수도 있소."

담배를 연거푸 빼 무는 우융강은 한참을 생각에 잠겼다. 선택의 여지는 없어 보였다.

"한국이 그렇게 호락호락한 나라는 아니지 않소. 그리고 만에 하나 일이 잘못되면 안전장치는 있어야 되지 않겠소?"

우융강은 역시 전직 공안요원이었다.

위무광은 우융강이 만만치 않은 상대라는 걸 직감했다. 그에게서 거절의 명분을 제거해야겠다고 판단했다.

"한국에는 이상문 문화재청장이 있소. 강인후만 잡으면 한국에서의 일은 아무 문제없이 처리될 것이오. 평생 신분을 숨긴 채 도망자로 살 것인지, 아니면 얼룩진 과거를 지우고 새로운 인생을 살 것인지 선택하시오. 다시 한 번 말하지만 기회는 두 번 다시 오지 않을 수도 있다는 걸 명심하시오."

"…음, 만약 약속을 지키지 않으면 지옥 끝까지라도 쫓아가서 당신을 처단할겁니다."

우융강이 무섭게 말했다.

"후후, 당연히 그래야지. 잘 생각했소."

위무광은 들고 있던 가방을 열어 두 장의 사진을 꺼냈다.

"강인후와 인질로 잡혀있는 여자의 사진이오."

우융강은 사진을 받아들고 유심히 쳐다보았다.

위무광이 양복의 안주머니에서 돈 봉투를 꺼내 내밀었다.

"그리고 이건 수고비라고 생각하고 받아두시오."

돈 봉투를 확인한 우융강은 엄청난 액수에 입이 벌어졌다.

"강인후를 안전한 곳으로 피신시키면 세 배를 더 주겠소."

우융강의 벌어진 입은 다물어지지 않았다. 이것은 사내의 요구사항이 아니라 자신의 요구사항이라고 표현해야 적당할 것 같았다. 강인후를 결코 포기할 수 없게 만드는 거래였다.

우융강은 서둘러 자신이 묵고 있는 숙소로 향했다.

돈에 눈이 먼, 십수 명의 중국노동자들이 춘천역 대합실에 모여 있었다.

"야! 빨리빨리 서둘러."

우융강은 춘천역 대합실에서 고함을 질러가며 인원을 통솔하기에 바빴다.

"우리는 강인후를 잡으러 간다. 다시 한 번 말하지만 강인후는 결코 호락호락한 놈이 아니다. 그러니 단독행동은 용납하지 않겠다."

플랫폼으로 내려선 노동자들은 마치 전장에 나가는 군인의 모습 그대로였다.

잠시 후, 노동자들을 태운 열차가 육중한 몸을 움직여 강인후를 찾아 달렸다.

그로부터 두 시간 후, 강인후를 찾아다니는 살인청부업자 명의 고성능 투밴드 무전기에서 경찰의 송신음이 울리고 있었다.

'강인후의 예상 이동경로가 파악됐다. 근처를 순찰하는 경관은 즉시 출동하기 바란다.'

명은 달리던 승용차의 운전대를 왼쪽으로 힘껏 꺾었다. 귀청을 울리는 타이어의 소음이 들리며 그의 몸이 우측으로 심하게 쏠렸다. 순식간에 승용차가 반대편 차선으로 진입했다. 마주오던 승용차가 갑자기 들어선 차를 간신히 피해 멈춰 섰다. 경음기와 급제동의 소음이 거리를 심하게 흔들었다. 한참을 달려 나가니 도로에서 한참 떨어진 지점에 작은 산골마을이 보였다. 가로등 하나 없는 어두컴컴한 시골마을을 순찰차의 경광등이 가로등 역할을 하며 달리고 있었다. 몇 갈래 길이 있었지만, 순찰차는 한 방향으로만 달렸다. 방향을 바꾸지 않고 달리는 것으로 보아 목적지는 분명해 보였다.

명의 승용차가 무서운 속도로 순찰차를 향해 질주했다. 순식간에 순찰차의 뒤꽁무니를 따라잡은 명은 전조등을 조작해 상향등을 밝혔다. 상향등이 순찰차의 내부를 또렷하게 비추어 주었다. 어깨의 계급장으로 보아 순경과 경장인 것 같았다. 공교롭게도 신수정의 집에서 자신에게 살해당한 경관들과 일치했다. 명은 불길함에 고개를 세차게 흔들었다. 일순간 명은 심한 고통에 자신의 옆구리를 부여잡았다. 강인후가 쏜 총알에 맞은 옆구리의 상처는 치유되고 아물었지만, 통증은 아주 가끔 그를 괴롭히고 있었다. 외상 후 스트레스장애 일명 트라우마. 십수 년에 걸쳐 살인청부업을 하고 있는 그로서는 지극히 평범하고 상식적인 단어였다. 하지만 지금은 그 대상이 뒤바뀐 상황이었다.

'내게 어떻게 이런 일이….'

명은 자신에게 일어나고 있는 현상을 믿을 수도, 이해할 수도 없었다.

자신에게 린치를 당하고 트라우마에 시달리고 있는 사람들을 보며 얼마나 큰 즐거움을 맛보았던가.

강인후가 자신을 내려다보며 비웃음을 흘리고 있는 모습이 그려졌다.

무슨 일이 있어도 육체적인 빚과 심리적인 빚을 모두 갚아야만 한다. 이 고통을 되돌려 주어야 한다. 강인후는 나 이외에 어느 누구도 손대서도 안 되고 손댈 수도 없다. 명은 이를 악물고 순찰차를 따라붙었다.

바로 그 시각, 중국노동자들이 강인후를 찾아 칠흑 같은 어둠이 내려앉은 마을 입구로 들어서고 있었다.

우융강은 노동자들을 잠시 불러 세우고 지도를 펼쳤다. 그의 손에서 손전등이 뱀 같은 혀를 날름거리며 지도를 훑으며 지나갔다.

"자, 여기가 강인후의 은신처다."

손전등의 혓바닥이 한 지점에서 멈췄다.

우융강은 전직 공안요원의 감각을 되살려 노동자들을 지시했다.

몇 개조로 나뉜 노동자들이 강인후를 찾아 어둠 속으로 빨려들어갔다.

스승의 집 담벼락에서 어둠에 몸을 숨기고 기회를 노리고 있던 중국노동자들이 뜻밖의 상황에 우융강의 얼굴만 바라보았다.

마을언덕 밑으로 경광등을 밝힌 순찰차가 마을 입구를 지나 흙먼지를 날리며 쏜살같이 올라오고 있었다. 순찰차 뒤로 고급승용차가 보였다.

순찰차를 바라보는 우융강의 눈은 전직 공안요원의 사나운 눈으로 돌아갔다.

이미 예상했던 일이다. 이제 더 이상 물러 설 곳이 없다. 아니 물러서서는 안 된다. 평생을 도망자 신분으로 살 수는 없다.

우윱강이 생각하는 사이에 순찰차와 경찰을 뒤쫓는 명은 점점 더 가깝게 다가오고 있었다.

우윱강은 준비해온 큼지막한 가방의 지퍼를 열고 노동자들을 불러 모았다.

“자, 빨리 옷을 갈아입고 움직여라.”

재빨리 옷을 갈아입은 노동자들이 담장에서 물러나 어둠속으로 몸을 숨겼다.

잠시 후, 스승의 집에 도착한 순찰차의 문이 열리며 김 경장과 정순경이 신속하게 내렸다. 그들의 얼굴은 몹시 긴장돼 있었고, 권총을 잡은 손에서 땀이 흘렀다. 두 경찰이 조심스럽게 대문 앞으로 발을 옮겼다. 그들은 총구를 좌우로 움직이며 앞뜰을 지나 대문 앞에 다다랐다. 뒤에 있는 김 경장이 손짓했다.

같은 시각, 강인후와 신수정은 스승의 집 마당에서 피어오르는 모깃불을 말없이 바라보고 있었다. 신수정은 하늘로 피어오르는 모깃불의 연기 속에서 강인후의 모습을 보았다. 그 모습은 산 정상에서 실오라기 하나 걸치지 않은 탄탄한 알몸의 남자였다. 순간 그녀의 귓불이 잘 익은 사과처럼 붉게 물들었다. 신수정은 들킬세라 황급히 고개를 떨어뜨렸다.

두 사람은 바로 눈앞으로 다가온 위기를 짐작도 못하고 감상에 젖어있었다.

강인후가 꺼져가는 모깃불에 쑥 다발을 던지고 자리에 앉으려고 할 때였다. 대문이 벌컥 열리는 소리에 두 사람의 눈동자가 전방을 주시했다.

두 명의 경찰이 번개 같은 동작으로 문을 열어젖히며 소리쳤다.

"꼼짝마, 경찰이다!"

강인후의 놀란 얼굴이 경찰을 바라보았다. 신수정은 전혀 예상치 못한 일에 입이 벌어져 그 자리에서 움직일 수 없었다.

"당신을 살인과 탈주, 납치혐의로 긴급 체포한다."

강인후의 손에 철커덕거리며 수갑이 채워졌다. 그 소리는 마치 지옥에서 들려오는 악마의 소리와도 같았다.

"내 집에서 무슨 소란들이오."

스승이 방문을 열어젖히며 소리쳤다.

"아무 일 없습니까?"

김 경장이 물었다.

"강인후는 아무 죄가 없는 사람이오."

듣고 보니 이상했다. 경찰이 사납게 눈을 부라렸다.

"아니, 그럼 강인후를 숨겨주고 있었다는 말입니까?"

강인후를 수갑 채운 김 경장이 눈짓했다.

"당신을 범죄은닉혐의로 긴급 체포합니다."

스승의 얇은 손목에 수갑이 채워졌다.

"이제, 우리가 있으니 안심하시오."

김 경장이 신수정을 향해 말했다. 경찰에게 있어서 신수정은 어디까지나 강인후에게 붙잡힌 인질이었다.

"저는 인질이…."

강인후는 재빠르게 신수정을 향해 눈짓했다. 더 이상 그녀를 끌어들이고 싶지 않았다.

"여기 계시는 노인분도 저의 인질이었습니다. 풀어주시오."

강인후가 차분하게 말했다. 성난 정 순경이 강인후의 안쪽 무릎관절을 내질렀다. 강인후의 몸이 휘청거리며 바닥에 쓰러졌다.

"그건, 우리가 조사할 내용이다. 건방진 놈."

정 순경이 쓰러진 강인후를 무섭게 노려보았다.

그때 앞뜰에서 수많은 발자국소리가 들려왔다. 어두운 마당으로 무수한 손전등의 불빛이 쏟아져 들어오며 십수 명의 경찰제복의 사내들이 들이닥쳤다.

경찰로 위장한 중국노동자들이 너른 마당을 가득 채웠다.

"지금부터 강인후 사건은 우리가 이첩하겠습니다."

앞서있는 우융강이 매우 권위 있게 말했다. 전직 공안요원의 몸에 밴 습성 같았다.

"지금 무슨 말을 하는 겁니까? 강인후는 엄연히 우리가 체포한 겁니다."

김 경장은 자신의 공로를 넘기고 싶지 않았다. 시골 파출소에서 조기 진급하기란 하늘의 별 따기라고 해도 과언이 아니었다. 흉악범 강인후는 분명 자신을 진급시켜줄 최고의 요건이었고, 그것은 의심할 여지가 없는 진급수단이었다. 세상 어느 경찰이 자신의 공로를 쉽게 포기할 수 있겠는가.

별안간, 그의 눈에서 불꽃이 일었다. 세상이 캄캄했다. 불시에 일격을 당한 김 경장이 의식을 잃고 쓰러졌다. 정 순경은 이해하기 힘든 사태에 어리둥절한 표정이었다. 그러고 보니 십수 명의 경찰들이 소속을 말하지 않았다는 게 스쳐지나갔다. 무언가 일이 잘못 돼가고 있다고 판단했다.

"소속을… 밝히시오."

정 순경이 더듬거리며 말했다.

웃음을 흘리며 성큼 다가온 우융강이 정 순경의 복부를 내질렀다. 엄청난 고통에 그의 허리가 반으로 접혀졌다. 구둣발이 얼굴을 강타했다. 이내 그의 눈동자가 풀리며 땅에 얼굴을 박았다.

"무슨 말이 그렇게 많아. 나는 말 많은 놈은 아주 질색이야."

우융강이 강인후 앞으로 다가갔다. 강인후가 몹시 긴장했다.

"안심하시오. 우리가 안전한 곳으로 안내하겠소."

이해하기 어려운 경찰의 공손한 말투에 강인후와 신수정은 충격을 받았다. 강인후는 대체 이들이 누군지 빠르게 머리를 회전시켜보았다. 그리고 십수 명이 넘는 경찰들을 살폈다. 거기에 구영민을 살해한 괴물의 모습은 보이지 않았다. 안도와 함께 또 다른 공포가 밀려들었다. 어쩌면 구영민과 경찰을 살해한 괴물과 한패일 수도 있겠다는 생각이 들었다.

"우리를 따라 오시오."

우융강이 스승과 강인후의 수갑을 풀어주며 말했다.

이미 선택의 여지는 없어졌다. 십수 명의 경찰들을 상대로 싸울

수는 없는 일이었다.

강인후와 신수정은 또 다른 호랑이 입속으로 들어가는 기분이었다. 강인후 사건의 전말을 알고 있는 스승 또한 매우 어두운 표정이었다.

"댁들은 누구시죠? 그리고 우리를 어디로 데려가는 겁니까?"

강인후의 물음에 우융강은 대답 없이 대문을 나섰다.

한편, 명은 어둠속에 몸을 숨기고 모든 것을 지켜보고 있었다. 그리고 이해하기 힘든 상황에 잠시 어리둥절한 표정을 지었다.

저놈들은 대체 누구란 말인가. 명의 직감은 그들이 경찰이 아닐 수도 있겠다고 판단했다. 아니 분명 경찰의 행동은 아니었다. 혹시 이상문 청장이 보낸 자들이 아닐까? 충분히 가능성이 있어보였다. 그렇지만 그들은 머리수만 많았지, 마치 오합지졸 같은 모습이었다. 자신이 알기에 이상문은 그렇게 허술한 인물이 아니었다. 그렇다면 이상문과 연결된 또 다른 인물이 있단 말인가? 명은 생각을 멈추었다. 그 누가됐든 그것은 중요하지 않았다. 강인후는 결코 놓쳐서도 안 되고 빼앗겨서는 더더욱 안 되는 자신만의 먹잇감이었다.

어둠에 몸을 숨긴 명은 강인후를 따라붙었다.

위무광, 명을 만나다

그 시각, 경춘선을 빠져나온 승용차가 작은 산골마을로 들어서고 있었다.

5분여를 달리자, '범죄 없는 마을'이라는 푯말이 보였고, 마을 입구를 알려주듯 우뚝 선 고목이 양옆에서 방문자를 맞이하고 있는 듯 보였다.

위무광의 승용차가 낮은 구릉을 올라 기와집을 지나쳐 산속으로 이어진 작은 길로 들어섰다. 차 한 대가 빠듯하게 지나갈 수 있는 길이었다. 농업용 장비가 드나드는 길인지, 흙길은 몹시 울퉁불퉁했고 군데군데 커다란 잡초가 뿌리를 드러낸 채 죽어가고 있었다. 위무광은 곧바로 차에서 내려 산길을 올랐다. 산길을 오르기 전, 자신의 승용차를 우거진 숲 속에 숨겨두는 것도 빠뜨리지 않았다. 손전등의 불빛이 잠시 머무는 곳에는 잘 가꾸어놓은 농작물이 보기 좋게 자라 있었다. 우융강이 말한 지점에 가까워질수록 그의 얼굴은 강인후를 볼 수 있다는 기쁨에 흡족한 미소가 서렸다.

인기척에 놀란 산짐승이 숲속으로 달아났다.

위무광은 강인후를 실제로 볼 수 있다고 생각하니 가슴이 설렜다.

대체 어떤 인물이기에 경찰을 비웃으며 살인과 탈주를 저지르며 연일 화제에 오를 수 있는가. 그는 생각하며 길을 재촉했다.

한편, 강인후 납치범들을 감시하던 살인청부업자 명은 위로 올라오는 불빛에 잽싸게 몸을 감추었다. 손전등을 흔들며 올라오는 사내는 농부가 아닐 것이라고 판단했다. 인적 없는 산골마을, 밤늦은 시각에 올라오는 사내는 농부일리는 없을 것이다. 손에 든 연장이 없는 것으로 보아 매우 수상한 사람임에 틀림없었다. 명은 긴장하며 손전등의 사내를 주시했다. 떡 벌어진 강대한 체구에서 강인한 기운이 느껴졌다.

혹시 저놈들이 기다리는 사람이 아닐까? 개연성은 곧 확신으로 바뀌어갔다. 강인후 납치범들이 마을을 벗어나지 않고 이곳을 택했다는 건, 누구를 기다리고 있음이 분명해 보였다. 상황은 더욱 어렵게 돌아가고 있는 것 같았다. 어찌해야 하나. 명은 손전등의 사내에게 강인후가 들어가는 날에는 강인후를 다시 볼 수 없을 수도 있겠다는 생각이 들었다. 그만큼 손전등의 사내는 위압감과 강인함을 동시에 품고 있었다.

절대로 빼앗길 수 없다. 결정짓는 그의 얼굴이 사납게 변했다. 명은 품속에 손을 넣어 권총을 꺼내들었다. 그는 잠시 권총을 바라보았다. 그의 자존심이 권총을 허락하지 않았다. 딱딱한 권총은 그의 품속으로 다시 들어갔다. 푸른 달빛이 사내를 따라 움직였다.

명이 발소리를 죽이며 사내에게 천천히 다가갔다.

발걸음을 옮기던 위무광이 그 자리에 우뚝 섰다. 그는 빠르게 손전등을 움직여 무언가를 찾았다. 알 수 없는 강한 살기가 숲 속 어딘가에서 나오고 있음을 직감했다.

무언가 있다. 위무광은 인민해방군시절 광활한 사막에서 생사를 건 특수훈련에 참가했었다. 자신의 실수로 부대와 떨어졌고, 이틀을 사막에서 헤맸다. 지쳐있던 그에게 등 뒤에서 느껴지는 기운이 있었다. 그것은 자신을 노리는 굶주린 늑대의 강한 살기였다. 이틀을 굶은 위무광은 단칼에 늑대의 목을 가르고 뜨뜻한 피와 날고기로 빈속을 채웠다. 그렇게 살아남을 수 있었다. 하지만, 지금 느껴지는 살기는 그때와는 차원이 달랐다. 굶주린 짐승의 살기가 아니었고, 오로지 목숨만을 노린 인간의 살기였다. 서서히 아드레날린이 분출되면서 일찍이 맛보지 못한 짜릿한 쾌감이 전신을 훑고 지나갔다.

"이유는 묻지 않겠다. 어서 모습을 드러내라."

위무광이 숲을 향해 외쳤다.

역시, 보통 놈이 아니다. 명이 천천히 모습을 드러냈다.

명과 위무광이 나무 한그루를 사이에 두고 마주섰다.

"강인후는 내 물건이다. 강인후에게서 손을 떼라."

명이 묵직한 저음으로 말했다.

순간 위무광은 깨달았다. 거대한 덩치는 이상문 청장이 고용했던 살인청부업자였다. 그는 명이 어떤 존재인가를 알고 싶었고, 한번은 부딪혀야만 될 상대라는 걸 염두에 두고 있었다. 강인후와 명을 한날한시에 보는 것은 분명 행운이었다.

"네가 명이란 놈이냐?"

감정이 극도로 절제된 목소리였다. 고도의 훈련을 거쳐야만 조절할 수 있는 감정이었다. 명은 십수 년 경력의 살인청부업자로서 이런 팽팽한 긴장감을 처음 느꼈다.

"이상문 청장의 사냥개 주제에 말이 많구나."

"뭣이!"

위무광의 눈에서 불꽃이 일었다. 위무광은 비호같은 동작으로 명을 향해 돌진했다. 분노의 발차기가 작렬했다. 번개같은 발차기였다. 명이 동물적인 감각으로 발차기를 피했다. 명의 주먹이 바람을 갈랐다. 위무광은 팔을 들어 주먹을 막았다. 팔의 충격은 상상을 초월했다. 두 사람은 일정한 간격을 두고 벌어졌다. 서로의 얼굴에서 놀라움이 스쳐지나갔다. 명과 위무광은 서로의 빈틈을 찾아 천천히 움직였다. 그때 어디선가 무수한 발자국소리와 무전기소리가 들려왔다. 명과 위무광이 밑을 내려다보니 대규모의 경찰병력이 아주 가깝게 다가오고 있었다. 이렇게 되면 강인후를 놓치고 만다. 강인후를 절대 놓칠 수 없다. 두 사람은 같은 생각으로 서로를 노려보았다. 경찰병력이 점점 가까워지고 있었다.

"매우 유감이지만, 우리의 승부는 다음 기회로 미루는 게 좋겠군."

위무광이 말하고 어둠속으로 숨었다.

명이 뒤로 돌아 숲속으로 들어갔다.

경찰병력이 두 사람을 지나쳐 오르막으로 뛰었다. 희미한 불빛이 스며 나오는 오래된 창고가 경찰병력을 붙잡았다. 지휘자로 보이는 사복형사가 손을 아래로 내렸다. 경찰병력이 일제히 땅에 엎드려 총구를 겨냥했다.

같은 시각, 강인후 일행은 무언가 들려오는 소리에 귀를 집중했다. 강인후와 신수정은 또 다른 공포에 몸을 떨었다. 스승은 눈을 감은 채 조용히 앉아 있었다. 그의 감은 눈이 가끔 움찔거리는 것으로 보아 무언가 다가옴을 느끼고 있는 것 같았다.

우육강이 의뢰인 위무광을 생각하고 밖을 바라보았다. 어둠 속을 헤매던 그의 눈이 무장한 경찰병력의 움직임에 크게 벌어졌다.

'큰일이다!'

우육강의 뇌리에 위무광이 스쳐지나갔다. 그 놈에게 속았단 말인가. 분노가 치솟았다.

바로 그때였다. 무수한 불빛이 창고로 집중되어 쏟아져 들어왔다.

"강인후, 인질을 넘기고 순순히 투항하라!"

중국노동자들이 일제히 우육강을 바라보았다. 그들의 눈동자는 무언가를 묻고 있는 것 같았다.

"이게, 어떻게 된 일입니까? 약속이 틀리잖아요."

앞서있던 노동자가 눈에 쌍심지를 켜고 물었다.

우육강은 아무 말 없이 땅에 못 박힌 듯 움직이지 않았다. 입술에 경련이 이는 것으로 보아 무언가를 참고 있음이 분명했다.

강인후는 끝없이 계속되는 난관에 진저리가 났다. 이제 더 이상 자신으로 인해 무고한 사람들에게 피해를 주고 싶지 않았다.

강인후가 신수정을 바라보고 말했다.

"경찰은 수정 씨와 스승님을 인질로 알고 있습니다."

"지금, 그 말은 이제 우리는 서로 갈 길이 다르다는 건가요?"

"이제 그만, 현실을 받아들이세요!"

강인후가 소리쳤다.

경찰병력이 점점 좁혀왔다.

바로 그 시각, 명과 위무광이 미친 듯이 산 아래로 뛰었다. 두 사람의 머릿속에는 오로지 강인후 뿐이었다. 조금 내려가니 경찰병력이 타고 온 수많은 차량이 눈에 들어왔다. 주위를 둘러본 명이 웃통을 벗어들고 경찰버스의 연료 캡을 비틀었다. 벗은 옷을 연료구에 쑤셔박은 명이 라이터를 꺼내 불을 켰다. 그는 망설이지 않고 연료구에 박힌 옷에 불을 붙였다. 기름을 잔뜩 먹은 옷에서 불길이 치솟았다. 명은 위무광을 한번 돌아본 후 차키가 꽂혀있는 순찰차에 올라탔다. 명의 순찰차가 사이렌을 울리며 경찰병력을 향해 돌진했다. 수많은 나뭇가지가 차창을 때리고, 타이어에 치인 돌 파편이 사방으로 튀었다. 위무광은 명의 대범함에 혀를 내둘렀다. 이윽고 불을 먹은 버스가 매캐한 연기를 뿜어내며 거대한 불기둥을 만들었다. 캄캄한 숲속이 대낮처럼 밝아졌다.

콰광! 버스가 공중으로 튀어 오르며 다른 차를 덮쳤다. 곧이어 연쇄 폭발이 일어났다. 마치 전쟁터를 방불케 하는 폭음과 수많은 섬광이 조용한 마을을 뒤흔들었다.

창고를 향해 전진하던 경찰병력이 섬광을 머금은 폭음에 멈칫했다. 그들은 충격 받은 얼굴로 그 자리에 얼어붙었다. 지휘하던 형사의 의식이 순간 정지했다. 처참하고 끔찍한 상황에 어떤 지시를 내려야 할지 방향을 정할 수 없는 것 같았다.

그 사이, 십수 대의 차량은 폭발에 폭발을 일으키며 밤을 위협하고 있었다. 쌓여있는 낙엽으로 옮겨 붙은 불길이 바람을 타고 경찰병력을 향해 맹렬하게 다가갔다.

이대로 있다간 창고로 접근하기도 전에 개죽음을 당할 수도 있다. 지휘하던 형사는 내키지 않은 목소리로 명령했다.

"전 병력은 뒤로 물러나라."

그의 명령에 경찰병력이 마주 오는 불길을 피해 창고에서 멀어졌다.

그때였다. 불길을 뚫고 잔 나무를 쓰러뜨리며 순찰차가 모습을 드러냈다. 종횡무진 돌진하는 순찰차는 아군인지, 적군인지 구분하기 어려웠다.

이건, 또 무슨 일이란 말인가. 미치고 환장할 노릇이었다. 경찰병력이 휘둥그레진 눈으로 맹렬하게 다가오는 순찰차를 바라보았다.

작은 창문으로 밖을 살피던 강인후와 신수정은 믿기 힘든 상황에 어리둥절한 표정을 지었다. 강인후가 눈을 크게 뜨고 창문을 통해 순찰차를 바라보았다. 달빛을 받은 민머리의 붉은 점은 마치 지옥사자의 무서운 혓바닥처럼 보였다. 일순간 강인후의 머리가 쿵하고 울렸다. 순찰차를 운전하는 사내는 경찰과 구영민을 살해한 덩치였다. 강인후의 눈에서 무서운 살기가 뿜어져 나왔다. 이성을 잃은 그는 문을 열어젖혔다.

명의 작은 눈이 커다랗게 떠졌다. 문 앞에 우뚝 선 남자는 분명 강인후였다. 드디어 모든 빚을 갚을 때라고 생각했다. 자신을 바라보는 강인후의 얼굴에 비웃음이 서려있는 것 같았다. 극도로 분노한 명이 품안에서 권총을 꺼내 들었다. 명은 주저 없이 방아쇠를 당겼다. 탕탕탕! 권총이 불을 뿜었다.

"안 돼!"

스승이 강인후를 덮쳤다. 스승의 가슴이 붉게 물들었다.

"선생님!"

신수정이 쓰러진 스승을 감싸 않았다.

그때 불길이 지나가기를 기다리던 경찰병력은 들려오는 총소리에 사격자세를 취했다.

총소리의 진원지는 분명 순찰차였다.

탕탕탕!

연이은 총소리에 경찰병력의 총구가 일제히 순찰차를 겨냥했다. 지휘하던 형사가 사격명령을 내리려고 할 때였다. 순간 녹슨 창고에서 십수 명의 사람들이 쏟아져 나왔다. 그들은 모두 경찰복장을 하고 있었고, 순찰차를 피해 미친 듯이 언덕을 달려 내려갔다. 그 모습을 지켜보는 지휘하던 형사는 마치 둔기로 머리를 얻어 맞은 것처럼 멍한 표정을 지었다.

"이건, 악몽이야."

지휘하던 형사가 신음처럼 내뱉었다.

신수정은 스승의 주검 곁에서 멍하니 앉아있었다. 언제나 초연했던 스승의 죽음이 믿기지 않았다.

"수정 씨, 어서 여기를 빠져 나가야 합니다."

강인후가 울먹이는 목소리로 말했다.

신수정은 떨어지지 않는 발걸음을 가까스로 옮겼다. 강인후를 기다리며 주위를 돌던 명은 회심의 미소를 흘렸다.

"강인후, 이제 그만 끝내자."

명의 권총은 강인후를 조준했다. 방아쇠의 손가락이 미세하게 떨렸다. 그는 방아쇠에 힘을 주었다.

탕! 총소리에 신수정이 옆으로 고개를 돌렸다.

순찰차가 한쪽으로 심하게 기울었다. 어디선가 날아든 또 한발의 총탄이 맞은편 타이어에 명중했다. 순찰차가 땅으로 꺼져 내렸다. 명은 급히 고개를 숙이고 눈을 들어 밖을 바라보았다. 그의 얼굴이 심하게 일그러졌다. 강인후와 신수정의 모습은 어둠속으로 사라져 이미 자취를 감추었다.

"으아악!"

명은 괴성을 내뱉으며 경찰병력을 향해 권총을 난사했다. 몇 발의 총성이 있은 후, 찰칵거리는 소음만 들려왔다. 총알이 떨어진 것 같았다. 명은 펑크 난 순찰차의 가속페달을 힘껏 밟았다. 경찰병력이 일제히 순찰차를 따라붙었다. 수많은 가시덤불과 나뭇가지가 순찰차를 무섭게 할퀴고 지나갔다. 언덕을 내려가는 순찰차에서 타이어 찢어지는 소리가 들렸다. 순찰차를 쫓는 지휘하던 형사는 순간 깨달았다. 자신들에겐 펑크 난 순찰차를 따라붙을 차량이 없었다.

어둠 속에 숨어 모든 것을 지켜보던 위무광은 명에 대한 감탄과 함께 강인후를 놓쳤다는 분노에 몸을 떨었다.

그로부터 두 시간 후, 강인후 사건현장.

곳곳에서 피어오르는 연기가 한바탕 요란한 홍역을 치른 숲을 어루만지고 있는 것 같았다. 곳곳에 남아있는 불씨는 무언가 먹잇감을 노리고 있는 것 같았지만, 황량하게 변해버린 숲에서 더 이상 먹잇감을 발견하지 못한 불씨는 이내 수그러들었다.

불에 탄 수많은 차량들에서 매캐한 냄새가 바람을 타고 흩어졌다.

조그만 단서라도 찾기 위해 투입됐던 각 사정기관의 요원들이 철수한 사건현장은 고요했다. 바람에 나부끼는 폴리스라인이 조금 전까지 엄청난 싸움이 있었다는 걸 증명이라도 하려는 듯 가끔 펄럭거리는 소리를 질러대고 있을 뿐이었다.

사건현장 보존을 위해 경계근무를 서고 있는 두 명의 무장경찰은 손목시계를 바라보았다. 새벽 2시를 갓 넘기고 있는 시계바늘이 흐릿하게 보였다. 그때 어디선가 들리는 소리에 두 사람의 눈이 소리를 찾아 고개를 움직였다. 소리의 진원지는 창고였다. 소총을 움켜쥐고 천천히 창고로 향했다. 가슴이 두근거리고 발걸음이 미세하게 떨렸다.

창고 밑바닥 틈새에 몸을 숨기고 있던 강인후는 신수정의 입을 틀어막았다. 들쥐가 신수정의 팔을 넘어 달아나고 있었다. 강인후는 몸을 움직여 신수정의 옆으로 바짝 붙었다. 창고 밑바닥, 곳곳에 뚫려있는 구멍은 들쥐들의 집인 것 같았다. 손전등을 밝힌 두 명의 경찰이 아주 가깝게 다가왔다. 손전등의 불빛이 창고를 훑아 내리더니 밑으로 향했다. 강인후는 여기가 끝이라고 생각했다. 빠져나갈 구멍이 없었고, 경찰을 제압할 무기도 없었다. 심호흡이 가빠졌다. 급기야 손전등은 바닥을 훑으며 창고 밑바닥으로 쏟아져 들어왔다. 신수정이 눈을 감고, 강인후가 고개를 숙였다. 바로그때였다. 구멍에서 머리를 삐쭉 내민 들쥐가 강인후를 바라보았다. 순간 강인후의 큰손이 들쥐를 움켜잡았다. 주저 없이 경찰관의 얼굴을 향해 들쥐를 집어던졌다.

"아악!"

경찰관의 입에서 비명이 터졌다. 옆에 있던 경찰이 순간 물러나며 사격자세를 취했다. 들쥐가 바닥에 떨어지며 쏜살같이 구석으로 달아나는 모습이 보였다. 사격자세를 취한 경찰의 입에서 웃음이 터졌다.

"하하. 김 순경, 들쥐한테 한방 먹은 소감이 어때?"

김 순경은 분하고 부끄러운 마음에 얼굴이 달아올랐다.

경찰관이 빠져나간 창고는 다시 적막이 찾아왔다. 하지만 그것은 안도의 적막이었다. 강인후는 창고 밑바닥에서 빠져나와 밖을 내다보았다. 두 명의 경찰이 어둠속으로 빨려 들어가고 있었다.

"수정 씨, 빨리나오세요."

강인후는 신수정의 손을 잡고 산을 빠르게 내려갔다.

한편, 제자리로 돌아가 경계근무를 서고 있던 김 순경이 바지지퍼를 내리고 있었다. 그는 들쥐에게 분풀이라도 하려는 듯 들쥐의 구멍을 찾아 오줌을 갈겼다. 한 차례 몸을 부르르 떤 그는 신경질적으로 잔뇨를 털어냈다. 그래도 들쥐에 대한 분함은 씻어지지 않는 것 같았다. 한참 남아있지도 않은 잔뇨를 털어내던 김 순경의 손이 멈칫했다. 순간 그의 뇌리를 스치고 지나가는 게 있었다. 그는 무엇을 생각하는 듯 눈동자가 잠시 허공을 주시했다.

"강인후였어!"

김 순경이 낮게 소리쳤다.

들쥐가 그렇게 높게 뛰어오를 수는 없는 일이다. 그때는 몰랐다. 그리고 어떻게 들쥐에게 공격당한 얼굴이 상처하나 없이 깨끗할 수 있단 말인가. 김 순경은 순간의 당황스러움이 판단을 정지시켰다고 생각했다.

"아악! 이런 시발."

급하게 바지 지퍼를 끌어 올리던 그의 입에서 비명과 함께 심한 욕설이 터졌다. 반쯤 올라간 바지 지퍼 사이에서 삐죽 나온 성기가 지퍼에 끼어 덜렁거렸다. 그는 연이은 실수에 자신에게 화가 치밀었다. 간신히 지퍼를 올린 그는 급하게 무전기를 빼 들었다.

미궁 속의 한 줄기 빛

정신없이 어둠속을 헤매던 강인후와 신수정의 눈길에 불빛이 반짝이는 시가지의 모습이 눈에 들어왔다. 곳곳에는 바리케이드가 설치돼 있었고, 중무장한 군인과 경찰이 검문을 하고 있는 모습이 흐릿하게 보였다. 정상적인 방법으로 마을을 벗어나기란 사실상 불가능할 것 같았다. 마을을 벗어난들 어디로 가야할지 앞길이 막막했다. 스승의 초연한 얼굴이 지나가자, 강인후의 눈가가 붉어졌다.

"이제 어디로 가야하죠?"

강인후가 지친 목소리로 물었다.

"더 이상 갈 데는 없어요."

신수정의 목소리에도 지친 기색이 역력했다. 멍하니 허공을 응시하던 그녀가 불현듯 무엇이 생각났는지 발을 돌리며 말했다.

"우리는 스승님의 집으로 가야 해요."

"스승님의 집으로 간다구요? 거긴 경찰이 깔려있을 겁니다."

"저도 알아요. 하지만 모든 사건을 풀어줄 수 있는 곳은 거기밖에 없어요."

말을 마친 그녀가 무작정 발걸음을 옮겼다.

"그렇다고 무작정 갈 수는 없잖아요."

강인후가 앞서 걷는 신수정을 붙잡았다.

"그럼, 어떻게 하겠다는 말이에요!"

돌아선 신수정이 소리쳤다. 그녀의 눈에서 눈물이 흘렀다. 가늘게 떨리던 어깨가 들썩거리더니 이윽고 울음이 터졌다. 울음은 주변 상황을 고려한 속울음이었지만, 소중한 사람들을 잃은 오열에 가까웠다. 그녀를 바라보는 강인후의 눈에서도 눈물이 주르르 흘렀다. 한참을 바라보던 강인후는 말없이 다가가 울고 있는 그녀를 살며시 끌어안았다. 신수정이 강인후의 품을 파고들었다. 그녀의 눈물 젖은 얼굴이 강인후를 바라보았다. 강인후가 천천히 고개를 돌려 그녀의 입술을 찾았다. 신수정이 눈을 감았다. 강인후는 신수정의 눈물 젖은 입술에 자신의 입술을 살며시 포갰다. 이윽고 강인후의 손길이 점점 거세지자, 그녀의 입에서 참고 있던 신음이 터졌다. 두 사람의 거친 숨소리는 마치 현실을 잊고 그들만의 세상을 갈구하려는 것처럼 들렸고, 고달픈 현실을 벗어나기 위한 몸부림에 가까웠다. 서로의 육체를 통해 참담한 현실을 보상받기라도 하려는 듯, 끌어안은 두 사람은 떨어질 줄 몰랐다. 강인후는 이대로 시간이 정지해주기를 바랬다. 그는 신수정의 포근한 품에서 영원히 잠이 들고 싶었고, 깨어나면 모든 것이 원점으로 되돌아올 것을 희망했다. 그렇게 서로의 몸을 탐닉하던 두 사람이 무언가 들려오는 소리에 꿈결 같은 세상에서 돌아오기 싫은 현실로 돌아왔다. 강인후의 품에서 떨어진 신수정의 얼굴이 붉게 물들었다. 그녀는 심한 부끄러움에 고개를 떨어뜨렸다.

“강인후는 이 근처에 있다!”

들려오는 소리에 두 사람은 잽싸게 수풀 속으로 뛰었다.

무전기 소리와 함께 산을 내려오는 경찰의 모습이 보였다. 조금 전, 창고를 수색했던 경찰들인 것 같았다. 경찰은 급하게 몸을 숨긴 강인후와 신수정을 지나쳐 바리케이드가 설치된 방향으로 내달렸다.

경찰을 바라보는 두 사람의 눈빛에 난감한 기색이 역력했다.

“좋은 방법이 있어요.”

강인후의 얼굴에 확신이 서려있었다.

“좋은 방법이요?”

“핸드폰을 켜 보세요.”

“네? 핸드폰을 키면 위치추적에 걸릴 텐데요.”

“바로 그 점을 노린 겁니다.”

강인후는 신수정의 핸드폰을 낚아채 플레이스토어를 실행시켰다. 그리고 대리운전 셔틀버스 안내 어플리케이션을 다운 받았다. 걸린 시간은 고작 2분 남짓이었다. 어플리케이션을 실행시키자, 자신의 위치를 알려주는 화살표와 함께 붉은 점선이 화면에 나타났다. 붉은 점선은 셔틀버스 운행노선을 알려주는 표시였다. 다행히 대리운전 셔틀버스가 지나가는 노선은 얼마 떨어지지 않은 위치에 있었고 시간이 조금 남아있었다.

“수정 씨, 여기서 조금만 기다려요.”

“어디 가시게요?”

신수정이 강인후를 따라 붙었다.

“수정 씨, 저는 반드시 돌아옵니다.”

말을 마친 강인후는 산을 내려가 한적한 도로에서 핸드폰을 들고 지나가는 차량을 주시했다. 그것은 셔틀버스 기사에게 자신이 대리운전 기사라는 걸 알려주는 그들만의 신호였다. 잠시 후, 강인후를 본 셔틀버스가 멈췄다.

“수고하십니다.”

잽싸게 셔틀버스에 올라탄 강인후가 셔틀버스요금 이천 원을 내밀었다. 버스에 승차한 대리기사들은 누구하나 강인후를 주시하는 사람은 아무도 없었다. 그들은 모두 고개를 숙이고 자신의 스마트폰을 바라보고 있었다. 스마트폰에 연신 올라오는 오더를 채기 위해 적당한 오더를 바라볼 뿐이었다. 제일 뒷자리에 자리 잡은 강인후의 눈길이 주변을 맴돌다가 한 곳에서 멈췄다. 강인후는 손가락을 세워 의자의 가죽시트 틈새에 집어넣었다. 약간의 힘을 가하자 시트가 소리 없이 입을 벌렸다. 그는 주저 없이 스마트폰을 집어넣고 주변을 둘러보았다. 여전히 대리기사들은 스마트폰에 고개를 박은 채 묵묵히 앉아있었다.

“저, 여기서 내릴게요.”

강인후를 내려준 셔틀버스가 어둠속으로 빨려 들어갔다. 버스가 어둠에 모습을 완전히 감추자, 강인후는 신수정이 기다리고 있는 곳으로 뛰었다.

'스마트폰을 실은 셔틀버스는 시내를 벗어날 것이다. 경찰에게 발각되기 전에 스승의 집에서 무언가를 찾아야 한다.'

그의 뛰는 속도는 점점 빨라졌다.

강인후와 신수정이 곳곳에 설치된 검문소를 피해 스승의 집에 도착한 시간은 달빛이 머물다 가버린 새벽시간이었다. 인적 없는 고요가 스승의 집을 끌어안고 있었다.

강인후가 수풀 속에서 눈을 들어 사방을 둘러보았다. 경찰의 그림자는 찾을 수 없었다. 아마도 대리운전 셔틀버스를 찾아 출동한 것 같았다.

한참 주변을 살핀 강인후가 먼저 내려서서 신수정을 불렀다. 대문을 열고 마당에 들어서니 한바탕 회오리가 지나갔다는 사실이 믿기지 않을 정도로 스승의 집은 그대로였다. 금방이라도 스승의 초연한 얼굴이 마당을 내다볼 것만 같았다. 신수정의 얼굴이 울음을 터트릴 것처럼 일그러졌다. 간신히 울음을 참은 신수정이 스승의 방문을 열고 안으로 들어섰다. 벽에 걸린 하도河圖가 두 사람을 내려다보았다. 잠시 하도를 마주 본 강인후가 고개를 돌려 안쪽으로 세워진 커다란 5단 책장을 주시했다. 손때 묻은 책장에는 빈틈없이 책이 꽂혀 있었고, 그 아래로 수북이 쌓인 책 더미가 그들을 맞이했다.

무슨 일이 있어도 스승의 메시지를 찾아야한다. 두 사람은 동일한 생각으로 책장을 뒤지기 시작했다. 급히 서두르는 와중에도 약속한 시간은 두 사람을 기다리지 않고 계속해서 흘러갔다. 그렇게 한참을 찾아 헤맸지만 스승의 메시지는 그 어디에도 없었다. 마침내 지친 두 사람의 얼굴이 실망으로 가득 찼고, 쓰러지듯 방바닥에 주저앉았다. 두 사람의 입에서 깊은 한숨이 흘러나왔다. 그때 강인후의 귓전에 스승의 경을 읽는 듯한 목소리가 들렸고, 초연한 얼굴이 아른거렸다. 깊게 심호흡을 한 그는 며칠 전으로 흘러가 스승과의 대화를 떠올렸다.

그가 스승에게 물었다.

'이 교수님의 메시지는 무엇을 말하고 있는 겁니까?'

'진실은 이미 세상에 나와 있어. 다만 그 것을 보는 눈이 없을 뿐이야. 아직은 때가 아니네.'

등을 보인 스승은 분명히 그렇게 말했다.

이내 귓전을 맴돌던 스승의 목소리가 천천히 사라졌다.

강인후는 스승이 말한 때는 지금이라는 생각이 들었다. 아니, 반드시 지금이어야만 했다.

급히 일어선 그가 담요를 꺼내 창문을 가렸다. 그는 희미한 라이터 불빛에 의지해 정신없이 책장을 오가며 메시지를 찾았다. 그러나 눈에 들어오는 메시지는 보이지 않았다.

여기에서 무엇을 찾을 수 있단 말인가. 왜 스승님은 한마디 언급이 없었을까. 그리고 스승님이 말한 때는 언제를 말하는 것일까. 그는 머리가 터질 것처럼 지끈거렸다. 마침내 그는 포기하려는 듯 힘없이 말했다.

"수정 씨, 날이 밝기 전에 마을을 벗어나야 합니다."

신수정의 얼굴에 어둠이 짙게 드리웠다.

강인후가 지끈거리는 머리를 부여잡고 하도를 바라보았다. 순간 하도를 바라보는 강인후가 무엇을 보았는지 동공이 크게 벌어졌다.

"수정 씨, USB의 첫 내용을 기억하세요?"

"네…?"

"만 번을 거짓말 하면 그것은 곧 진실이 된다. 진실은 언제나 아주 가까이 있다."

강인후가 USB의 문구를 천천히 읊조렸다. 그리고 생각을 더듬어 얘기했다.

"제가 처음 수정 씨 집에 갔던 날, 수정 씨는 USB를 보면서 이런 말을 했어요. 문구는 목적이고 하도는 목적을 푸는 수단이라구요."

"이 교수님은 거짓이 진실로 뒤바뀐 그 무엇을 말하고 싶었을 거라구요."

신수정이 덧붙였다.

"맞아요. 그리고 스승님은 저에게 이런 말씀을 하셨어요. 진실은 이미 세상에 나와 있고, 다만, 그 것을 보는 눈이 없을 뿐이라구요."

신수정도 언젠가 들은 기억이 나는지 어두웠던 얼굴에 기대감이 감돌았다. 그것은 산을 오를 때 스승이 강인후의 물음에 스승이 혼잣말처럼 중얼거린 말이었다.

강인후는 이 교수와 스승의 메시지가 어떤 연결고리를 가지고 있을 거로 생각했다.

"우리 종합적으로 생각해보죠. 진실은 언제나 가까이 있고, 세상은 이미 진실을 알고 있다. 다만, 그것을 보는 눈이 없을 뿐이다. 그렇다고 한다면 이병호 교수의 메시지는 우리도 이미 알고 있는 내용이라고 생각해 볼 수 있지 않을까요?"

신수정이 고개를 끄덕였다.

"결론적으로 스승님의 저 어려운 책들은 우리가 알고 있는 내용이 될 수 없습니다."

강인후의 예리한 분석은 찾는 범위를 현저하게 줄여주었다.

"세상이 알고 있고, 우리가 알고 있는 이병호 교수님의 메시지는 과연 무엇일까…."

혼잣말처럼 중얼거린 신수정은 책 더미를 뒤지기 시작했다.

어느새 창을 가린 담요사이로 뿌연 새벽햇살이 비쳐오고 있었다.

"날이 밝으면 마을을 벗어나기 힘들 겁니다."

강인후가 신수정의 손을 잡아 일으켰다.

"메시지를 안 찾고 가겠다는 건가요?"

"지금쯤이면 수정 씨의 핸드폰은 경찰들에 의해서 발각됐다고 생각해야 합니다."

강인후는 스승의 방에서 자신들의 흔적을 최대한 없앴다.

"그렇다고 아무 소득 없이 여기를 나갈 순 없잖아요."

"우리의 분석이 맞는다면 이병호 교수의 메시지는 세상 어디에서나 볼 수 있고, 찾을 수 있을 겁니다."

"아무리 그래도 목적지를 정하지 않고 움직일 순 없어요."

강인후의 표정이 금세 어두워졌다.

그때 신수정이 무엇을 찾은 듯 검은 눈동자가 빛났다.

"인후 씨, 적합한 장소가 있어요."

강인후는 신수정의 집에서 그랬던 것처럼 그녀를 또 다시 따라 나섰다.

두 사람이 빠져나간 스승의 집은 다시 고요가 찾아왔다.

만주족의 선포

중국 랴오닝 성.

멀리서 개 짖는 소리만 들릴 뿐 사위는 고요했다. 암흑 같은 어둠 속에 몸을 감추고 있던 시커먼 복장의 사내는 시계를 바라보고 천천히 몸을 일으켰다. 밤하늘을 뒤덮고 있던 거대한 구름이 서서히 걷혀지고 있었다. 기와집은 아주 견고해 보였고, 산으로부터 내려온 갈대숲은 기와집의 뒤뜰로 이어져 있었다.

사내는 사방을 두리번거리며 살폈다. 미행이 없음을 확인한 사내가 몸을 일으켰다. 얼마나 엎드려 있었는지 산을 내려가는 그의 발걸음이 잠시 휘청거렸다. 불이 들어올 것 같지 않던 기와집에 불이 밝혀지면서 기와집의 거대한 그림자는 순식간에 뒤뜰을 넘어 산 가장자리까지 뻗어 나갔다.

잠시 후 서재에 불이 켜지면서 방문이 활짝 열렸다. 집 주인이 모습을 드러냈다. 신비스럽게 보이는 그는 나이를 예측하기가 힘들었다. 장대한 체구와 꼿꼿한 자세는 젊은 사람 못지않게 강건해 보였고, 눈이 깊고 주름진 얼굴은 참선의 수행을 오래한 수도자와도 같은 모습이었다.

만주국의 부활을 꿈꾸고 있는 중앙정치국위원 진가위.

진가위가 고개를 들었다. 그의 부리부리한 눈이 좌로부터 천천히 움직였다. 한쪽 벽에서 청 제국을 건설한 여진족 추장, 청태조 누루하치가 그를 내려다보고 있었다. 소수민족의 추장에서 중원대륙을 지배하고 통일했던 누루하치의 야심이 그의 가슴 깊은 곳에서 올라왔다. 주먹 쥔 두 손에 절로 힘이 들어갔다.

진가위는 옆으로 시선을 돌렸다. 청 제국의 마지막 황제 푸이가 그를 내려다보았다.

격변하는 세계사 속에서 고난과 시련을 온몸으로 겪은 마지막 황제 푸이. 3세 때 서태후의 후계자가 된 후, 일본 관동군의 지원을 등에 업고 만주족의 부활을 꿈꾸며 신생국가 만주국의 허수아비 황제로 등극, 그리고 소련군의 포로로 10년의 수감생활과 석방 후, 식물원의 정원사로 생을 마감하기까지 파란만장한 삶을 살았던 비운의 사내 푸이.

한족 동화로 민족의 정체성이 사라지고 있다. 우리 만주족은 다시 태어나야한다. 진가위가 입술을 잘근 깨물었다.

진가위는 누군가를 기다리고 있는 듯 생각에서 깨어나 손목시계를 바라보았다. 그는 무언가 움직이는 소리에 숙이고 있던 고개를 들었다.

어둠속에서 모습을 드러낸 사내는 망설이지 않고 서재로 들어갔다.

진가위는 급히 문을 잠그며 사내를 반겼다.

"어서 오시오."

서재로 들어오는 건장한 사내의 손을 진가위가 두 손으로 감싸 쥐었다.

"공안당국의 눈을 조심하셔야 합니다."

사내의 목소리는 깊게 가라앉아 있었다.

진가위가 사내를 깊은 눈으로 바라보았다.

한 달 전이었다. 그날은 만주족의 축제가 열린 날이었다. 중국정부는 사방에 눈을 두고 소수민족 집회를 철저히 감시하고 있었다. 그 중에서도 주목대상은 조선족과 만주족이었다. 두 민족은 한국과 밀접한 정서적 유대감을 가지고 있었기에 중국정부는 예의주시하며 비밀리에 촉수를 세워두고, 두 민족의 움직임을 면밀히 관찰하고 있었다. 태극기 반환 주장은 만주족과 조선족의 분노를 사기에 충분한 사건이기 때문이었다.

진가위는 축제가 끝나고 만주족이 다 빠져나간 행사장을 말없이 바라보았다. 흙먼지를 동반한 찬바람이 그의 몸을 휘감고 지나갔다. 진가위는 서둘러 약속장소로 향했다. 그가 손수 운전하는 자가용은 시내를 벗어나 외곽에 자리 잡고 있는 자신의 별장으로 질주했다. 외떨어진 곳에 비밀리에 지어진 별장은 중국국가안전부와 공안당국의 거미줄 같은 감시망과 의심을 피하기에 가장 적합한 비밀장소였다. 차창을 통해 들어오는 땅거미가 짙게 내려앉은 한산한 시골길은 적막한 기운이 감돌고 있었다.

한참을 운전하는 그의 시선이 언젠가부터 룸미러를 힐끔거렸다. 룸미러를 가득채운 사내는 언젠가부터 자신을 따라 붙었고, 거대한 덩치에 어울리지 않게 작고 허름한 오토바이에 올라타 있었다. 무언가 불길한 예감이 스쳐지나갔다. 그렇다고 여기에서 차를 돌릴 순 없는 일이었다. 오늘 그는 만주족의 중대 사안을 발표할 예정이었기 때문이었다. 그는 날카로운 눈빛으로 룸미러를 주시했다. 오토바이는 방향을 틀지 않고 있었다. 의심은 더욱 굳어졌다. 저 자가 나를 정말 따라붙고 있는 것일까? 확신할 순 없었지만, 그렇다고 간과하고 지나칠 수도 없었다. 그의 시선은 룸미러에서 떨어지지 않았다. 그때 귀청을 찢는 소리가 들려왔다. 그는 급히 시선을 내려 전방을 바라보았다. 자신이 룸미러를 너무 오래 쳐다보고 있었다는 걸 뒤늦게 알았다. 크나큰 실수였다. 엄청나게 밝은 강렬한 빛이 자가용의 앞 유리를 통해 쏟아져 들어왔다. 일순간 그의 두 눈이 공포로 물들었다. 진가위는 무의식적으로 운전대를 우측으로 힘껏 꺾었다. 가까스로 대형트럭을 피한 그의 차가 가로수를 들이받고 멈춰 섰고, 대형트럭이 급정거의 소음과 함께 흙먼지를 일으키며 멈췄다.

"이런 시부랄, 죽으려고 환장했어!"

트럭기사가 소리치며 다가왔다.

"미안하게 됐소."

진가위가 자가용을 빠져나오며 사과했다.

"보아하니 행세께나 할 사람처럼 보이는데 운전 조심해서 하슈."

트럭기사는 진가위의 기품 있는 모습에 더 이상 따지지 않고 자신의 차로 향했다.

속도를 줄인 오토바이가 진가위를 지나쳐 어둠속으로 빨려 들어갔다.

내가 과민반응을 보인 것일까? 하마터면 중대한 결정을 앞두고 큰 일을 당할 뻔 했다. 사라져 가는 오토바이를 바라보는 그는 안도의 숨을 뱉으며 자가용에 올라타 별장으로 향했다. 털털거리는 자가용의 소음이 어두운 시골길에 울려 퍼졌다.

만주족의 원로와 지식인들이 정원 중앙에 자리 잡은 크고 넓은 테이블에서 진가위를 기다리고 있었다. 공안당국의 감시망을 피해 집결한 그들은 무언가 중대한 결정을 눈앞에 두고 있는 듯 비장한 얼굴이었다. 굳게 다문 입술에서 긴장감이 감돌았다.

진가위가 대문을 열고 들어서자, 모두의 시선이 일제히 그에게 날아갔다.

"왜 이리 늦으셨습니까?"

여러 사람이 한꺼번에 물었다.

진가위는 지금까지의 일을 차근차근 설명했다.

좌중에 그려진 거대한 그림은 불길한 색채를 머금고 있는 듯 보였다.

풀벌레 소리만 들릴 뿐 침묵은 쉽게 깨지지 않고 있었다.

"매우 유감이군요. 서둘러야겠습니다."

만주족 출신 베이징대학 교수가 침묵을 깨고 말했다.

"결정할 때가 온 것 같습니다 ."

진가위의 무거워 보이는 입술은 비장함이 서려 있었다.

"우리 만주족 중에서도 만주족 언어를 사용할 줄 아는 사람은 극소수에 불과합니다."

나이가 지긋해 보이는 만주족 원로의 목소리는 쉰 목소리에 가까웠다.

"맞습니다. 이대로 가다간 만주족의 언어는 물론이고, 민족 자체가 소멸될 수 있습니다. 언어는 민족의 구심점이자, 민족의 뿌리인 동시에 올바른 역사인식의 발판인 것입니다."

삼십 초반 정도로 보이는 사내가 좌중을 살피며 말했다.

그렇다. 수십 년에 걸친 중국정부의 역사공정과 소수민족 한족화 정책은 소수민족의 정체성을 말살하려는 획책이다. 결코 용납할 수 없다. 우리는 무슨 일이 있어도 과거의 영화를 되찾아야 한다. 중국정부의 태극기 반환 주장은 비단 한국의 문제만은 아니다. 우리 만주족의 역사의식에도 막대한 영향을 끼칠 것이다. 시급하게 결정해야 한다.

진가위는 생각을 멈추고 좌중을 한번 둘러보며 입을 열었다.

"여러분, 우리 만주족의 조상은 금나라와 청나라를 세운 위대한 민족입니다. 하지만 여러분, 고개를 돌려 주위를 둘러보십시오."

그는 생각하느라 잠시 말을 멈췄다가 다시 이었다.

"조상의 위대함을 잃어버린 기성세대는 한족의 그늘 밑에서 살아가고 있습니다. 조상의 역동적인 기상을 잃어버린 청년들은 한족이 만들어준 터전에서 꿈을 잃어버린 채 그것이 최고인양 안주하고 있습니다. 조상의 찬란했던 문화와 강대했던 영토를 잃어버린 소년들은 한족 동화가 되면서 더 이상 꿈을 꾸지 않습니다."

숨소리만 들릴 뿐 좌중은 고요했다.

"가슴에 손을 올려보십시오. 무엇이 느껴지십니까?"

진가위는 잠시 좌중을 살피고 다시 말했다.

"아이신줴뤄愛新覺羅의 뜨거운 피가 느껴지십니까?"

두 손으로 가슴을 감싼 사내들의 눈에서 눈물이 흘러내렸다. 그것을 바라보는 진가위는 목이 메는지 목소리가 갈라져 나왔다.

"오늘을 만주국의 임시정부수립일로 선포합니다."

용단 있는 진가위의 결정에 어디선가 박수소리가 흘러나왔다. 곧이어 우렁찬 박수소리가 한밤의 정원을 뜨겁게 달구어 놓았다. 그들은 일어서 뜨거운 포옹과 함께 결의의 악수를 나누었다.

바로 그때였다. 부스럭 거리는 소리에 모두의 시선이 소리의 진원지를 찾아 빠르게 움직였다. 순간 정원가로수가 한쪽으로 기울면서 사나운 얼굴의 시커먼 사내가 모습을 드러냈다. 그의 손에는 권총이 들려있었고, 엄청난 덩치에 어울리지 않게 몸놀림은 매우 민첩해 보였다. 시커먼 사내를 바라보는 좌중에 공포의 물결이 몰아쳤다.

진가위는 자신의 실수를 인정했다. 사내는 분명 오토바이의 사내였다.

"위원님, 매우 유감입니다. 위원님을 국가반역죄와 내란음모혐의로 긴급 체포하겠습니다."

사내가 사납게 말했다.

사내의 권총은 일말의 자비심도 허용하지 않을 것처럼 보였다.

사내는 진가위의 발 앞으로 밧줄을 던졌다.

"모두 묶으시오. 만약 허튼 짓 하는 날엔 내 권총이 어떤 결말을 가져다줄지 저도 장담할 수 없습니다."

변명의 여지가 없었고, 피할 수도, 숨을 수도 없는 절체절명의 순간이었다.

"어디 소속인가?"

진가위는 어떻게 해서든 시간을 끌고 싶었다.

"소속은 중요하지 않습니다. 저는 국가와 민족의 이름으로 여기에 온 것입니다."

사내의 강경함은 말이 통하지 않을 것처럼 보였다.

"더 이상의 발언을 허락하지 않겠습니다. 만약 한 번 더 묻는다면 그 대답은 이 총이 대신해줄 것입니다.

진가위의 얼굴은 비통함과 분함이 깔려 있었다. 밧줄을 묶는 그는 잠시 손을 놓고 생각했지만, 빠져 나갈 수 없는 구멍에서 묘안은 떠오르지 않았다. 동료들의 목숨을 담보로 모험을 하고 싶지 않았다. 진가위는 목숨과도 같은 동료들의 몸을 밧줄로 칭칭 감았다.

"모두 나를 따라 나오시오."

사내가 허리춤에서 수갑을 빼들고 진가위의 손목에 채웠다. 수갑의 철커덕거리는 소리는 마치 지옥의 소리와도 같았고, 영원히 잊혀지지 않을 것처럼 들렸다.

그들이 정원을 막 빠져 나가려고 할 때였다.

우뚝 솟아있는 아름드리 정원수에서 가지가 부러지는 소리가 들렸다. 모두의 시선이 정원수를 바라보았다. 무언가 시커먼 물체가 정원수에서 움직이고 있었다. 사내가 빠른 동작으로 물체를 향해 총을 겨누고 천천히 다가갔다. 순간 나뭇가지가 심하게 흔들리며 복면의 사내가 뛰어내렸다.

탕! 사내의 총구에서 불꽃이 일었다. 그와 동시에 복면의 주먹이 사내의 얼굴로 날아들었다. 주먹을 미처 피하지 못한 사내의 얼굴이 고통으로 일그러졌다. 민첩한 몸놀림으로 땅에 발을 디딘 복면의 발이 허공을 갈랐다. 사내의 권총이 어둠속으로 날아갔다. 정신을 차린 사내는 즉각적으로 방어 자세를 취하고, 복면을 노려보았다.

싸움이라면 어느 누구에게도 지지 않을 자신이 있다. 나는 공안부 무도교관이다. 놈이 누군지 모르겠지만 상대를 잘못 골랐다는 걸 알게 될 것이다. 그렇게 생각하자, 오랜만에 맛보는 쾌감이 일었다. 사내는 자신의 실력을 믿었다.

"정체를 밝혀라."

자신감과 사나움이 묻어있는 말투였다.

복면은 말없이 원을 그리며 움직였다. 복면의 움직임에 따라서 사내가 반대의 원을 그리며 움직였다. 두 사내를 지켜보는 만주족은 뜻밖의 상황에 어리둥절했지만, 한가닥 희망의 빛을 기대할 수 있었다.

원을 그리며 움직이던 복면의 사내가 순간 멈췄다. 기회를 노리던 사내의 주먹이 바람을 갈랐다. 복면이 고개를 살짝 틀어 피하고, 주먹을 날렸다. 한밤의 정원에서 목숨을 건 난타전이 일었다. 기합소리와 뼈가 부딪치는 둔탁한 소리가 깊이 잠든 밤을 흔들어 깨웠다. 순간 일격을 맞은 사내가 땅으로 쓰러졌다. 사내가 재빠른 동작으로 흙을 집어 복면의 눈을 향해 힘껏 뿌렸다. 가볍게 흙을 피한 복면이 발을 높이 치켜 올렸다. 사내는 복면의 적수가 아니었다. 사내는 마치 천근같은 해머와 같은 충격에 가슴을 움켜잡았다. 그는 믿을 수 없는 얼굴로 복면을 바라보았다. 서서히 의식이 희미해진 사내는 마침내 완전히 의식을 잃었다.

한 달 전의 일이었고, 지금쯤 공안부 사내의 시체는 물고기 밥이 됐을 것이다.

진가위와 북한 작전국 요원 김철호의 첫 대면이었다.

생각에서 깨어난 진가위가 김철호를 바라보았다.

"당신은 김정은 위원장의 명을 받고 움직이는 겁니까? 아니면 일부 군부의 지시로 움직이는 겁니까?"

만주족의 중차대한 사업에 확실히 알고 넘어갈 문제였다. 그것은 천만이 넘는 만주족의 안위가 걸려있는 문제이기도 했다.

"매우 어려운 질문입니다. 하지만 분명히 말씀드릴 수 있는 건, 제 몸속에도 아이신줴뤄愛新覺羅의 피가 흐르고 있습니다. 더 이상의 대답이 필요합니까?"

진가위를 바라보는 김철호의 눈빛은 흔들림이 없었다.

"좋습니다. 더 이상의 대답은 필요 없을 것 같군요."

진가위가 호탕하게 껄껄 웃었다.

김철호가 주머니에서 지도를 꺼내 내밀었다.

"무기가 묻혀있는 지점입니다."

"고맙소."

볼일을 마친 김철호는 대나무 밭을 향해 뛰었다.

어둠이 순식간에 그의 몸을 먹어 치웠다.

그로부터 며칠 후, 중국 랴오닝 성.

땅거미가 내려앉은 바위산은 고요함이 감돌았다. 드문드문 보이는 나무 사이에서 새소리가 들려왔다. 지저귀는 새소리는 고요함을 깨려는 듯 가끔 큰 소리로 자신의 존재를 알렸다. 어느새 캄캄한 어둠이 바위산을 삼킬 무렵, 한 무리의 사내들이 모습을 드러내기 시작했다. 몇 해 동안 인적 없던 바위산이었다. 하지만, 오늘은 달랐다. 바위산과 같이 자리를 지키고 있던 적막은 몰려드는 사내들로 인해 자리를 내주고 뒤로 물러나 있었다. 어둠속에서 중앙정치국위원 진가위의 모습이 보였고, 북한 작전국 요원 김철호가 그의 뒤를 따랐다. 이어서 만주족 원로와 지식인들이 모습을 드러냈다. 이들은 바위산으로 오르기 전, 주위를 살피는 것도 잊지 않았다. 얼마 전 있었던 공안부 요원의 습격은 사방에 눈을 두고 소수민족의 움직임을 감시하고 있다는 걸 증명한 것이라고 볼 수 있었다. 다행히 북한 공작원 김철호에 의해 피할 수 있었지만, 언제 닥칠지 모르는 위기상황에 철저히 대비해야 했다. 만주족의 회합장소는 이곳으로 바뀌어 있었다. 이곳은 마오쩌뚱의 문화혁명 당시 혁명정권의 표적이 된 묘족들의 은신처였다. 바로 눈앞에 시커먼 입을 벌리고 있는 동굴이 보였다. 동굴로 들어서자, 촛불이 하나, 둘 켜지기 시작했다. 촛불이 일렁이며 동굴에 거대한 그림자를 만들어놓았다. 진가위가 중앙정치국위원의 지위를 이용해 비밀리에 알아본 바로는 장저우가 만주족의 움직임을 주시하고 있는 것으로 파악할 수 있었다. 언제나 중국우익은 소수민족의 움직임에 과도한 알레르기반응을 보여 왔다. 공안부 요원의 습격은 아마도 중국우익의 수장 인민해방군사령관 장저우가 제공한 정보에 의해 움직였을 것이라고 만주족은 판단했다.

마지막으로 동굴 안으로 들어선 김철호는 나무를 가져와 입구를 막았다. 만주족과 함께 움직이는 김철호는 암울한 북남의 현실을 받아들이기 어려웠다. 만주족의 비장한 얼굴이 김철호의 의지를 더욱 굳건히 받쳐주었다.

중국우익이 존재하는 한 우리 북남은 민족의 염원인 통일을 이루기 어렵다. 혹여 통일이 된다한들 주체사상이 결여된 민족은 중요한 사안에 결집력을 행사하지 못한다. 나는 역사에 관심이 없다. 나는 단지, 우리 북남이 하나로 결집할 수 있는 개혁적 사상에 관심 있을 뿐이다. 그것이 진실이든, 거짓이든 중요하지 않다. 중요한건 하나로 뭉칠 수 있는 사상이다. 중국정부와 장저우가 그것을 지금 감추려고 하고 있다. 결코 용납할 수 없다.

김철호는 만주족이 왜 아이신쥐뤄를 외치고 있는지 처음에는 몰랐다. 깨달은 건 하나의 개념이 현상을 만들어간다는 것이라는 걸 알았다.

김철호의 강인한 어깨에 힘이 들어갔다.

진가위를 중심으로 마주 앉은 만주족의 원로와 지식인은 십여 명 정도였다. 잠시 침묵이 흐른 후, 진가위가 입을 열었다.

"장저우가 매우 위험합니다."

"그럼, 어떻게 했으면 좋겠습니까?"

나이가 지긋해 보이는 원로가 물었다.

"장저우를 처리해야 합니다."

순간 좌중이 얼어붙었다.

"너무 위험한 발상입니다."

"장저우 같은 인물이 있는 한, 우리 후손들은 주류에서 밀려나 비주류의 설움을 물려받을 것입니다. 지금, 우리의 모습을 후손들에게 그대로 물려주시겠습니까? 우리는 과거의 영화를 되찾아야 합니다. 여러분의 가슴에 귀를 기울여 보십시오."

진가위는 잠시 뜸을 들였다. 그리고 좌중의 한 사람, 한 사람에게 골고루 시선을 던지는 무언의 눈길은 무엇인가를 묻고 있는 듯 보였다.

입구를 몰아치는 바람에 촛불이 흔들리며 동굴 속 그림자를 크게 흔들어 놓았다.

"여러분의 가슴 속에서 울려 퍼지는 아이신쥐뤄의 웅장한 기상을 느끼고 들어보시기 바랍니다."

진가위를 바라보는 시선은 움직임이 없었다.

"우리의 최종 목적은 무엇입니까?"

안경을 착용한 부드러운 인상의 사내가 물었다.

"거사가 성공하는 날, 우리는 3자 회담을 열어 남한과 북한에 연방제를 제의할 것입니다."

좌중에 동요가 없는 것으로 보아 그들은 이미 진가위의 뜻을 짐작하고 있는 것 같았다.

김철호는 만주족의 어마어마한 계획에 뿌듯한 감정과 팽팽한 긴장감을 동시에 맛보았다.

위조품 고려청자의 목적

중국 상하이.

거리 곳곳에서 수많은 사람들의 시끌벅적한 소리가 들렸다. 길게 펼쳐진 좌판은 끝이 보이지 않을 정도로 길게 늘어서 있었고, 차도를 오가는 자동차와 자전거가 차도를 점령한 좌판을 피해 힘겹게 거리를 지나는 모습이 보였다. 좌판 위에는 집안에서 쓰던 물건과 오래된 듯 보이는 골동품이 자리를 차지했고, 개중에는 포장을 뜯지 않은 제품이 사람들의 눈길을 끌었다. 지나가던 사람들이 옷깃을 세우는 것으로 보아 날씨가 제법 쌀쌀한 것 같았다.

그때 지나가던 택시의 문이 열리더니 한 사내가 내렸다. 사내는 벼룩시장을 부지런히 오가며 무엇을 찾고 있는 것처럼 보였다. 수염을 기른 중년남자가 사내의 눈길을 붙잡았다. 남자의 좌판에는 비단으로 감싼 상자가 좌판의 오래된 물건들과 대조를 보이고 있었다. 포장을 풀지 않은 것으로 보아 상자의 주인은 따로 있는 것 같았다.

발걸음을 옮기는 사내의 얼굴에 기대감이 묻어났다.

"물건이 아주 좋아 보이네요."

사내가 비단상자를 잡으며 말했다.

"약속된 돈을 주시오."

이미 사내와의 거래 약속이 정해져 있는지 좌판을 펼친 중년남자가 서슴없이 말했다.

"물건을 보지 않고 믿을 수 있겠소?"

중년남자는 말없이 자신의 주머니를 뒤져 수십 장의 백 달러 지폐를 내밀었다. 달러는 사내가 착수금으로 건넨 돈이었다.

"믿지 못하겠다면 다시 가져가시오."

중년남자가 퉁명스럽게 말했다.

"미안하오. 그리고 고맙소."

사내는 돈 봉투를 건넸다.

"그 도자기는 전문가도 구분하기 힘들 정도로 잘 만들어졌소. 하지만 조심하시오. 언젠가는 밝혀질 수도 있으니…."

"우리 다시는 만나지 맙시다."

말을 마친 사내는 비단상자를 거머쥐고 인파속으로 사라졌다.

사내가 거머쥔 비단상자 속에는 정교하게 위조된 고려청자가 들어있었다.

상하이 장저우의 저택.

정원 일을 끝내고 거실로 들어선 장저우는 커다란 어항을 바라보았다. 어항 속에는 상어가 지느러미를 흔들며 미끄러지듯 미려한 몸을 움직여 수초 사이를 누비고 다녔다. 어항 속에서 위무광과 리홍빈의 얼굴이 스쳐지나갔다.

한국의 역사인식은 영원히 어항 속 상어로 남아있어야 한다. 무슨 일이 있어도 쉬안펑의 연구 자료를 회수해야 한다. 연이어 떠오르는 생각에 장저우는 일어서 거실을 서성거렸다. 한쪽 벽면에 자리 잡은 커다란 그림이 장저우를 내려다보았다. 앞으로 다가선 장저우가 그림을 잠깐 바라보더니, 두 손으로 그림을 잡아 당겼다. 부드러운 소음과 함께 책장이 가로로 열렸다. 책장 사이로 어둠 속에서 지하로 내려가는 계단이 천천히 모습을 드러냈다. 계단을 완전히 내려선 장저우가 스위치를 올렸다. 이곳은 장저우가 통솔하는 우익세력의 비밀회의 장소였다. 넓은 지하실에는 훌륭한 마호가니 원탁 테이블이 정중앙에 자리 잡고 있었고, 양옆으로 유리함에 잘 보관된 희귀한 골동품들이 잠에서 깨어나 그를 반겼다. 장저우는 희귀 골동품을 수집하는 호사스런 취미를 가지고 있었다. 그는 골동품에 대한 소문을 입수하는 즉시 골동품 소지자의 신분을 안 가리고 마구 사들이는 괴벽도 함께 지니고 있었다.

진열대를 훑어가던 장저우의 시선이 잘 만들어진 도자기에 가서 멈췄다. 사진으로만 보아왔던 고려청자였다. 고려청자는 은은한 청록색에 학과 구름무늬가 어우러져 있었고, 우아한 허리곡선이 보는 이의 시선을 압도했다. 장저우는 조심스럽게 고려청자를 집어 원탁테이블에 살며시 내려놓았다. 고려청자를 바라보는 눈가가 살며시 떨렸다. 옛 고려의 독자적인 기법인 상감기법으로 만들어진 고려청자는 그의 시선을 붙잡기에 충분했다. 절제된 곡선으로 빈틈없이 매끄러운 균형미를 갖고 있는 고려청자에서 눈을 떼기가 힘들었다. 그의 입가에 감탄과 함께 만족한 미소가 서렸다. 그는 최근 위무광의 보고에 어두워져있던 감정이 고려청자로 인해 조금은 씻어지는 기분을 맛보았다. 고려청자는 바로 어제 비싼 가격을 주고 매입한 것이었다. 장저우의 눈앞으로 어제 다녀간 젊은이의 모습이 아른거렸다.

장저우와 마주앉은 젊은 사내는 단정한 옷차림에 은테 안경을 착용하고 있었다. 지성미와 세련미가 묻어있는 모습이었다.

"골동품을 수집하신다는 말씀을 듣고 연락 드렸습니다."

말을 마친 사내는 비단으로 포장된 작은 나무상자를 테이블에 올려놓았다.

장저우가 손을 뻗어 포장을 풀었다. 순간 그의 눈이 크게 벌어졌다. 말로만 듣던 고려청자였다.

"이 귀한 물건을 어떻게…."

장저우는 밀려드는 황홀함에 말을 이어가지 못했다.

사내의 입속에서 껌이 맴돌았다. 고려청자에 빠져있는 장저우는 그것을 보지 못했다.

"네, 저는 일본 구마모토현 출신 사사키 고지로입니다."

장저우가 고개를 끄덕였다. 사내의 발음이 어눌한 것으로 보아 외국사람이라는 걸 짐작하고 있는 것 같았다.

"그렇군… 도자기가 어떻게 젊은이의 손에 들어갔는지 물어도 되겠소?"

평정심을 되찾은 목소리였다.

"제 조부께서는 일한병합 당시 조선총독부의 관리를 지내셨던 분이었습니다. 그때 한국에서 입수한 것으로 알고 있습니다. 그리고 말씀드릴 게 있습니다."

사내와 도자기를 번갈아 바라보던 장저우의 눈길이 사내의 얼굴에서 멈췄다.

"말해보시오."

"도자기는 팔 수 있는 물건이 아닙니다."

"그건 또 무슨 말이오?"

"도자기는 저희 집안의 가보입니다. 제 사업이 번창하면 지금 구입하신 금액에 몇 배를 더 드리고 다시 가져오겠습니다."

"암, 그래야지. 아주 마음에 들어."

장저우가 너털웃음을 터트렸다. 그의 웃음소리가 넓은 거실을 가득 채웠다.

"그럼, 전 이만…."

거래를 성사시킨 사내는 서둘러 장저우의 저택을 빠져 나왔다. 그의 입안에서 맴돌던 껌은 이미 사라지고 없었다.

상하이의 고급 호텔로 들어선 사내가 카운터를 지나 엘리베이터에 올랐다. 사내의 자연스러운 행동으로 보아 호텔에 투숙한 기간은 짧지 않은 시간처럼 보였다. 윙 소리를 내며 올라가던 엘리베이터가 제일 위층에서 멈췄다. 자신이 투숙하고 있는 객실에 이른 사내는 문틈을 꼼꼼히 살폈다. 그의 눈동자가 흔들림이 없는 것으로 보아 사내는 문틈에 무언가를 표시해 놓은 것 같았다. 이윽고 문틈에서 나온 머리카락은 사내의 손가락 사이에서 하늘거리다 붉은 카펫이 깔려있는 바닥으로 떨어졌다. 침입자가 없음을 확인한 사내는 객실로 몸을 밀어 넣었다.

잠시 후, 욕실로 들어선 사내의 몸에서 가운이 흘러내렸다. 거울에 비친 사내의 몸은 탄탄한 근육질이었지만, 심한 흉터가 곳곳에 자리 잡고 있었다. 마치 불 속에서 나오기라도 한 것처럼 붉은 화상은 사내의 몸을 칭칭 감고 있었다. 자신의 몸을 바라보던 사내가 천천히 고개를 들었다. 거울 속 사내의 얼굴에서 기묘한 감정이 일었다가 사라졌다.

"이제 나는 윤철훈이 아니다. 나는 일본인이고, 이름은 사사키 고지로이다."

윤철훈은 자신의 변한 얼굴을 만져 보았다. 조금 각져있던 턱은 부드럽게 변해있었고, 높이 솟아 튀어나온 것처럼 보였던 콧등은 굴곡 없이 미려하게 뻗어있었다. 강인해 보였던 얼굴은 부드러움과 지성적으로 변해 예전 얼굴과는 많은 차이가 보였다. 하지만, 그의 얼굴에서 단 한 가지 변하지 않은 게 있었다. 강렬한 눈빛은 과거 윤철훈의 모습 그대로였다.

가운을 걸치고 나온 윤철훈은 검은색 가방을 열었다. 가방 속에는 소형 카메라와 그가 촬영한 것으로 보이는 여러 장의 사진이 보였다. 사진 속 주인공은 중국우익의 지도자 장저우였다. 여러 장의 사진 속에서 장저우는 언제나 경호원의 호위를 받으며 움직였다. 사진을 들춰내자 볼펜 모양의 카메라가 모습을 드러냈다. 카메라에는 위조품 고려청자를 건네며 몰래 촬영한 장저우의 집안 곳곳을 담은 영상이 담겨있었다.

잠시 후, 촬영한 영상과 컴퓨터 스캔을 거친 장저우의 사진이 권충대에게 전송됐다.

이윽고 윤철훈의 몸이 푹신한 소파로 가라앉았다. 긴장과 초조함으로 스르르 감긴 눈에서 한강다리와 시민들의 모습이 보였다. 성윤지의 눈물어린 모습과 권충대의 굳게 다문 입술이 연이어 지나갔다. 그리고 어디에 있는지, 얼굴은 어떻게 변했는지 알 수 없는 백웅민의 마지막 얼굴이 떠오르다 사라졌다. 그날 한강다리 밑에는 국정원에서 파견된 특수요원들이 잠수해 있었다. 시민들의 눈을 피해 의식을 잃은 건장한 두 남자를 운반하기는 쉬운 일이 아니었다. 윤철훈과 백웅민이 밤늦은 시간을 택한 것도 그 이유라면 이유였다. 비밀리에 대대적인 성형수술을 거친 두 사람은 새로운 신분을 받게 됐다. 윤철훈은 일본 구마모토현 고아원 출신 사사키 고지로로 다시 태어났다. 사사키는 고아로 자라나 어부의 길로 들어선 사람이었다. 그는 몇 해 전 조업을 끝내고 돌아오던 중, 폭풍으로 인해 사망한 사람이었다. 하지만 가족과 친지가 없는 탓으로 그의 사망신고는 돼있지 않았고, 호적상으로는 엄연히 살아있는 사람이었다. 윤철훈은 철저하게 사사키 고지로로 위장해 있었다. 국정원의 지원은 여기까지였다. 경찰대학 당시 중국어와 일어를 이수한 그에게 장저우와 이상문의 관계파악 임무가 주어졌다. 깊이 잠든 그의 얼굴에 슬픔과 비장함이 교차해 있었다.

짙은 노을이 상하이의 에메랄드빛 바다 표면을 붉게 물들이며 천천히 바다 속으로 빨려 들어가고 있었다.

정원수와 마주선, 인민해방군사령관 장저우의 손에는 커다란 양손용 전지가위가 들려있었다. 그는 잠시 눈을 감고 무언가를 생각하는 듯 보였다. 이윽고 그의 감은 눈이 번쩍 뜨였다. 싹둑거리는 가위소리와 함께 정원수의 가지가 바닥으로 떨어졌다. 천천히 움직이던 가위가 빨라지면서 작았던 가위소리는 쇳소리를 내며 점점 커져갔다. 그의 손에 들린 전지가위가 미친 듯이 움직였다. 쉬지 않고 가위를 움직이던 그는 마침내 가위를 집어던졌다. 일순간 바람이 불어왔다. 형편없게 변해버린 정원수에서 잘린 가지와 잎사귀가 바람을 타고 흩날리다가 땅으로 떨어져 내렸다. 그 모습은 마치 정원수가 형편없는 몰골로 변한 자신의 모습에 눈물을 뿌리고 있는 것처럼 보였다.

장저우는 위무광의 보고를 믿을 수 없었다. 위무광과 리홍빈은 인민해방군 최고의 전사다. 최고의 전사가 어떻게 강인후를 놓칠 수 있단 말인가. 그는 밀려드는 불길한 생각에 머리를 세차게 흔들었다. 그의 뇌리 속으로 양심사학자 쉬안핑이 스치고 지나갔다. 그리고 이병호와 권충대가 연이어 지나갔다.

권충대가 어떻게 나에 대해 알고 있단 말인가. 윤철훈과 백웅민은 죽었다. 그렇다면 혹시 우익세력 중에 한국을 동정하는 자가 있단 말인가? 있을 수 없는 일이다. 그는 아무리 생각해도 정보유출의 경로를 파악하기 어려웠다. 일순간 그의 눈이 무엇을 보았는지 크게 벌어졌다. 며칠 전, 고려청자를 들고 방문했던 젊은 사내의 모습이 그의 두 눈에 자리 잡았다.

"혹시 그놈이…."

그의 예리한 촉수는 의심을 곧 확신으로 바꾸어 놓았다.

그는 전지가위를 팽개치고 거실로 뛰어들었다. 그의 손이 거쳐 가는 거실은 난장판이 되어갔다. 이윽고 그의 눈에 무엇인가 보였다. 그것은 카페트 사이에서 납작하게 붙어있는 껌이었다. 한 번도 껌을 씹어본 적 없는 그는 불현듯 떠오르는 생각에 껌을 떼어내 만져보았다. 딱딱한 느낌이 손을 통해 전해져 왔다. 예상한 대로 껌 속에서 고성능 도청장치가 모습을 드러냈다.

권충대의 사주를 받은 그놈은 과연 누구란 말인가. 장저우는 의문의 꼬리를 찾을수록 수렁으로 빠져드는 느낌이었다. 그래도 다행인 건, 놈이 다녀간 후로 한 번도 회의를 소집하지 않은 게 다행이라면 다행이었다. 문득 무언가 떠올랐다. 그는 젊은이의 고려청자가 자신에게 접근하기 위한 미끼였다는 걸 깨달았다. 그렇다면 고려청자도 가짜일 공산이 다분했다. 철저하게 우롱당한 그의 눈에서 불꽃이 일었다.

그렇다. 처음부터 잘못 채워진 단추다. 잘못 채워진 단추를 바로 잡아야한다. 어찌됐든 권충대로 들어간 내 자료가 빛을 보기 전에 빨리 손을 써야한다. 그놈이 다시 찾아오게 만들 것이다. 감히 나를 우롱한 대가가 어떤 건지 보여주겠다. 한참을 생각에 열중해 있던 그의 두 눈이 무섭게 변했다. 마침내 결정을 내린 그는 휴대폰을 꺼내 버튼을 눌렀다.

정원수가 어둠이 짙게 내린 세상 속으로 자신의 몸을 감추었다.

조국이란 무엇인가

대한민국 서울.

기승을 부리던 무더위는 시월로 접어들면서 사람들의 지친 얼굴에 생기를 불어넣고 있었다. 시원한 날씨가 지속되면서 화려함과 싱그러운 옷을 입었던 공원은 차분하고 조용한 옷차림으로 모습을 바꾸었다.

공원의 분위기와는 어울리지 않게 심각한 표정을 짓고 있는 사내가 있었다.

'이 불길한 느낌은 무엇일까.'

시계를 바라보는 위무광의 얼굴이 몹시 일그러졌다.

자연은 계절의 옷으로 갈아입는다. 그렇지만, 혁명전사의 옷은 결코 변함이 없어야 한다. 위무광은 생각하며 또 한 번 시계를 바라보았다. 약속시간은 이미 30분을 넘기고 있었다.

'한 번도 없던 일이다. 아니 결코 있어서는 안 될 일이다.'

리홍빈을 기다리는 그의 얼굴은 시간이 지남에 따라 초조한 기색이 역력했다.

'설마, 리 소교가…? 그럴 리 없다.'

위무광을 향해 다가가는 리홍빈이 시계를 바라보았다. 이미 약속 시간은 한참을 지나있었다. 그렇지만 그녀의 발걸음은 좀처럼 빨라지지 않았고, 힘을 잃은 어깨는 마치 땅에 닿을 것처럼 축 늘어져 있었다. 그녀의 힘없는 몸은 마치 중병에 걸린 병자의 모습과도 같았다. 인기척을 느낀 위무광이 고개를 돌렸다.

"죄송합니다. 급한 일이 있어서…."

리홍빈이 자리에 앉으며 말했다.

그녀의 얼굴은 몹시 푸석해 보였고, 힘을 잃은 눈동자는 초점이 없어 보였다.

"리 소교, 사람들이 흔히 착각하는 게 있어."

위무광은 리홍빈을 바라보고 잠시 말을 멈췄다가 다시 말했다.

"급한 일과 중요한 일의 순서를 혼동한다는 거야."

말뜻을 알아차린 리홍빈이 자세를 바로 했다.

"지금까지 한국에서 리 소교의 행동은 심한 문책감이라는 걸 명심해. 다시 한 번 이런 일이 되풀이 되는 날엔 사령관님에게 즉각 보고하겠네."

위무광의 어조는 몹시 불쾌해 보였다.

"감상에 젖은 전사가 아군에게 어떤 결과를 가져다줄지, 리 소교는 잘 알 것이야."

위무광이 무릎에 올려놓은 검은색 가방에서 서류철을 꺼내 리홍빈에게 주었다.

일순간 서류를 읽는 리홍빈의 두 눈이 크게 벌어졌다.

"사령관님의 명령입니까?"

그녀가 따지듯 물었다.

위무광은 거듭되는 실망으로 그녀를 빤히 쳐다보았다. 그리고 낮은 어조로 소리쳤다.

"리 소교! 지금 무슨 소릴 하는 건가. 지금 그 말은 내 명령이면 거부하겠다는 뜻인가?"

"하지만, 이렇게까지 할 필요가…."

"여러 소리 할 거 없어. 사령관님의 명령이야."

위무광은 리홍빈을 남겨두고 빠른 걸음으로 도로를 건넜다. 갓길에 주차된 승용차에 오른 그는 가속페달을 힘껏 밟았다. 벤치에 앉은 그녀가 움직임 없이 석양 속으로 빨려 들어가는 승용차를 한참 바라보았다.

위무광이 빠져나간 공원은 저녁이 되면서 스산한 바람이 불어왔다. 어둠이 순식간에 사위를 집어삼켰다. 하늘에서 한두 방울 떨어지는 빗방울은 풀잎을 때리며 작은 소리를 내고 있었다. 이내 작은 소리는 크게 소리를 내며 장대비로 변해 그녀의 온 몸을 적셨다. 장대비 속에서도 그녀는 움직일 줄을 모르고 초점 없는 눈으로 허공을 응시했다. 이윽고 작은 손이 오므라지며 무엇을 결심했는지, 그녀의 눈빛이 사나운 빛을 뿜었다.

'그래 어차피 모든 것은 처음으로 돌아갔어.'

리홍빈의 처져있던 어깨가 위로 솟구쳤다.

권충대의 집.

노크 소리에 이어 권충대가 성윤지의 방으로 들어섰다. 새근거리는 숨소리가 들리는 것으로 보아 깊이 잠들어 있는 것 같았다. 권충대가 손을 뻗어 성윤지의 이마를 만져보았다. 열은 많이 가라앉아 있었다. 며칠을 고열에 시달리던 성윤지의 얼굴은 몹시 푸석해 보였고, 눈가에는 다크서클이 서려있었다. 권충대는 들고 온 물수건을 성윤지의 정갈한 이마에 살며시 내려놓았다.

"녀석, 얼마나 힘들었으면…."

권충대가 들릴 듯 말 듯 낮게 중얼거렸다.

한참 성윤지의 얼굴을 내려다 본 권충대가 조용히 말했다.

"윤지야 정말 미안하다. 윤 경위는 사실…."

성윤지가 몸을 뒤척이자, 권충대는 황급히 입을 다물었다. 새근거리는 숨소리는 계속됐다.

권충대가 무엇을 말하려다가 이내 포기하고 몸을 일으켜 방을 나갔다.

문 닫는 소리에 성윤지는 가만히 눈을 떴다. 그녀의 아름다운 눈가가 촉촉해지더니 얼굴을 타고 흘러내린 눈물이 베개를 적셨다.

"아빠…."

슬픔과 신음 섞인 목소리는 입가에서 맴돌았다.

잠시 후, 현관문 닫는 소리가 들렸다. 성윤지는 몸을 일으켜 베란다로 향했다. 권충대의 승용차가 주차장을 빠져나와 천천히 멀어져 갔다.

"아빠, 정말… 정말 미안해요."

흐르는 눈물 사이로 흐릿하게 보였던 승용차가 이내 완전히 모습을 감추었다.

권충대의 인자한 얼굴이 그녀의 가슴을 더욱 아프게 만들었다.

자신의 짐을 챙긴 그녀는 거실과 방안을 거닐어 보았다. 비록 얼마 되지 않은 시간이었지만, 태어나 지금까지 살아왔던 집처럼 느껴졌다. 또 한 번 그녀의 가슴이 아려왔다. 무엇을 결심했는지 권충대의 집을 빠져나오려던 그녀의 발걸음이 멈췄다. 그녀는 펜과 편지지를 꺼내 편지를 쓰기 시작했다. 처음이자 마지막으로 권충대에게 쓰는 편지였다. 한 시간을 넘게 편지지를 마주하고 있었지만, 그녀가 쓴 말은 고작 두 문장이었다.

'아빠, 정말 미안해요. 그리고 진심으로 존경하고 사랑했어요.'

성윤지는 편지지를 접어 권충대의 책상에 가지런히 올려놓았다. 그녀는 무거운 발걸음으로 권충대의 방을 빠져나왔다.

'아빠, 우리가 다시 만나는 날엔….'

그녀는 머리를 세차게 흔들었다. 그렇게 그녀는 권충대의 집을 빠져나갔다.

홀로 남은 텅 빈 집이 떠나가는 그녀의 뒷모습을 말없이 지켜보았다.

아! 권충대

권충대는 성윤지의 방문을 열어보았다. 성윤지가 금방이라도 달려와 자신을 끌어안고 어리광을 부릴 것만 같았다. 코끝이 찡해왔다.

그는 성윤지의 편지를 처음 보았을 때만 해도 순간의 충격이 가출이라는 명분을 만들어 주었다고 생각했다. 하지만, 날이 갈수록 점점 초조하고 불안했고, 성윤지가 극단의 선택을 할 것만 같아 노심초사했다. 순수한 영혼이 감당할 수 없는 충격으로 극단을 선택할 가능성은 범죄심리학에서 드문 사건이 아니었다.

불길한 생각으로 가득 차 있던 그는 담배를 빼 물고 머리를 흔들었다. 성윤지가 떠난 이후로 흡연량은 거의 두 배로 늘어나 있었다. 그렇게 그는 힘없는 모습으로 성윤지의 방을 나왔다. 그리고 현관문을 열어놓았다. 언제 들어올지 모르는 딸을 두고 차마 문을 닫은 채, 편하게 자고 싶지는 않았다. 그에게 있어서 성윤지는 피를 나눈 부녀관계 이상의 존재였다. 그렇게 권충대는 희망의 끈을 놓지 않았다.

어느새 흐릿했던 달빛이 환한 빛을 발하며 거실을 비춰주고 있었다.

누워 있는 그의 머리맡에는 성윤지의 편지지와 함께 목도리가 보였다. 목도리는 성윤지가 이른 추위를 대비해 손수 만들어 준 것이었다. 그는 찬바람이 시작되자, 기다렸다는 듯이 목도리를 두르고 다녔다. 심지어는 경찰서 안에서조차도 목도리를 벗는 일이 드물었다. 성윤지에 대한 애정이 그대로 담긴 행동이었다. 언젠가 형사계장이 물었다.

"서장님, 목도리를 그렇게 애지중지하시는 이유라도 있는 겁니까?"

"자네에게 제일 소중한 게 무엇인가?"

권충대가 반문했다.

"생각해볼 여지도 없이 여우같은 마누라와 제 자식들이죠."

"나에게 목도리는 바로 그런 존재야."

그의 감은 눈가가 젖어있는 것으로 보아 성윤지와 함께 했던 생각으로 가득 차 있는 것 같았다. 수많은 생각으로 복잡하던 그는 이내 잠속으로 빠져들었다.

시계바늘이 새벽 3시를 가리키고 있을 무렵이었다.

반쯤 잘린 그림자가 조금 열린 현관문 사이에서 움직이고 있었다. 이윽고 미끄러지듯 거실로 들어선 그림자는 완전한 형태를 갖추고 천천히 움직였다. 달빛이 그림자의 움직임을 쫓았다. 그림자의 품을 나온 대검이 살벌한 기운을 머금고 있었다. 그림자는 망설이지 않고 권충대의 방문 앞으로 미끄러지듯 다가갔다. 그림자의 행동으로 보아 목적이 분명해 보였다. 그림자는 능숙한 손놀림으로 문손잡이를 가볍게 돌렸다. 침대에서 머리끝까지 이불을 덮고 잠든 권충대가 보였다. 머리맡에는 편지지와 함께 목도리가 보였다. 그것을 바라보는 그림자의 입술에 잠시 경련이 일었다. 권충대는 곧이어 닥칠 엄청난 비극을 짐작도 못하고 있는 듯 움직임이 없었다. 그림자는 한달음에 침대로 다가갔다. 그림자가 대검을 높게 치켜들었다. 대검이 바람을 갈랐다. 그림자는 짜릿한 쾌감을 맛보았다. 깊이 박힌 대검을 뽑으려던 그림자의 손이 순간 주춤했다. 무언가 이상했다. 그림자는 이불을 걷어 보았다. 커다란 베개가 입을 벌리고 있었다. 그림자는 속은 것을 알아차렸다. 실수였다.

"장저우가 보내서 왔나?"

커튼이 흔들리며 권충대가 모습을 드러냈다. 커튼 뒤에서 모든 것을 지켜보았다고 생각하니 우롱당한 기분이었다. 그림자의 얼굴이 모욕감으로 일그러졌다. 권충대와 그림자가 서로를 노려보았다. 순간 그림자가 발을 뒤로 뺐다. 그리고 계산이라도 한 듯 재빠른 동작으로 거실로 나갔다. 달빛은 말없이 두 사람을 지켜보고 있었다.

그림자의 번개 같은 발차기가 작렬했다. 권충대가 고개를 숙여 가까스로 피했다. 권충대의 주먹이 바람을 갈랐다. 그림자는 한 손을 들어 주먹을 막았다. 동시에 대검을 휘둘렀다. 대검을 피한 권충대가 그림자에게 돌진해 주먹을 뻗었다. 믿을 수 없이 빠른 동작이었다. 그림자의 얼굴을 살짝 스친 주먹이 바람소리를 냈다. 권충대는 경찰대 상무관 무도교관 출신임을 증명했다. 두 사람이 일정한 간격을 두고 벌어졌다. 순간 그림자가 허점을 보였다. 허점을 놓치지 않은 권충대가 주먹을 휘둘렀다. 그것은 권충대의 치명적인 실수였다. 대검을 맞은 권충대가 쿵 소리를 내며 바닥으로 쓰러졌다. 복부에서 흘러내린 피가 순식간에 옷을 붉게 물들였다.

"장저우가 원하는 게 무엇인가?"

권충대가 가까스로 물었다.

"날 원망하지 마시오. 개인적인 원한은 없습니다."

깊은숨을 내쉰 위무광이 말했다.

간신히 몸을 일으킨 권충대는 몹시 고통스럽게 보였다.

"사령관님에게 접근한 사사키 고지로가 누군지 말하시오."

"무엇을 바라는가. 장저우에게 전하게. 나 권충대가 사라진다 해도 또 다른 권충대는 다시 나타날 것이고, 영원히 사라지지 않을 것이라고."

"순순하게 죽음을 받아들인다 그 말입니까?"

권충대의 심한 기침에 피가 뿜어져 나왔다.

바로 그 시각, 건너편 옥상에 자리 잡은 리홍빈의 저격용 라이플 조준경에 위무광이 들어왔다. 방아쇠에 손가락을 걸고 있는 그녀의 손이 심하게 떨렸다. 그녀는 이 순간을 저주했다. 조준경 속에서 위무광은 권충대를 내려다보고 있었다. 그녀는 위무광의 머리를 겨냥했다. 손가락에 힘을 주려던 그녀가 스스로에게 놀랐다.

"위 소교님, 이제 그만!"

절규에 가까운 목소리가 옥상에 울려 퍼졌다.

이윽고 결심한 그녀가 조준경을 다시 겨냥했다. 그것은 권충대에 대한 마지막 보답이었다. 그녀가 떨리는 손가락을 당겼다.

푸슝, 거실 유리창을 통과한 총탄이 권충대의 머리를 관통했다. 조준경 속에서 리홍빈과 권충대의 눈이 마주쳤다. 권충대를 바라보는 그녀의 두 눈에서 눈물이 흘렀다. 고통으로 물들어있던 권충대의 눈이 서서히 감겼다. 리홍빈은 이 순간만큼은 권충대의 딸, 성윤지로 남고 싶었다. 그녀는 그렇게 권충대를 고통으로부터 해방시켰다. 그녀의 입에서 신음과도 같은 작은 소리가 흘러나왔다.

"아빠, 정말 존경하고 사랑했어요. 다음 세상에선 같은 나라에서 태어나요."

전, 현직 경찰들이 정복차림으로 경찰대학으로 들어섰다. 줄과 열을 맞춘 경찰들은 모두 흰 장갑을 끼고 있었고, 표정은 침울해 보였다.

"일동, 차렷!"

힘 있는 구령에 백여 명이 넘는 경찰들이 몸을 바로 했다.

"일동, 경례!"

백여 명의 경찰들이 단상을 향해 일제히 경례를 올렸다.

이윽고 구슬픈 나팔소리가 넓은 운동장에 울려 퍼졌다.

"바로."

이날은 권충대의 장례식이 거행되는 날이었다.

경찰대학에 마련된 권충대의 장례식장이 구슬픈 나팔소리에 숙연한 분위기를 연출했다.

현정국 경찰청장이 단상에 올라섰다.

"우리는 오늘을 잊지 못할 것입니다. 모든 경찰인의 표상이 되었던 위대한 경찰을 잃은 오늘을 결코 잊어서는…."

조사(弔辭)를 낭독하는 현정국 청장은 말을 끝맺지 못하고 하늘을 바라보았다. 눈물을 참고 있는 모습이 역력했다.

"우리는 매사에 강직한 성품을 지녔던 권충대 총경을 다시 볼 수 없습니…."

현정국은 끝내 흐르는 눈물을 참을 수 없었던지 조사를 이어가지 못했다. 힘겹게 조사를 마무리하고 단상을 내려가는 그의 어깨가 심하게 떨리고 있었다.

잠시 후, 기마경찰대가 천천히 움직였다. 권충대를 실은 운구차가 뒤를 따랐다. 운구차는 권충대가 평소 즐겨 찾았던 작은 호수, 비룡지(飛龍池)를 지나 '참 경찰인 탑' 앞에서 멈췄다. 기마경찰대의 두 필의 말(馬)은 마치 탑에 새겨진 문구를 읽기라도 하는 것처럼 움직임이 없었다. '여기 나라와 겨레를 위하여 희생과 봉사를 다하신 참 경찰인의 높고 크신 얼을 이어받고자 이 탑을 세웁니다.' 참 경찰인 탑이 새로 새겨진 권충대의 이름을 품에 안았다.

그렇게 권충대는 자신의 몸을 안아주고 의지를 키워주었던 경찰대학에 한 줄 이름만을 남긴 채 말없이 떠나갔다.

늦가을 내리는 차가운 가을비가 권충대의 마지막 가는 길을 배웅하고 있었다.

2권에 계속